U0143895

峥嵘岁月

吴烈 著

中央文献出版社

吴烈

吴兴同志存念

戎马征程屡建战功

光辉业绩永载史册

刘华清 一九九七年十二月

投身革命軍

奮家讵乳惜衷戕

天涯南北此詩政

光辉此清洌甲申年十月

英勇善战

功勋卓著

聂荣

一九七月

十月

总结历史
面向未来

为吴烈将军回忆录题

迟浩田
一九九七年
十一月六日

吴烈身穿新式军装留影。

吴烈与夫人胡文芳合影。

吴烈与全家合影。

作者简介

　　吴烈，一九一五年十月生，江西省萍乡市人。一九二七年参加安源路矿工人罢工斗争等革命活动。一九三〇年五月参加中国工农红军，同年九月加入中国共产党。土地革命战争时期，任中国工农红军总前委特务大队排长、队长、大队长，国家政治保卫局保卫大队大队长，闽西独立团团长，国家政治保卫局科长兼保卫大队大队长，红十五军团七十八师参谋长。参加了中央苏区第一至五次反"围剿"作战和二万五千里长征。抗日战争时期，任中央警卫教导大队大队长，中央警备团团长兼政治委员、兼延安北区卫戍司令员。解放战争时期，任冀察热辽军区热东军分区副司令员，热南军分区司令员，第二十二军分区司令员，东北野战军第八纵队二十二师师长，第四野战军四十五军一三三师师长，二〇七师师长，中国人民公安中央纵队司令员。中华人民共和国成立后，任军委公安部队参谋长，解放军总参谋部警备部副部长，北京卫戍区司令员，人民武装警察部队副司令员，军委第二炮兵副司令员、政治委员，武汉军区政治委员，北京军区副政治委员兼北京卫戍区政治委员，北京军区顾问。一九五五年被授予少将军衔和一级解放勋章。一九五七年荣获二级八一勋章、二级独立自由勋章。一九八八年荣获一级红星功勋勋章。曾被选为江西瑞金苏维埃代表大会代表。是第三届、第五届全国人民代表大会代表，中国共产党第七次全国代表大会候补代表、第九次全国代表大会代表。

写 在 前 面

　　光阴荏苒，岁月流逝，不知不觉间我已年逾古稀了。屈指数来，我从一九二七年投身革命至今，已在部队度过了七十余年的戎马生涯，这在我生命的长河中，虽说漫长，但又觉得是"弹指一挥间"。然而，在这七十余年的革命生涯中，我所亲身经历的一切，将永远地留在了我的记忆里。

　　人到暮年，都有这样一种感受，年岁越大越喜欢忆旧，对往事也就记得越清。有人说这是怀旧，我说不尽然，觉得这是"温故而知新"，前人总想给后人留下点什么，也许是精神财富。出于这样一种考虑，我想通过回忆自己所走过的道路，以亲身经历的战役战斗，部队的一些重要活动为线索，从不同的角度，不同的侧面，尽可能形象地记述中国共产党和毛泽东同志等老一辈无产阶级革命家的丰功伟绩，反映我军艰难而又光辉的战斗历程，反映无数革命先烈，为着民族的解放，国家的独立，人民的幸福，前仆后继，英勇作战，甘洒热血写春秋的大无畏革命精神，反映我党我军在长期的革命斗争中形成的优良传统和作风，反映在枪林弹雨中锤炼出来的永难忘怀的战友情。同时，也为研究军史和党史提供一些参考资料。这就是我写革命回忆录的目的。

在回忆录写作之前，我对过去的往事进行了认真细致地回忆和思考，拟定了一个详细的写作提纲。尔后，连续奔波了五载，南下北上，走东奔西，重返当年战地，找房东，问老乡，访长者，寻找战场痕迹。并走访了当年和自己并肩战斗过的一些老战友、老同事，为写回忆录搜集了大量翔实的素材和史料。

在回忆录写作过程中，我本着尊重历史、尊重事实的原则，以自己的亲身经历和耳闻目睹的事实为依据，力求"存真"、"求实"。同时也得到了一些老同志、老战友提供的很有价值的珍贵史料。一些编写军战史、党史和地方史的同志给予了大力支持和帮助。特别值得一提的是，李海龙、李海健同志协助我查找了大量历史资料，认真负责地核对史料，对文稿进行了精心整理，筹划出版，做了大量工作。在此，对所有关心、支持、帮助此书出版的同志表示最诚挚的谢意。

《峥嵘岁月》这本回忆录，我虽然逐字、逐句、逐段、逐章作了反反复复地认真修改、校正，努力做到史料翔实，文字准确，实事求是，力求符合历史的本来原貌。但是，由于年代久远，时间跨度大，仅是记忆所及，书中所记述的事情、时间、地点、人名，有的可能不够确切，难免疏漏。有不妥之处，敬请读者批评指正。

吴　烈

1998 年 10 月 20 日

目　　录

第 一 章

苦难的童年

　　提起安源，常常引起我的遐思和回忆，深切怀念故乡、故人、过去了的一些往事。这不仅仅是因为在这里度过了我的童年和以后的一段少年时代的斗争生活，更重要的是我党早期曾在这里发动和开展了轰轰烈烈的革命运动。毛泽东、刘少奇、李立三和蒋先云、朱少连、黄静源、周怀德、杨士杰等同志都亲自领导和参加过这里的革命实践。安源路矿工人不屈不挠的斗争曾经培育出不少革命的有为之士，一度影响和推动了全国革命斗争形势的发展。安源——中国工人阶级革命的红色摇篮，她的魅力，她的光彩，她给我党历史上留下的骄傲，都不能不长久地留在人民的记忆之中。安源工人阶级的斗争生活永远留在我的记忆里。

到安源去

丹江吴家湾，是江西萍乡市南门外一个穷苦的村庄。一九一五年十月二十日，我就出生在这个村庄的一个贫苦农民家庭里。那时家里很穷，老小十口人，家无一分地，主要靠我父亲吴永洪和叔叔挑煤赚点脚钱，我大哥吴梅元、三哥吴榜元做裁缝、二哥吴桃元做篾匠来勉强维持生活。据父亲讲，生我的那年，萍乡一带正闹灾荒，庄稼歉收，钱又借不到，我家三天两头断炊，母亲被苦日子折磨得体弱奶亏，很难哺育自己的孩子，只好熬点米粥来喂养，这才使我得以幸存。

在我六七岁时，村里流行一种疾病，很多人家被弄得家破人亡。就在那年，我的祖父、祖母、叔叔、婶婶、母亲和两个哥哥也先后得病，因无钱治疗，只有眼睁睁地看着他们相继去世。

七位亲人去世后，一个十口人的家庭就只剩下父亲、二哥吴桃元和我了，不久父亲也病倒了，我们兄弟俩又都没长大成人，往后的日子怎么过呢？我们父子三人非常悲痛，日子也艰苦到了极点。在这样极端的困境中，在安源路矿电气锅炉处做工的舅父江万崇很关心我们的生活。艰苦困境之中救了我们三人免遭病害，要我们到他家居住，帮助我们解决生活、住处和工作问题。我们卷起两床破被和几件破旧衣裳，父亲带着我们兄弟俩离开祖居的家乡来到安源，去谋取生路。

我舅父家里的生活也是很苦的。我们来到安源后，一时还找不到事干，舅父就先帮助我们在稍箕街租了两间破屋，作为落脚的地方。不久，经舅父介绍，我父亲和二哥进到电气锅炉处锅炉房做工，我因年小，在矿上找不到活干，只好在家里做点零活。但不管怎样说，一个新的家，就这样在安源安下了。

父亲和二哥在安源煤矿工作，父亲将我送进牛角坡工人子弟学校读书识字，学算术，还听讲革命道理。后来又到土窑上、炮台脚下工人子弟学校读书，这个学校有三四十个人，这里离家近一些。那时安源路矿有好几所工人子弟学校，有的设在牛角坡，有的在安源新街，有的在炮台脚下，有的在紫家冲。我们读的课本是工人子弟学校的老师陈清河和李六如自编的。内容有：国语、算术和日常生活常识等。老师常给我们讲，工人和农民，是尊贵的人，如果没有工人农民，就没有一切。资本家，不做工，吃的好，穿得好，他们的衣食哪里来？是榨取了劳动者的血汗。同我一起上工人子弟学校的同学，现在能回忆起来的有刘晓生、贾祝凌、阎小明。我一边在子弟学校读书，一边和邻居的小伙伴一起到西郊去拣煤渣。这里地势很危险，拣煤渣时如果不小心，就有可能被井内推出的矿渣砸死。为此事，父亲也总为我担惊受怕。不过，时间一长，我们一伙拣煤渣的孩子都混熟了，也渐渐学会了互相关照。我们有时也到锅炉房去拣，但拣那里的煤渣要经过几道警察岗卡，背回家时，如果被警察发现筐子内有好煤块，他们就用煤块砸人，还要没收筐子。将近两年的苦、累、惊、怕的拣煤渣生活，在我幼小的心灵里留下了深刻的印象。每当想起我们这种困苦的情景，心头就充满了愤恨，总盼望着有那么一天，能结束这种苦难的生活。我还常想，要是像父兄一样，当个工人，自己挣钱养活自己，那该多好呀！

一九二四年，我就进了安源路矿的电气锅炉处当童工。电气锅炉处是全矿的要害部门，矿方对这里控制得很严，工人稍微迟到，就要被扣工资或被开除。

我到锅炉处后，就跟着刘化清师傅学锅炉修理。这是一件苦差事，经常要钻进炉里敲水碱，每天要干十二个小时，可每个月只有三元钱的工资。那时我年纪小，整天闷在锅炉里敲打水碱，不仅累得精疲力尽，而且憋得难受。住的集体宿舍，条件也差，在一间两丈多长、一丈多宽的房子里，睡五六十人。床是用破木头和木板搭成的两层床，盖的是破烂被。房子里臭虫、蚊子很多，气味很大。吃的是发了霉的米和没有多少油盐的蔬菜。尽管如此，在安源这个穷人、工人集中的地方，能找上个工作做，还算是幸运的，我时刻担心被扣工资或被开除，总是早去晚归，咬着牙干下去。刘师傅是技术工人，在工厂里是有威信的，他的为人很好，热情帮助我，教我做工很耐心，我学到了他的许多技术，他也很忙，经常去参加工会活动。我在敲打水碱时，实在太累了，就在锅炉里歇一会，监工来了，就赶紧干活。当时，安源的童工和全国的童工一样，遭遇是很悲惨的。有些童工因忍受不了繁重的体力劳动，不满十五岁就得了痨病，吐血而死。我们吃饭的时间很短，饭没吃完就赶紧往工房跑。那时我虽然拼命地干，还是经常受监工的气，就是挨了打骂，眼泪也只好咽进肚子里。记得有一天，我累饿交加，在回家的路上，一阵眼黑，晕倒在路边，幸亏被工友发现，把我送回家，才没出大事。我常想，从吴家湾到安源，从拣煤渣到做童工，穷人为啥这样苦？我经过工人子弟学校的教育，懂得了这是因为受资本家剥削的原因。

俱乐部的小部员

　　参加工作后不久，我便加入了工人俱乐部。我印象较深的是，第一次参加俱乐部活动是学唱工人俱乐部部歌（也叫劳动歌）。歌词大意是：创造世界，是我劳工，被人剥削压迫，是我劳工，世界由我们去创造，压迫由我们来解除，创造世界，除压迫，团结我劳工。由于年小，有人说我是"小部员"，我还不服气，总觉得大人们能干的，我也能干嘛！所以，对俱乐部组织的各种活动，我都去参加。那时候，俱乐部号召工人们参加夜校读书，接受革命的启蒙教育。我听后，高兴极了，虽然白天做工有些累，但是去学习文化知识，受革命的教育，要求是迫切的。于是我就同表哥一起到牛角坡工人夜校去了。以后又到工人俱乐部夜校。那时读夜校不需要办什么手续，老师只问了问我的名字，在哪个工厂做工及所住的地址，问了之后，就发给了课本。我们的学校很小，进去后有个小院子，一共三个教室。教室的桌子、凳子都是工人用木板钉的，非常简陋，我就在中间的一个教室里读书。班里有童工，有青年工人，还有些老工人，约有五六十人。我们的老师姓陈，是湖北人，很年轻，很和气，他平易近人。开始，工人们在陈教员面前感到很拘束，他就主动找工人们聊天，还经常讲一些有风趣而又深刻的民族英雄故事，很快和工友们交上了知心朋友。

陈教员教国语和算术。教国语时，他除教我们识字，讲一些基本常识外，还讲一些革命道理，如工人们为什么受剥削、受压迫。他常常说，工人要有文化，要懂得些科学知识。讲算术时，他不仅教我们算账，还通过算账，引导工人们认识资本家的剥削。

陈教员经常在工人中了解我们工人的家庭状况，亲切地询问我们家里都有什么人？经济情况如何？每人工资多少等等，问得很多很细。一次他问我们，你们整天做工，当牛做马，一年到头还吃不饱，穿不暖，而资本家不下井，不劳动，却吃得好，穿得好，住洋楼，这是什么道理？为什么这样不平等？工人为什么这样穷？资本家为什么这样富？他们是用剥削工人的血汗钱来发财的。而工人受苦受穷，是因为没有团结起来同资本家做斗争。工人要过上好日子，只有解除压迫和剥削，但要做到这一点，必须团结起来。比如一根筷子一折就断，一把筷子就不容易折断一样，团结起来，才有力量，才能胜利。陈教员动员我们要坚持天天去读书，那时学习条件差，每天晚上两小时课，从晚七点到九点。灯也不亮，但大家学习很认真，缺课的很少。我在夜校学习了三年多，很少缺课，能认几个字，又懂得了一些革命道理，心里非常高兴，心情很激动。经过陈教员的引导，我和工友们都希望马上组织起来同矿老板展开斗争。在我的记忆里，当时给我们上过课、讲演过的老师有李立三、黄静源、陈潭秋、蒋先云、毛泽民等。在一起的工人同学有：李和庄、吴云辉、刘晓生、贾祝凌。通过夜校学习，提高了我们工人的思想觉悟和阶级觉悟，我对夜校的感情越来越深，对工人的事都非常热心去做。

一天晚上，父亲和哥哥下班回来，对我说，明天就要建俱乐部了，这是给我们工人自己盖房子。听这么一说，我高兴极了，连觉也没有睡好，很想去参加劳动，一大早我就跑到了工地。当时建工人俱乐部有两部分人，一部分是贫民，一部分是工人，都是自愿来的，组织性很好。其中东平巷井下工人来的最多。虽然没有一点报酬，工人们知道这是给自己盖房子，大家干劲很足，衣服都被汗水湿透了。我主要是推砖头，有时也跟着平地基。为了早一天把俱乐部建起来，我们工休的时候也去劳动。不久，房子盖起来了，俱乐部举行了隆重的落成典礼。

工人俱乐部成立了一个青年部，是青年团的公开组织形式。年轻的俱乐部的部员都可以参加，我也参加了。以后，我接受革命教育的机会就更多了，参加革命活动的次数也就更加多起来了。

青年部里，设有游艺、运动、宣传三个部门，其中游艺又分为戏剧、音乐、棋类；运动（球类、体操）；宣传（演讲、书报）等。当时三个部门里组织的活动，我都积极参加。

游艺股还组织青年排演文明戏，演出时，俱乐部大厅里总是坐满了人，点着汽灯。演出的节目中，许多是反映井下工人劳动生活的。记得有一天晚上，我在俱乐部大厅里看了一个新剧，是工人阶级在资本家皮鞭下的悲惨遭遇。大胡子马克思是怎样从事革命活动的。俄国工人阶级拿起武器同资产阶级斗争的情况。剧中情节感人，深深地打动了我们的心，我非常羡慕工人阶级不畏强暴敢于斗争的精神，使我受到一次马克思主义教育，盼望着有一天我们也能拿起枪来，跟路矿资本家作斗争。

运动股经常组织青年工人在俱乐部门口的操场里，开展这个厂与那个厂的足球比赛，我那个时候很喜欢去看，有时也上场踢。就这样，我们工友的文化生活逐渐地活跃起来，加深了我对幸福生活的向往。

宣传股经常组织青年工人进行"青工之痛苦"等方面的宣传，我也和工友们一道去宣传。在这些宣传活动中，我明白了不少革命道理，提高了觉悟，认识到，我们工人要过上好日子，就要团结起来，同资本家作斗争。

在工人俱乐部领导下，还办了一个工人消费合作社，我记得在老街后面的小街上，门面不大，还挂了一个约有两米长的安源路矿工人消费合作社的牌子。合作社主要经营粮食、油、盐、肉类、鱼类、布匹、杂货等工人日常生活中的必需用品。这些货物大都是派专人到长沙、醴陵、株洲和乡下等地采购，然后由株萍铁路工人带回。由于不支付运费，货物比街上店铺卖的价钱便宜得多。工人消费合作社的创办，免受了奸商对工人的中间剥削，过去工资一发，市场涨价，工人毫无办法，只有忍气吞声。合作社杜绝了奸商的生财之道，很受工人们的欢迎，使工人认识到俱乐部是真正为工人办事的，只有依靠俱乐部，才能解除痛苦生活。因那时我常去买东西，看到毛泽民同志负责合作社的工作，他给我留下的印象很深。记得有一天，我去买粮食，正巧碰上毛泽民同志在那里卖东西，他和蔼而又亲切地问我，你叫什么名字？干什么工作呀？家住在什么地方？我作了详细回答。接着他又说，现在你们缺些什么呀？急需的是什么东西？因我年小，对工人中的一些情况知道得不多，只是说，只要我们买的东西比街上的便宜就行。毛泽民同志听后，笑了笑说，你提的这条很好，我们办消费合作社就是为了这个目的。从那时起，我见到毛泽民同志时，他总和我打招呼，问长问短。由于合作社是由工人管理，工人经营，为工人群众服务，得到了工人的拥护和支持，合作社越办越好。后来，又在安源新街增加了分社。

俱乐部还组织、发动工人搞募捐，支援外地工人阶级的革命斗争。我记得那是一九二五年五月，上海纱厂发生了罢工风潮，顾正红遭帝国主义枪杀的消息传到安源后，俱乐部组织在工人中进行募捐，支援上海工人阶级的革命斗争。在俱乐部讲演厅前放着一个木桶，上面写着"支援上海工人阶级募捐桶"的字样。工人俱乐部负责人每天晚上在讲演厅举行大会，讲上海纱厂罢工工人被枪杀的经过，号召安源路矿工人支援。来听的人如愿意捐款，将钱投入桶中。当时因生产不正常，矿局已积欠工人几个月的工饷，工人生活是非常困难的。但工友们捐款还是十分踊跃，捐了好多的钱。当时我们电气锅炉处是由工会出面动员的，舅父江万崇和师傅刘化清组织我们捐钱。我和父亲、二哥都捐了钱，还配合工会代表到工人中间进行宣传工作，鼓动大家捐款。

参加罢工斗争

记得在一九二四年冬，矿局资本家一连几个月不给工人发饷，有时发点霉米代饷。资本家还打算取消年终加薪的制度。这时，许多工人已穷到家里揭不开锅的地步。当时安源新街附近有一个粮仓，存放了不少发霉生虫的大米，资本家靠它榨取工人的血汗。我们拿着袋子，排着长长的队等着发米。一些小孩子经常在矿井口上等着井下工人吃剩的霉米饭倒出来让自己充饥。安源工人本来就无法生活，路矿当局除已欠饷外，又数月不发饷，加之物价飞涨，工人生活更加困难。工人们实在忍耐不下去了，发清欠饷，增加工资，改善待遇，已成为工人最迫切的要求。工人同路矿资本家的对抗情绪日益高涨，斗争要求愈加强烈。大罢工如同箭上弦，一触即发，俱乐部抓住这一时机，领导工人开展了索饷斗争。

有一天，锅炉房的工会代表通知我和另外几个工友到新街的会场去开会，到那里一看，热闹极了。到会的人特别多，几乎挤满了会场，其中有年老的，也有年轻的，还有妇女。台上挂着马克思的像，人们看后议论说，这个大胡子是谁呀？在什么地方？正在这时，只见会场中央出现了一个穿长衫的成年人，他站在台上说，这大胡子是个好人，他叫马克思，是为穷人谋利益的。接着，他又说，现在资本家为什么不发工资？为什么要发给我们虫米？这就是资本家对我们的剥削，对我们的压迫。我们各位工友一定要团结起来，坚决和他们作斗争。他的演讲，不断激起人们的掌声。工友们听了，心里热乎乎的。那讲话的人是谁，我当时不大清楚，后来听人讲，他就是刘少奇同志。事隔不久，一场震惊中外的安源第二次罢工斗争爆发了，在工人俱乐部的领导下，我和工友们参加了第二次罢工斗争。是哪一天，我记不太清了，当时汽笛长鸣，发出了罢工信号。工人们很快在井口竖起"罢工"二字的大旗。矿井内电车停走，机器停转，工人像潮水一般，涌出井口，高喊"罢工"、"我们不当牛马，要做人"等口号。除我们电气锅炉处保证机器运转发电，没有停工外，其它各处都停止了工作。路矿当局资本家在这强大的声势下，吓破了胆，急忙给工人发了欠饷，并答应不克扣欠饷。

罢工斗争胜利后，工人们欢天喜地，在安源新街、老街游行，庆祝罢工斗争的胜利。我参加罢工斗争，看到了工人团结的巨大力量，感受到团结的重要性，增加了与资本家斗争到底的信心。

北伐军到安源

资本家在工人的罢工面前吃了败仗，就怀恨在心，他们勾结军阀武装，企图将工人运动扼杀在摇篮里。

一九二五年秋的一天，敌人下了毒手。记得那天早上我去上工，只见我们工厂的门前站了好多的兵，都端着带刺刀的枪，不准工人上工。我就跑到各处去看，街上有全副武装的队伍来回游动。工人俱乐部门前站的兵更多一些，不准工人靠近。军阀李鸿程带着队伍，荷枪实弹，乘天未亮，悄悄开进安源，封锁了工人住宿处、出入口等重要街道和路口，然后由工贼带路，分别扑向工人俱乐部和工人夜校。当场逮捕了工人俱乐部负责人黄静源、唐化友、马俊之等人，并肆无忌惮地砸毁了俱乐部里所有的物件，封闭了俱乐部，同时包围了夜校，捕去了一些教员，捣毁了工人消费合作社。窿内工人集体宿舍被围，工人要外出，把守大门的兵不让出，工人们就往外冲，被守兵开枪打死打伤十多人。无法从大门出去，就在后院推倒了围墙跑出来了。工人俱乐部被封闭后，矿井和工厂都停工了。

当天下午，黄静源等被捕的人，都被押往萍乡镇守使署衙门囚禁。后来，黄静源同志被反动派枪杀在工人俱乐部门前的大操场上，英勇就义。我们闻讯跑去看遗体。子弹从他的额头穿出，头发被血凝成一块。敌人下令不准收尸，将他示众。当天夜里，工人们悄悄把尸体运走，为黄静源同志开了追悼大会。第二天，敌人继续进行疯狂的大搜捕，又先后捉去几十名工友。其中大部分是俱乐部成员和工会负责人。除电气锅炉处外，矿局又宣布停工，将工人全部开除，并把积极参加俱乐部活动的部分成员武装押送出安源。安源至老关（离安源约五十里，湘赣交界处）一带实行戒严，不准工人返回安源。安源笼罩着白色恐怖。安源工人运动一时处于低潮，许多工人只好漂流四方。我舅父江万崇、师傅刘化清跑到乡下去，也暂时隐蔽起来，不久他们又返回了工厂。

　　看到资本家、军阀的野蛮暴行，更增加了工人们对敌人的仇恨。我和父亲、二哥憋了一肚子复仇的怒火，我们没有远走，就在离安源不远的贾家冲山上的乡井里往三合桥挑煤，等待复仇时机的到来。做挑煤工是很苦很累的，只能赚点脚钱，维持生活。天晴，我们使用土车，父亲、二哥掌车，我在前面用绳子拉。下雨，就用肩膀挑，挑一百斤只给七个铜板。收煤的工头总是克扣，发煤时一百斤，到了收煤处一过秤，只有七八十斤了。但为了等到复工，为了生活下去，我们父子三人都忍受着，不管刮风下雨，我们天天都是早去晚归。尽管这样，赚的钱还不够一家人糊口。

　　一九二六年，北伐军来了。先来了一架飞机，可能是侦察，当时我已回到工厂里，听到"嗡嗡"的响声，就和大家跑出来看，这东西怎么飞得这么高？是怎样飞上去的啊？我和大家都感到很新鲜。北伐军进攻萍乡的头天，萍乡镇守使署被炸，听说是地下党组织工人干的，军阀镇守使唐福山如惊弓之鸟，一见镇守使署起火，慌忙带着侍从和反动军队连夜逃往宜春。驻安源的军阀也闻风丧胆，慌忙逃窜。这些家伙逃窜时，还抢矿工们的东西，拉了不少伕，做了许多坏事。在安源工人的带领下，一队一队身穿灰色军服、头戴大檐帽、打着绑腿的北伐军部队精神抖擞，雄赳赳地开进了萍乡、安源。当天下午，在萍乡大西门外操坪召开了有五六千工人、农民参加的庆祝大会，欢迎北伐军胜利进驻萍乡、安源。我们这些深受军阀和资本家压迫和摧残的安源工人早就盼望着这一天的到来。安源顿时沸腾起来了。

　　第二天，安源路矿工人俱乐部举行了庆祝大会。这一天，工人俱乐部焕然一新，由工人秘密保存下来的俱乐部的大旗在屋顶上迎风飘扬，俱乐部前的拱型牌坊中央写着"也有这天"四个刚劲有力的大字，充分表达了我们安源工人扬眉吐气的心情。从早晨起，安源、萍乡等地的工人和贫民及各工农团体代表上万人，络绎不绝地往俱乐部大草坪集合。人们兴高采烈，喜气洋洋。会场上洋溢着"打倒军阀、打倒列强、打倒资本家"的口号声和歌声，响彻整个会场上空。"打倒帝国主义"等字样的各种彩色传单铺天盖地。当主席台上宣布开会并宣布安源路矿工人俱乐部恢复时，会场上爆发出热烈的欢呼声和鞭炮声。这一天，整个安源都沉浸在胜利的喜悦之中。随着工人运动的复兴，安源青年团也迅速恢复和发展。被押送出去的工人也都陆续返回了安源。

　　我记得北伐军来安源同年冬的一天，在萍乡大西门外的操坪上，召开了公审萍乡大恶霸地主叶紫屏的大会。参加大会的有工人、农民和各革命团体。我作为工人俱乐部的部员也参加了这个公审大会，会场上旗帜迎风招展。参加大会的人脖子上系着红带子，手里挥动着红、绿、黄色三角小旗，旗子上写着：铲除土豪劣绅！打倒军阀！打倒资本家！纠察队员拿着武器，保卫着会场。临时搭起的大会主席台上，挂着一幅横标，上写"萍乡人民公审叶紫屏大会"。中共安源地委书记刘昌炎出席了大会，并发表了演说。在公审大会上，广大的工人、农民个个磨拳擦掌，忍受了多年的深仇大恨一起涌向心头，纷纷上台控诉叶紫屏这个萍乡的大恶棍，迫害工人、农民，欺压商民，榨取钱财，无恶不作的罪行。之后，将叶紫屏当众枪毙，大快人心，长了工农群众的志气，灭了土豪劣绅的威风，促进了工人运动的发展。从北伐军来安源到秋收起义期间，安源路矿在工会领导下恢复了生产，开展革命活动，安源的工人革命运动出现了新的高潮。"打倒列强、铲除军阀"的口号和歌子到处喊、到处唱，我们在上班下班的路上也唱，有时还编些词填上来唱。如："打倒地主资本家"、"工人要解放"。那时我又上了工人夜校，对俱乐部的事更加积极了，经常到俱乐部去拿些传单，到街上、操坪里和工人聚集的地方散发，在人群中做宣传。传单是油印的，内容有"打倒列强"、"打倒军阀"、"打倒矿局资本家"、

"工人要团结起来"等等。这些活动当时在国共合作的情况下，都是公开的。

打地主武装

一九二七年"四·一二"反革命政变和马日事变后，革命形势发生了急剧的变化。为了挽救革命，安源工人参加了湖南省委领导的十多万工农围攻长沙的战斗。

不久，军阀许克祥带领反动军队来到萍乡、安源，镇压工人运动，萍乡发生了"六五"反革命事变。在这反革命气焰嚣张的时候，萍乡一百多个地主武装纠集在一起，从丹江、王家源、十里铺围攻安源。当时形势非常紧张，为了保卫安源的工厂、矿井，在安源党团组织领导下，动员工人展开了伟大的安源保卫战。当时三合桥、花冲、牛角坡、九里坪等山上守的人很多，花冲方向更多一点，各个山上和路口都有人把守。山上挖了很多坑作为堑壕，搭了棚子，大家白天黑夜都坚守在山上。工人们有的拿着梭标、大刀，有的拿着土炸弹，叫"洋薤古"，就是将矿井下用的炸药，装上引线，包上破布或牛皮纸，再用绳子扎紧，拉着引线后可以甩出很远再炸。敌人很怕它，说"洋薤古"炸死人，死尸收不全。工人们还使用过一种武器叫"长龙"，就是在一根木头上挖几个洞，里面装上炸药、引线和碎铁片，点燃后能射一二百米远。这次战斗很激烈，除电气锅炉处保住要害部门外，全矿基本上停了工，工人都上了阵。我们这些年纪小的就天天给坚守在阵地上的工友们送水送饭。我父亲和工友守在三合桥，哥哥守在花冲的山头上，只有嫂子带着侄儿在家。我每天都和邻居家的一些小朋友往山上送水送饭，送的饭叫"蓑衣饭"，白菜多，米少，有时还多送一点，让给别人吃。我还去传递信件，散发传单，搞宣传活动等。

这次战斗，大约持续了半个月时间，终于打退了地主武装的猖狂进攻，取得了安源保卫战的胜利。

护厂斗争

一九二七年"八七"会议后，党决定在湘赣边界举行秋收暴动。安源在毛泽东同志的亲自领导下，组建成立了工农革命军第一军第一师第二团。参加秋收起义的大都是年轻力壮的青年，我哥哥也去了，说是去打反动派。哥哥当时有二十多岁，行动很秘密，可能是青年团员。我因年纪太小，不让参加，就留在厂里参加护厂。

电气锅炉处是全矿的心脏。为了防止敌人破坏，电气锅炉处组织了一支工人纠察队，由几十个成年工人和青年工人组成。我也参加了这支纠察队，是全队最年轻的一个。纠察队由刘师傅负责。参加秋收起义的队伍出发后，刘师傅就召集我们开了会，说明护厂的重要性和任务。他强调说，电气锅炉处是个重要的地方，要防止敌人搞破坏。电气锅炉处一停，没有电，就要停止抽井下的水，这样矿井就会淹没，井下照明、通风、机器运转就要停止，矿井就会报废。我们一定要保证锅炉发电正常运转。他讲完后又进行了分工，每个通道和口子上都要卡住，每个卡口有四五个人，年纪大一点的和年纪小一点的互相搭配。一部分人把守大门和出入口，凡是出入厂房的都要检查。一部分人执行游动巡逻任务，其中分白天和夜间两班。我和几个工友被分在一个重要岗位上，专门看管水泵、水路、电灯房和电闸等地方。纠察队员手臂上扎着红布条，手里拿着木棒。那时我们二十四小时都在厂里，吃饭轮流回去吃，或在锅炉房自己煮饭吃，组织很严。由于大家警惕性高，忠于职守，暴动队伍离开安源后，厂里一直没发生什么大的问题。

红军来了

秋收起义经过几次战斗，有的人英勇牺牲了，有的打散了，有的跟着毛委员上了井冈山。我们厂里有个姓杨的青年工人，一去就没有回来。秋收起义之后，安源的形势又不太好了，资本家也开始神气起来。在白色恐怖下，安源革命组织遭到了很大的破坏。资本家经常不发工饷，有时只发半饷，工人生活很困难，大家的情绪很低落，都盼着红军早点打来。

　　一九三〇年，在红军来安源以前，工人中就传开了红军要来安源的消息。有的说，朱、毛要来了，共产党要来了。刘师傅和我舅父告诉我，这是红军，红军要来了，是专门打反动派，为穷人谋利益的。自从听到这个消息，我心里一直很高兴，盼着红军能早点来。

　　这一天终于盼到了。五月初的一天早晨，我正去上班，忽然听见几声枪响，不久，红军队伍就从九里坪和萍乡方向朝我们安源开过来了。这是红军第六军黄公略军长、陈毅政委的部队，受到工人、贫民的欢迎，当时我们工厂完全处于一片欢腾之中。

　　红军来后，缴了矿井队的枪，同时有一个连驻电气锅炉处，控制了各重要部位。为了不影响生产，红军代表找到刘师傅，要他动员工人们继续上班。随后，红军又在安源开展了声势浩大的宣传活动，组织群众集会，宣传革命道理。在大街上、工人住宿处，每天都有红军宣传。讲打土豪，分田地，同资本家斗争，工人要解放，动员青年参加红军。在人多的地方，还散发一种油印的传单，街上到处都贴上了标语。就连我们电气锅炉处的围墙上也用石灰写了几条"打倒资本家"、"打倒蒋介石"、"工人要解放"的标语。红军还去慰问在同反动派斗争中牺牲了的安源路矿工人的家属，还给驻地群众挑水、打扫屋子、清理茅厕，受到群众的欢迎。红军将土豪劣绅、资本家的东西分给工人和贫苦群众，我也分到了一些粮食和衣服，心里非常高兴。安源工人和人民群众给红军送煤烧，送肉、送菜慰劳红军。许多工人家属帮助红军战士洗衣洗被，缝补衣服。红军开走的时候，工人们站在路旁夹道欢送，恋恋不舍。

当红军去

红军部队来到安源后，我和红军干部战士打得很火热，特别是驻电气锅炉处的红军，我接触的机会更是多一些。看着红军里有和我差不多的人背着枪，我真羡慕。红军来到安源后帮着打了土豪，分了资本家的东西，解除了反动武装，派出了宣传队，宣传革命道理，红军的纪律很好。这一切我全看在眼里，深深感到红军是我们穷人的队伍，共产党是穷人的大救星，毛泽东、朱德是穷人的大恩人，穷人只有参加红军，拿起枪杆子跟反动派作斗争，才能求得解放。我拿定了主意，一定要当红军。我又一想，自己才十五岁，部队能收吗？我决定去找杨杰连长，求他收我当红军。

杨杰连长原是我们电气锅炉处的推煤工人。以前我们在一个工厂相互都比较熟，那时我常见他领导工人开会，搞些革命活动，但他的行动一直很秘密，他参加了秋收起义，随着起义队伍参加了红军，担任了红六军第一纵队第一支队钢一连连长。这次他随部队来到安源后，又驻在电气锅炉处。

我找到杨连长后，向他谈了想当红军的想法，他满口答应，并告诉了我报名的地点，我回去后又跟父亲和哥哥谈了这个想法，他们都非常支持我，于是我就去报名。报名处设在九里坪的小街上，此地离新街不远。在去的路上，又碰见了幸元林、苏本桥，于是我们就结伴到了九里坪。当我们找到报名处时，已有好多工人在登记，其中有李和庄、吴云辉同志，他们在战争中英勇牺牲了。报名的手续很简单，只要是工人登记一下姓名、年龄、家庭住址和工作单位就可以了。我是一九三〇年五月十六日参加红军的，参军的地点是在安源新街茶亭。第一纵队司令部设在离茶亭不远的靠山边的屋里。当时每个连有四面旗子，每排有一面旗子。我们被分在红军第六军第一纵队第一支队的一连当战士。连长杨杰和政委热情地接待了我们。参军后，部队杀了猪，做了几个菜，煮了米饭，欢迎我们这些新战士。同时还给每个新战士发了一个红袖章，一顶带有红五角星的八角帽和两块银元，一位老战士还为我剃了一个平头。我就这样参加了红军。

第二天，父亲来部队看了我，我把两元钱交给了他老人家，叫他买点粮食。父亲要我好好干，不要牵挂家里。那次和我一起参加红军的约有一二千工人，东平巷的工人最多，我们那个连就有十多个安源的工人。当时部队很重视产业工人参军，许多人参加红军后，很快成了部队的战斗骨干。红军在安源住了一个礼拜左右就开走了。在部队里，觉得自己已是一名光荣的红军战士了，心里有说不出的高兴和快乐。

我随部队走了四五十里地，到芦溪时就听见了枪声，在宣风住了一晚，第三天走到宜春，和敌人打了起来。开始心里有些紧张，可是过了一段时间，也就习惯了。这次战斗，我们打胜了，歼灭了不少敌人，连里给我发了一支枪，我非常高兴，把枪擦得干干净净。紧接着，我们红六军军长黄公略、政委陈毅率领第一、三纵队由赣西地区向吉安方向开进，第七次攻打吉安城。不料，敌人得到消息，由樟树调动两个团来增援。因敌人占领了有利地形，工事坚固，加之在城外设置了好几道电网，我们攻打了几天，也未攻下来，就趁天黑撤了下来，走到离吉安以北不远的富田地区，部队停下来进行了整编。红军第六军改称红三军，军长黄公略、政委蔡会文、政治部主任毛泽覃。红三军下辖三个师，第一纵队改称第七师，第二纵队改为第八师，第三纵队改为第九师。我们第七师师长是柯武东、政委李韶九、参谋长周子昆。第一支队改称十九团，我在一连当班长。一九三〇年九月在萍乡由杨杰连长介绍我加入了中国共产党。就这样，我由一个红军战士成长为一名光荣的共产党员。不久，部队又转道万载，攻打文家市。打文家市的战斗很激烈，我们消灭了湖南军阀何键的第十六师第四十七旅。在这次战斗中，我们的师长柯武东同志牺牲了，由周子昆同志接任师长，李韶九仍任政委。我们连牺牲了好几个安源籍的同志。我的腿被敌人的手榴弹炸伤了，我用绑带扎好后，继续跟着连队追歼敌人。后来，又攻打长沙，也没有攻下来。不久，经过株洲，去打醴陵，在醴陵消灭了何键军阀的一个团。打了长沙、醴陵之后，于同年九月，我们部队又转回到萍乡、安源。我们连驻在萍乡东门内，后来转移到南门的宝积寺。这次大约有一千多工人踊跃参加了红军。这里虽然离家很近，但我没有回家，只是父亲得到消息后，来到连里看了看我。这天，杨杰连长和政委鼓励我说，你表现不错，打仗很勇敢，负了伤都不下火线，到了萍乡都没回家，纪律性强，表现了共产党员的带头作用。不久，我们部队由萍乡经安福又去攻打号称"铜墙铁壁"的吉安城。

第 二 章

参加一至五次反"围剿"

选调特务队

一九三○年九月下旬，红三军由南面，红十二军由西面，红四军由北面，分三路第八次围攻吉安。为配合红军攻占吉安，赣西苏维埃政府很快组织起攻打吉安的向导队、担架队、粮食站，集中到吉安附近。九月底，红军三个军和地方武装，把吉安城围了起来，从三个方向一起向敌猛攻。来自各地的武装群众密切配合红军作战，用刀砍断铁丝网，用稻草填堑壕沟，破坏了敌人设置的障碍，和红军一起冲入城内。

一九三○年十月四日的晚上，我们终于攻占了国民党反动派严密防御的江西吉安城。消息传开后，人们奔走相告，吉安周围到处可以看到红旗飘扬，欢呼声、锣鼓声、鞭炮声响彻整个吉安上空。当地的人民群众载歌载舞，纷纷拥进城来，慰劳红军。成群结队的妇女们帮助红军战士拆洗被子，缝补衣服。红军战士也主动帮助人民群众挑水，清理院子，打扫卫生，把没收土豪劣绅的粮食、衣物等东西分给人民群众，我们还把东西亲自送到贫苦群众家里。

为了庆祝胜利，我们红军和群众一起在城外广场上开了隆重的庆祝大会，总前委毛总书记作了振奋人心的讲话，人民群众受到极大的鼓舞，会场上不断响起阵阵掌声和欢呼声。江西省苏维埃政府主席曾山同志也讲了话，号召群众支援红军，参军参战。

就在这年十月上旬，我们"钢一连"的杨杰连长和政委把我叫到连部，笑眯眯地对我说：告诉你一个好消息，总前敌委员会决定从每个连选调一名共产党员、战斗骨干，组建中国工农红军总前敌委员会特务队，担负总前委毛泽东总书记兼总政治委员、朱德总司令等首长和领导机关的警卫任务，你是产业工人，我们是你的入党介绍人，组织上非常了解你，决定调你去任排长。你是我们连十几名共产党员中的一个，你调走我们舍不得，可这是调你去担负保卫总前委的任务，我们从内心里感到高兴，这不仅是党组织对你的最大信任，你个人的光荣，也是我们连的光荣。并嘱咐我：去了以后，一定要很好地完成保卫总前委的任务。我听后，心里有说不出的高兴，就像一股暖流流遍了全身。

红军在毛总书记、朱总司令的领导下打了许多的胜仗，每一个红军战士都渴望能见到他们，我和大家的心情也是一样的，总希望能有一天见到这两位伟人。这一天终于来到了，我不仅能见到首长，而且直接保卫他们。可又一想，我参加红军才大半年时间，怕完成不了这个重要的任务，也有些舍不得离开"钢一连"和朝夕相处的战友。但我是一名光荣的共产党员、红军战士，上级交给我这样的工作是党对我的极大信任，我当即向连长和政委表示了自己的决心，不惜用自己的鲜血和生命来完成这一光荣而艰巨的任务。

在我走的那天，连里还改善了伙食，开了欢送会，全连同志把我送出好远。

我于一九三〇年十月，就担任了特务队排长，不久担任了队长。从这年起，总前委正式建立了警卫部队。我也是从这年起，开始做警卫工作的。

见到毛泽东

打下吉安后，当时毛泽东总书记住在吉安街上一个布店后面的院子里，朱总司令住在一个学校里，周以栗（中共中央长江局派来的代表）住在另一个院子里，总前委机关住在染布的作坊内。

　　毛总书记经常深入群众之中，作调查研究，了解当地的社会情况，找开明人士开座谈会，讲共产党的主张和政策，对他们进行革命教育，扩大政治影响，筹粮筹款，支援红军作战。

　　我们住在吉安城里的一个旅店里，进行了整顿，组建了特务队。驻地有个广场，那时我们就在这里进行队列、刺杀、投弹训练；有时也进行擒敌训练；上政治课，进行保密教育，使每个红军战士认识到，首长行军、作战、宿营时要提高警惕，保守秘密，保证首长安全的重要性。上政治课时，大家都认真地听，训练劲头也很大。有时我们还进行这个班与那个班、这个排与那个排的比赛。

　　为了保证总前委首长和领导机关安全，每个哨位上都是双哨，还有一个带班的。队里的干部轮流查哨，警戒布置得相当严密，大家的警惕性很高。

　　毛总书记和朱总司令对我们特务队很关心，经常到我们队里来。记得有一天，毛总书记、朱总司令和古柏秘书长亲自到我们住的地方来看望。毛总书记穿的是一身补了补丁的灰色粗布军服，头上戴着一顶有红五角星的八角帽，脚上穿的是一双旧布鞋。朱总司令穿的是一身破旧的灰色军装，打着绑腿，脚上穿的是草鞋。我们见到指挥千军万马、威震敌胆的毛总书记、朱总司令这样简朴，这样和蔼，这样亲切，平易近人，使我们很受教育，加深了我们对首长的感情。何金云队长、冯文彬政委将队里的干部向首长作了介绍，首长和我们一一握手，问寒问暖，和我们拉起家常话来。

毛总书记笑着对我们说：你们都是从各军调来的战斗骨干，欢迎你们到总前委特务队来，今后行军作战在一起了，见面的机会就多了，希望你们努力工作，搞好团结，抓紧训练，提高杀敌本领。同时又问：你们的生活怎么样？能吃得饱吗？行军打仗累不累？草鞋够不够穿？我们向毛总书记一一作了回答。

接着，毛总书记问我：你叫什么名字？我急忙立正，一面给毛总书记敬礼，一面回答说：叫吴烈。

毛总书记微微一笑又问：是不是口字下面加一个天啊？我说：是。接着毛总书记又问我今年多大了？是从哪个部队调来的？我说：十五岁。是从红三军七师十九团"钢一连"调来的。

毛总书记听后，带有夸赞的口气说：你们十九团可是能打仗呀，专让你们团啃硬骨头，不到关键的时候，是不会把你们团拿上去的。

随后，毛总书记又风趣地说：听口音你好像是江西人吧！参加革命前在家做什么？毛总书记说话语气温和，态度慈祥，使我感到很亲切，很温暖。听说我是江西萍乡人，参加红军前在安源路矿电气锅炉处学徒，毛总书记说：萍乡、安源路矿我去过多次，那里的工人生活苦得很哪，可阶级觉悟很高，罢工运动对全国的工人影响是很大的。接着，毛总书记问到我家里都有些什么人？我说：家里只有父亲和一个哥哥了，他们都在安源路矿电气锅炉处做工。我回答的时候，毛总书记很注意听。

最后，毛总书记又问我们：天天和敌人打仗，还要和敌人拼刺刀，你们这些小鬼怕不怕呀？我们说：开始时，子弹从头顶上嗖嗖地叫，炮弹从头上飞过，到处是一片爆炸声，还真有点怕。打了几仗后，慢慢地就习惯了，不怕了，我们来参加红军闹革命，不把反动派消灭是不回家的。毛总书记听了，高兴地说：大家说得对，讲得好，我们既然参加了革命，就要和国民党反动派斗争到底，直到革命胜利，打出一个穷人当家作主的新中国来。并鼓励我们说：把你们调到总前委特务队来，我们是非常信任你们的，也希望你们不要辜负了我们对你们的信任。

毛总书记讲完以后，朱总司令对我们说：毛总书记讲的话，你们要记住，不消灭反动派，我们穷人是翻不了身的。你们特务队要做好两件事：一要保卫好总前委行军作战宿营的警卫任务。二要利用时间搞好军事训练，枪要打得准，手榴弹要投得远，还要学战术，随时作好投入战斗的准备，要能打仗，要会打仗，要打胜仗。

朱总司令讲完，古柏秘书长向我们具体交待了任务，讲了警卫工作中需要注意的问题。

首长们离开我们连队的时候，一边走一边叮嘱我们，要注意休息，要好好学习，要把生活搞好，让战士们吃饱，不要饿肚子。

我们听了这些语重心长的话，心里都感到热乎乎的，很受感动和鼓舞。

首长们走了以后，我们队开了一个会，传达了首长的指示，提出了要求。大家都表示了决心，一定用实际行动回答毛总书记和朱总司令等首长对我们警卫战士的关心和爱护。

罗坊紧急会议

正当革命战争顺利发展，红军开始转变的关键时刻，以李立三为代表的"左"倾冒险主义，在党中央占了统治地位。由于李立三错误地分析了当时的形势，过低地估计了敌人的力量，过高地估计了自己的力量，错误地提出集中红军主力进攻中心城市，打到南昌、九江，会师武汉，争取一省数省首先胜利的错误主张。

一九三〇年十月中旬，红一方面军先头部队已经到了江西丰城，向南昌方向前进，准备夺取南昌。但这时毛总书记发现，蒋介石指使武汉行营主任何应钦拼凑了十万兵力，任命江西省主席兼第九路军总指挥鲁涤平担任"围剿"军总司令，张辉瓒为前线总指挥，策划对中央革命根据地和红一方面军发动大规模的反革命"围剿"。根据这种情况，毛总书记、朱总司令于十月下旬，在江西新余县罗坊开了一个紧急会议。

我们为了确保这次重要会议的绝对安全，从首长驻地周围到每个警卫点，认真地进行实地察看、布置，向警卫战士详细交待任务和注意事项。

开会期间，我到会场周围检查哨位警戒情况，听到会场里在争论。李立三路线的执行者，主张红军主力去攻打南昌。毛总书记、朱总司令和绝大多数领导同志坚决反对这个冒险主义的错误意见。经过毛总书记进行耐心的工作，说服一些同志放弃了打南昌的错误主张，决定红军主力转移到赣江以东根据地内同敌人作战，发动群众，建立游击队、赤卫队，采取游击战和运动战相结合的战略战术，歼灭敌人。

在罗坊开会前夕，毛总书记昼夜不倦地找参加会议的干部谈话，了解各部队情况和扩军、筹款情形，和他们商议红军兵力扩大集中的情况，如何打运动战的问题；敌人对我军即将开始进攻时，我军如何作好充分准备迎击敌人前来"围剿"的问题；如何说服"左"的冒险主义的错误主张，如何粉碎敌人的反革命"围剿"的战略问题。

罗坊会议是第一次反"围剿"开始前的一个重要会议。

在开会休息中间，毛总书记也有时到我们警卫点上转转，看看我们特务队的战士，问问我们的思想情绪和生活问题，对我们警卫战士非常的关心。还向我们特务队的主要干部讲一些建立根据地的重要性和当前的形势，使我们思想上有了准备。

有一天，我在检查警卫情况时，看到了毛总书记，他对我说：特务队的干部思想上要有所准备，根据摆在我们面前的敌我形势，已经不是打不打南昌和九江的问题了，而是在哪里打击敌人的问题。我们要转到革命根据地内作战，可以取得根据地人民的支援，这是我们消灭敌人的有利条件。毛总书记离开警卫点时还告诉我，要我们特务队做好随时撤离罗坊的准备。

一九三〇年十一月初，罗坊会议结束后，总前委决定红军主力东渡赣江，由丰城、樟树、新干、峡江一线渡江，转到永丰、吉水、白沙、乐安、宜黄地区，边做群众工作，边筹款，边备战。

总司令部命令下达后，我们特务队保卫着总前委赶到樟树镇，因情况紧急，我们利用缴获敌人的几条小火轮，又找来了一些木船，组织部队快速渡江。

总前委首长是晚上开始渡江的，我们特务队布置了严密的警戒哨，并向小火轮驾驶室和轮机仓派出警卫。首长们上下船时，我们在跳板两侧站上人，保护他们的安全，使总前委在一小时内安全顺利地渡过了赣江。

渡江后，部队即向永丰县方向前进。总部命令我们保卫总前委向东固、南垄、龙冈、黄陂、小布转移。我们刚离开东固，敌人随后渡过赣江，尾追我军，结果扑了一个空。

这时，总部根据敌人的动向，又下令向宁都县的黄陂、小布、安福圩中心区集结。到达集结地区后，总前委在黄陂召开了一个重要军事会议。

黄陂是个不太大的镇子，西面、南面、北面都是山，既能隐蔽，又能寻机打击敌人，进可攻，退可守，地形很好。

开会的地点，是在一个祠堂里。会场周围，首长驻地，特务队都布置了警卫。

会议结束以后，总前委首长告诉我们：毛总书记认为初次转入运动战，必须慎重，有把握的仗才能打，既打就要取胜，在边沿地区打，不如退到中心地区打条件更为有利。我们熟悉地形，有人民群众的支援，使部队能得到休息，不至于过于疲劳。

我记得红军一、三军团的主力在集结地区进行了整顿，隐蔽待机，准备作战，歼敌于中心区之内。

特务队扩编为特务大队

一九三〇年十二月，由于革命形势的发展，工作的需要，我们特务队在小布扩编为特务大队，共三百多人，大队长是何金云，政委是冯文彬，我当时是队长。时间不长，何金云同志调赣东独立团任团长，由我接任大队长。

后来听说，何金云同志在肃反中被害了，那时他才二十多岁，是永新县人，对党忠心耿耿，打仗勇敢，工作积极负责，作风正派，品德很好，至今使我难以忘怀。后来，冯文彬同志调到总司令部工作，由海景洲同志接任政委（原是我党秘密交通）。

特务大队下辖三个队，受总前委秘书长古柏同志直接领导，任务仍然是保卫毛总书记、朱总司令等首长和总前委领导机关。

特务队扩编不久，总前委在小布开了动员大会。

小布是由几个小山村合在一起的一个比较大的村子。由于第一次红军来到这里时，打了地主和土豪劣绅，分了田地，为穷苦人报了仇，把地主的粮食和衣物等东西分给了人民群众，村子里的穷苦人非常感激红军。后又经过我们宣传教育，人们群众的思想觉悟提高了，支援红军打仗的积极性更加高涨。由此，小布成了红军比较可靠的根据地，军政关系、军民关系很好。当时开会的地点是古柏秘书长和我一起去察看的。会场设在一个地主家的比较大的房子里，是特务大队和总前委的几个同志一块布置的。红军的主要领导干部、江西省委书记、苏维埃主席、赣东特委书记和地方领导干部都参加了会议。

这次大会的安全警卫任务很繁重，不仅要保证会场的安全，而且还必须保证出席会议首长住地的安全。

　　在动员大会上，毛总书记作了振奋人心的动员，讲了敌人的兵力部署和对我苏区围攻的情况，向大家详细说明了我军反"围剿"的有利条件，要大家树立起消灭敌人的信心。并制定了作战的基本原则：诱敌深入，集中优势兵力，各个击破，在运动战中消灭敌人的有生力量。

活捉张辉瓒

　　十二月的一天，我军在黄陂得到情报，敌谭道源师准备向小布推进。

　　为了达到全歼这股敌人的目的，总部下令在东韶方向设下埋伏，准备歼灭谭道源师。于是特务大队保卫总前委由小布向以北地区前进。我们从早晨等到黄昏，整整等了一天，敌人也没有来。特务大队当晚随总前委撤回黄陂。

　　到了第二天，我们又悄悄地赶到了隐蔽地点，一直等到天黑，仍没有见敌人来，只好再次撤回。

　　这时，有的同志不懂得在反攻中必须慎重初战，特别是第一次反"围剿"更为重要，初战必须打胜的重要性。总前委了解到这一情况后，号召各部队及时作好干部战士的思想工作，向大家讲清，必须在敌情、地形等各方面条件都利于我们，不利于敌人的情况下，确有把握才能打击敌人。否则，我们就会吃亏。经过动员教育，从而统一了大家的思想，增强了胜利的信心。毛总书记就是这样坚持慎重的态度。

后来，歼灭了谭道源师一部后，在缴获的敌军作战文件中，查明敌谭道源师确曾下令向小布推进。经审问俘虏，才知道谭道源全师已集合好队伍，先头部队已经出发，向源头、小布开来，因为一个反革命分子从苏区内部逃出去告密，说该地区埋伏了大批红军，敌谭道源不敢与我军交战，就把先头部队缩回去了，设伏没有打着谭道源部。

敌张辉瓒率十八师由东固已进到南垄，向兴国的龙冈推进，我们很快就得到了这个情报。

龙冈、君埠之间有个黄竹岭，敌人向我军进攻必须经过此山。毛总书记、朱总司令抓住战机，当即下了决心，围歼张辉瓒师于龙冈地区。

总司令部指挥所设在黄竹岭的一个山坡上，毛总书记、朱总司令和朱云卿总参谋长、杨岳彬总政治部主任、古柏秘书长等首长就在这里指挥战斗。当时我们在指挥所附近担任警戒。由于地形对我们十分有利，我军居高临下。天刚亮，张辉瓒率部从龙冈出发，向我伏击圈推进。他们的先头部队刚爬到半山腰，就遭到了我军的迎头痛击。当时我军正面只有一个师的兵力。和敌人打了大约两个小时，敌军集中主力向我攻击，战斗越打越激烈，我军各部队从几个方向，冲下山去，向敌人勇猛冲击，打得敌人乱作一团。这时，不少敌人向黄竹岭方向突围，我们指挥所受到威胁。在这种紧急情况下，我立即带一个队，跑步占领了指挥所前面的一座小山，阻击溃逃的敌人。此时，山下的敌人拼命向山上爬来，当他们爬到半山腰时，我们向敌人投手榴弹，猛烈射击，经过十多分钟的激战，把敌人打了下去。就在这时，我军从左右两翼夹击敌人，将这部分敌人全部歼灭在山下。有一部分敌人向南垄逃窜，跑到龙冈、南垄之间的大山时，正好钻进我军早已布置在那里的一个师的口袋里，结果一个敌人也没有逃脱。

在这次战斗中，特务大队击毙和俘虏了不少敌人，缴获了一些武器弹药，受到了总前委和总部首长的表扬，说我们行动迅速，作战勇猛，打得好，过得硬。

龙冈一战，在毛总书记和朱总司令等首长的指挥下，一举歼灭了张辉瓒的第十八师师部和两个旅，俘敌九千余人，张辉瓒被擒。同时还缴获了敌人一部电台，但由于没有保存好，发报机受到破坏，只剩下了一台收报机，我军就用它作为建立无线电通讯的基础。

就这样，我军取得了反击第一仗的胜利。

再打敌谭道源

我们在龙冈休息了一天，进行了休整。

第三天，也就是一九三一年元旦，部队马上向小布、源头一带疾进，再打谭道源师。谭道源得知张辉瓒被擒，全师覆灭，非常恐慌，慌忙带领主力急速向东韶方向逃窜。毛总书记、朱总司令断定敌人可能要溜，立即下令追击谭道源部，决心把谭道源师消灭在东韶附近。于是总前委和总部向东韶方向前进。红十二军先头部队首先与敌人打了起来，我军主力随后赶到，相继合围敌人，各部队向敌人猛攻。谭道源师伤亡惨重，忙率残部突围，向宜黄东南方向逃去。

东韶这次战斗，我军歼敌半数，俘敌三千余人，缴获了大批枪支弹药，并缴获了敌人的电台。这样，我军就胜利地粉碎了敌人的第一次"围剿"。

战斗结束后，我们回到小布进行休整，向干部战士传达了总前委和总部首长对特务大队的鼓励。大家听后，非常高兴，情绪很高。同时，对在作战中英勇牺牲了的同志开了追悼会，对负伤的同志进行慰问和鼓励。我们还认真研究了在和敌人作战中如何打击敌人，保卫好总前委和总部首长的安全问题。并总结了战斗中的经验教训，对作战勇敢，冲锋在前，完成任务好的同志给予了表扬。并吸收一些同志加入中国共产党和共青团，进一步鼓舞了大家杀敌立功的士气。

总司令部鉴于龙冈战斗中破坏了无线电台的教训，向各部队发出命令，缴获了敌人的电台要保存好，不得损坏。

在打谭道源的战斗中，完好地缴获了他们的电台。一九三一年初，总司令部就用这些器材和解放过来的国民党部队的无线电技术人员，建立了我军第一个无线电队。王诤同志任队长，冯文彬同志任政委，他们的警卫任务由我们特务大队负责。

朱总司令考虑到我们特务大队所担负的任务很重，从缴获的敌人武器中调来一些手提式冲锋枪、驳壳枪和步枪装备我们。

在那时，战士们能得到一支好枪，真是如获至宝，高兴的不得了，像爱护自己的眼睛一样爱护它，擦了一遍又一遍，晚上睡觉都搂在怀里。大家说：朱总司令这样关心我们，我们一定拿着这些武器，保卫好总前委首长和领导机关的安全，狠狠地打击敌人。

第一次反"围剿"，五天我们打了两个大胜仗，俘敌一万多人，缴获了大量武器装备。被俘虏的敌人在我军政策的感召下，经过宣传教育，大部分参加了红军，不愿参加红军的，每人发给几块钱路费，遣返回家。

红军队伍扩大了，武器装备也加强了，干部战士的情绪非常高涨，人民群众支援红军作战的积极性更高了，巩固和扩大了中央革命根据地。

第一次反"围剿"的胜利，是毛总书记、朱总司令的正确指挥，抵制了"左"倾冒险主义的错误主张，抓住有利时机，采取诱敌深入，集中优势兵力，各个击破，在运动战中歼灭敌人的战略方针的结果。

不出所料：蒋介石发动第二次"围剿"

一九三一年一月，我军粉碎了敌人第一次"围剿"胜利之后，毛总书记和朱总司令预见到：蒋介石反动派在我军面前吃了败仗，妄想一举把红军全部消灭的野心未能得逞，决不会就此罢休，可能还要对我中央革命根据地进行大规模的"围剿"。

为此，总前委、总司令部回到江西宁都县的小布后，召开了一个高级干部会议，总结第一次反"围剿"的经验教训，准备作打第二次反"围剿"战争的战略部署。并要求各部队抓住时机，开展地方工作，积极发动群众，筹粮筹款，进行备战。广泛组织赤卫军、游击队拔掉地主武装盘踞的土围子，清剿土匪。整顿地方党的组织，建立基层红色政权。

这次会议，特务大队布置了严密的警戒哨，负责会场和与会人员的安全。

到了一九三一年三月上旬，果然不出毛总书记和朱总司令所料，蒋介石发动并指挥国民党反动军队对我中央苏区进行了第二次反革命"围剿"。

这次"围剿"，敌总司令是国民党军政部长何应钦，他鉴于第一次"围剿"长驱直入招致失败的教训，采取的是齐头并进，稳扎稳打，步步为营，重重包围的战术。敌人使用的兵力比第一次多一倍，由十万人增加到二十万人，西起江西赣江，东至福建建宁，联营七百里，构成弧形阵线，压向中央苏区。推进到富田、东韶、广昌一线之后，便筑起坚固工事，蹲在乌龟壳里，不再前进，想引诱红军脱离根据地，企图攻击我军。

同时，对我军实行严密的经济封锁，层层设卡，断绝一切物资运入中央革命根据地，妄想围困我们。

突获敌军"围剿"计划

我们在第一次反"围剿"中，歼灭敌张辉瓒师后，缴获了他们的电台，发报机被破坏，只剩下了收报机。

有一天，王诤队长听到敌人在发报（王诤同志是从敌张辉瓒师无线电台过来的技术人员，参加红军后，当了我们无线电台队队长），他问冯文彬政委："收不收敌人的电报？"冯文彬政委说："要收。"

敌人的电报抄收下来后，经过破译，是敌总司令何应钦向我军进行"围剿"的整个兵力部署和进攻方向。

冯文彬政委立即把破译的电报送给毛总书记，他看了以后，非常高兴，给予了表扬。并对冯文彬政委说："继续收听敌人的发报"。

毛总书记、朱总司令根据敌人的部署和进攻方向，决心把红军主力集结在东固一带，先消灭王金钰指挥的第五路军。

一九三一年三月二十日，总前委下达了由毛总书记兼总政治委员和朱总司令签发的第二次反"围剿"政治动员令，要求每个红军干部战士树立敢打必胜的信心。

与此同时，还把当地赤卫军和地方武装的负责人找来，开会讨论和规定了地方武装的任务，以便配合红军主力作战。

会后不久，地方上就成立了担架队、运输队、交通队和向导队等，人民群众支援红军作战的积极性非常高涨，苏区军民都充满了胜利的信心。

突然袭来的乌云

记得有一天，古柏秘书长亲自来到我们特务大队的住处，对我和海景洲政委说："总前委准备开一个非常重要的会议，你们一定要做好警卫工作，绝对保证会场和参加会议人员的安全。"

会议从四月十七日开始，十九日结束，开了三天。当时，我们只知道这次会议非常重要，但不知会议内容。

后来才听说，这次会议是由王明派到中央革命根据地的一个代表团的负责人主持召开的，红军军以上主要领导同志都参加了会议。王明路线的执行者，以中央代表的资格，一进入苏区，就把持着苏区中央局，不问当前敌我斗争的具体情况，硬说敌何应钦的二十万大军处处筑堡，无法打破，只有退出中央苏区，到其它地区去建立新的根据地，红军才有出路。他们根本不知道这块中央革命根据地是在什么样的困难条件下，依靠正确的路线和政策，经过多少坚韧卓越的斗争，艰苦深入细致的群众工作，以弱对强，以少胜多的英勇作战，流血牺牲，克服了种种困难，才创立起来的。如果轻易离开根据地到白区去打仗，红军就有可能被消灭的危险。

尽管毛总书记、朱总司令详细讲了第一次反"围剿"胜利的经过，全面分析了敌我形势，指出了敌人的弱点和我们的有利条件，可是王明路线的执行者对这些根本听不进去，坚持要退出中央苏区到白区去建立新的根据地。

毛总书记和朱总司令等领导同志严厉批驳了他们的错误意见和这种逃跑主义的荒谬主张。并指出：第二次"围剿"，敌人的兵力虽然多，但不是蒋介石的嫡系部队，敌军内部矛盾重重，各怀鬼胎，第一次"围剿"惨遭失败，士气低落，军心恐慌。敌人除了蔡廷锴的第十九路军、孙连仲的第二十六路军、朱绍良的第六路军以外，其余的部队战斗力都比较弱。敌王金钰的第五路军刚从北方调来，不习惯山地作战。敌郭华宗、郝梦龄两个师的战斗力也大体相同。而我军第一次反"围剿"打了胜仗，全军上下士气旺盛，准备充分，以逸待劳。地方组织和人民群众对敌仇恨，对红军热烈拥护，参战工作比前次更加积极，更有经验，地形和民情都比较好，胜利的条件比上次反"围剿"时更加具备。第一仗先打敌王金钰部，然后由西向东横扫。这样，战役结束后，就可以在闽赣边境扩大根据地，为打破下次"围剿"进行准备工作。如果由东向西打，打到赣江东岸，战役结束后，没有发展余地。打完再向东转，又劳师费时，会贻误良机。

毛总书记和朱总司令主张在中央苏区粉碎敌人的第二次反革命"围剿"，取得我军绝大多数高级干部的同意后，便于一九三一年四月十九日下令红军主力向龙冈、东固地区集结。

这时，叶剑英同志已接任朱云卿担任总参谋长。项英、任弼时、王稼祥、顾作霖等同志来到了中央革命根据地，参加了反"围剿"战争。

总部决定：再向西走四十里

四月二十三日，红军主力先后到达了集结地域，待机歼敌。

为了便于抓住战机，歼敌有生力量，毛总书记、朱总司令和叶总参谋长等其他领导同志，经过认真研究，又毅然决定，红军主力再向西走四十里，把部队摆在根据地前沿东固一带，占领有利地形，待敌王金钰部脱离其富田巩固阵地，然后将其歼灭。

我们到达东固后，总前委和总司令部驻在东固东边大约离东固有五六里路的坳上。我们特务大队住在首长和指挥机关附近，一个队住在房子里，大部分住在竹林山坡上搭起的草棚子里，担任警戒，上政治课，讲目前的困难只不过是暂时的，消灭了敌人以后，形势就会好起来，鼓舞大家的士气。利用地形地物练战术，练射击，练爬山。

东固一带，四面环山，宛如一个盆底，其西北方向是九层岭、观音崖，山高路陡，尤为险峻，当地老百姓都说：九曲十八弯，弯到东固山，要上九层岭，须走十八弯。它是中央苏区的屏障。越过这几座高山向北就是富田。我们在四周山上挖了工事，准备敌人一进来就把他们歼灭在这个山坳里。由于总前委在东固先后召开了军队干部和地方干部会议，作了具体部署，宣传教育和鼓动工作做得比较好，地方党和群众武装全都动员起来了，协助红军严密封锁消息，盘查过往行人，不管白天黑夜，每一条路口都有暗哨，每一座山上都有人巡逻。

部队隐蔽在深山丛林里，充满热烈而镇定的情绪，进行着紧张的战前准备……

军民共度难关

我红军主力大约有三万多人，云集隐蔽在东固地区，物资供应成了当时的一个大问题。时值插秧季节，农活正忙。

可是,村里的青壮年大部分外出担任巡逻、放哨、侦察、运输等工作去了,剩下的都是些老年人、妇女和小孩。

我军虽然正在备战, 但是, 帮助群众劳动生产是红军的优良传统, 部分部队便分散到各村帮助老乡挑水打柴, 耕地插秧。

第一次反"围剿"就是在这一带打的,人民群众亲眼见过红军歼灭敌人的情形。他们见这么多红军住在一起,粮食要从很远的地方运来,又有敌人的封锁,粮草供应十分困难,就把自己的粮食主动拿出来接济我们,并主动去中心区帮助部队运粮、运菜。即便这样,粮食还是不够吃,每人每天只有一斤糙米,掺上黑豆煮成饭,吃起来发苦。

开始时还能吃到一点菜, 以后就吃不到了。

没有菜吃, 我们就只好到山上挖野菜, 找野竹笋尖吃, 下水到田里、河沟里摸螺蛳、捉泥鳅, 自己解决吃菜问题。

办公用品也缩减到最低限度, 一张纸要用四遍 (铅笔写一遍, 毛笔写一遍, 正面写一遍, 反面写一遍), 开个收条, 只用手指那么大的纸。

各级指挥机关的大门上挂着马灯, 便于通信人员传递信件, 因为缺少煤油, 只好把火捻得很小。

毛总书记、朱总司令和叶总参谋长等首长点着很小的油灯开会, 研究敌情, 看地图, 写指示, 发命令。

红军和群众完全像一家人, 同甘共苦, 互相关怀照应。

有一天，毛总书记、朱总司令和总部首长看见驻地群众要出发运粮，为了使老乡吃饱饭好运粮，把煮好的饭菜让给老乡吃了，自己情愿饿肚子。见此情景，我们都非常受感动、受教育。我马上找来一些战士，下到水田、河沟里摸来一些螺蛳，挖来一些野菜，从特务大队拿来一些糙米，交给伙伕，给首长做了一些饭吃。

毛总书记知道后，便对我说："你们特务大队生活也是很困难的，任务又很重，米还是留着自己吃，不要让战士们饿肚子。"

我说："首长日夜操劳，还要指挥千军万马打仗，首长可不能饿着肚子"。

那时，毛总书记、朱总司令、叶总参谋长及其他首长的生活和大家一样，饿了，实在没有粮食吃时，喝点稀饭，吃点野菜，紧紧裤带也就挺过去了。

尽管这样，我们并没有被困难所吓倒，大家的情绪很高，粉碎敌人"围剿"的决心更大了，消灭敌人的士气更高了。

以逸待劳

我红军主力集结东固以东地区后，敌王金钰所属五个师，除罗霖七十七师仍在吉安外，公秉藩的二十八师、郭华宗的四十三师、上官云相的四十七师、郝梦龄的五十四师已进至富田、白沙、水南、藤田一带。

为了消灭王金钰部于运动战中，我们保卫总前委、总司令部在东固整整等了二十多天。

到了五月十五日，我们的电台突然截收到敌人二十八师公秉藩部（公秉藩驻在富田，距离我军大约有四十里）的电台，与该部驻吉安的留守处电台的一份电报。得知敌公秉藩部企图于五月十六日早晨由富田出发，经中洞向东固推进，冯文彬同志把这个重要情况立即向总部首长作了报告。

毛总书记、朱总司令和总部首长听后，非常高兴，说电台队的同志立了一大功，进行了表扬。

首长们经过认真分析，认为公秉藩师刚从北方赶到，对东固一带地形不熟，加上水土不服，又不习惯山地作战，没有同红军打仗的经验，决定先吃掉该部，以便打胜这一仗而震撼全线，然后向东横扫。

下定决心后，总部迅速部署好一个大口袋，令红三军团为左路军，担任迂回包抄敌人。红三军为中路，沿东固向中洞方向前进，迎击公秉藩师。红四军和红十二军为右路军，分两路抢占九层岭和观音崖。由富田到东固，中间横着一座大山，只有两条路，一条经九层岭，一条经观音崖，两条路地势极为险要。当时，总司令部指挥所预定设在白云山上。

一切部署后，我军各部队按总部计划先后出发了。

激战：就在眼前

五月十六日拂晓前，特务大队保卫总前委、总部首长和领导机关，从原驻地东固坳上出发，沿通中洞的大路向指挥所位置前进。特务大队走在总前委和总部的前面。毛总书记斜背着一把油纸伞，朱总司令背着一顶斗笠，腰下垂挂着一个望远镜，走在我们的后面。

此时，我们的先头部队早已出发了，总司令部以为先头部队赶到指挥所前面去了，其实还没有赶到。

我们正在通往富田的路上走着，一个侦察兵上气不接下气地从前边跑回来，向朱总司令和叶总参谋长报告说："在我们正前方不远的小桥以西的大路上，发现敌人的尖兵连迎面向我们走过来。"

朱总司令拿起望远镜仔细一看，只见一股敌人已爬过了一座小山，向我们奔来。他马上命令特务大队在小桥以东展开，我们立即占领了一座小山，准备阻击敌人。

这时，敌人已经离我们不太远了，先发现了我们在前边正准备架线的几个电话兵。敌二十八师的尖兵部队和我军电话兵遭遇，以为发洋财的机会来到了，拼命地追赶我们的电话兵，嘴里还不住地喊着：冲呀！杀呀！乱哄哄地向小桥以东冲来。眼看敌人离我们只有几百米远了，我们都为毛总书记、朱总司令和叶总参谋长等首长的安全捏着一把汗，心里非常着急。

我劝首长们赶快转移。

毛总书记很镇静地说："不要紧，只要你们不让敌人冲过桥来，我们的大部队很快就会赶上来的。朱总司令也像没有发生什么事一样，轻蔑地说："这些敌人，打我们不赢的。"

敌人离我们只有一百多米远了，但我们仍沉住气，一枪没放，我劝朱总司令转移，他说什么也不肯走。

敌人渐渐地离我们只有几十米了，只听朱总司令喊了一声：打！我们的步枪、手提式冲锋枪，朝着敌群一阵猛烈的射击，投了一阵手榴弹，只见敌人像割倒的茅草一样倒下一大片，阻击了敌人前进。

敌人的先头部队虽然遭到了我们的迎头痛击，伤亡惨重，可是敌人的后续部队又一窝蜂似地冲了过来，又被我们击溃。

敌人恼羞成怒，又投入后续部队向我反扑。我们在朱总司令的直接指挥下，以一个勇猛的反冲锋将敌打垮。

为了赢得时间，又不使部队有过大的伤亡，我们且战且退，退到后面的山上。敌人的机枪和迫击炮集中向我们这座山上射击，枪弹的呼啸声和迫击炮弹的爆炸声震耳欲聋，一股股硝烟在山头与山腰间不时腾空而起。在这紧急时刻，我们把背包都扔了，只带枪和手榴弹坚守在山石后面。敌人刚冲到我阵地前沿，我们向敌人一阵猛烈的射击，狠狠地把数倍于我的敌人压了下去。

我们和敌人激战了二十多分钟，子弹和手榴弹都不多了，情况十分危急。

就在我们和敌人激烈战斗的时候，我红三军从正面和左翼赶了上来，立即向敌展开了猛烈的攻击。我右翼的红四军和红十二军，一部分从侧面攻击敌人，一部分插入敌人纵深。红三军团绕敌后方包围过来，像一把巨大的钳子，死死把敌人夹住，压在山谷里。敌人被我们打得晕头转向，前进不得，后退不得，夹在狭窄的山谷中，敌兵力无法展开，虽有优良的武器装备，亦发挥不了大的作用。经我军各路部队一压，立刻阵容大乱，东碰西撞，争相逃命，小树都被压倒了，树枝上挂着扯烂的布片，敌人丢弃的枪支弹药遍地都是。

这一仗，不到半天时间，第二次反"围剿"首战告捷。敌二十八师被我军全部歼灭，敌师长公秉藩也被我们俘虏了。可惜我们不认识他，他化装成士兵，发给他三块银元放走了，便宜了他。

消灭敌二十八师后，我军主力于五月十七日在富田地区胜利会师。

十八日，进攻水南，把敌王金钰的四十七师打得溃不成军。

十九日，围攻白沙，消灭敌郭华宗四十三师大部，残敌向永丰狼狈逃窜，我军乘胜追击。

二十三日，攻击中村，歼敌高树勋二十七师一个旅。

二十六日，围攻广昌。

二十七日，攻克该城。敌朱绍良所部第八师和二十四师仓惶逃往南丰。当日黄昏的时候，将敌第五师师长胡祖玉击毙，残部当夜向北逃窜。

红三军和红四军一部北上追击逃敌，我军大部队继续东进。五月三十一日围歼敌刘和鼎五十六师于福建建宁。

我军从五月十六日至十七日开始，到五月三十一日结束，十五天中，从江西赣江富田打起，经水南、白沙、中村、广昌，一直打到福建之建宁，横扫七百里，打了五个胜仗，歼敌三万多，缴获了大量武器装备，胜利地粉碎了敌人的第二次反革命"围剿"。

特务大队改称国家政治保卫大队

由于革命斗争形势的发展和任务的需要，一九三一年六月，我们在兴国连塘附近进行了整顿。

苏区中央局召开了一次扩大会议，进行了改组。

同时，成立国家政治保卫处，属苏区中央局领导。

这个处设在总政治部，处长是王稼祥同志。

特务大队改称国家政治保卫大队，我仍任大队长，海景洲同志任政委。我们直接受国家政治保卫处处长王稼祥同志领导。

国家政治保卫大队的任务，主要是保卫苏区中央局、总前委、总司令部等首长和领导机关的安全。同时还担任无线电台队的警卫任务。

在我的记忆里，当时我们负责保卫总前委、苏区中央局的主要领导人有：毛泽东、朱德、叶剑英、项英、任弼时、王稼祥、顾作霖、周以栗、古柏等领导同志。

第二次反"围剿"胜利结束后，特务大队改称国家政治保卫大队。不久，我们便开始准备打第三次反"围剿"战争。

蒋介石亲自出马再次"围剿"

蒋介石第二次反革命"围剿"惨遭失败后，又于一九三一年七月一日，纠集了三十万兵力，亲自出马自任总司令，对中央革命根据地进行了第三次大规模"围剿"。还从德、日、英国要来了军事顾问，跟在他的屁股后面出谋划策。

敌人这次"围剿"，采取的是"长驱直入"、"分进合击"的战术。兵分三路。蒋介石带着中路和其亲信何应钦，驻南昌，右路由敌陈铭枢，驻吉安，左路敌朱绍良，驻南丰。

敌人又把全部队伍分为挺进纵队，陈诚、罗卓英挺进纵队由西北向苏区长驱疾进；蒋光鼐、蔡廷锴和韩德勤挺进纵队，由西南向苏区逼进；赵观涛和卫立煌、蒋鼎文部队跟踪而来；孙连仲由东南，朱绍良的左路军由正北和东北向苏区进逼。

蒋介石反动军队凶猛地向中央革命根据地扑来，妄想乘我军连续作战之后，未得到休整的机会，把红军压到赣江一带，企图将我军消灭。

当时，我军的处境是十分困难的。红军主力只不过三万余人，要同超过我军十倍装备精良的敌人作战，不仅在装备上处于劣势，而且众寡悬殊。尤其是我军刚刚结束第二次反"围剿"，紧接着转入紧张的备战工作，发动群众，打土豪，分田地，筹粮筹款，建立地方红色政权，没有时间休整，也没有得到补充，部队比较疲劳。而敌人经过严密部署又以逸待劳。

大敌当前，情况异常紧张。

但是，经过第一、第二次反"围剿"胜利的红军指战员，都有坚定的信心，无论形势多么艰险，在多谋善断的毛总政委和朱总司令的领导指挥下，定会挫败敌人的狂妄企图，粉碎敌人新的反革命"围剿"。

毛泽东诱敌深人避实打弱

连日来，毛总政委、朱总司令和叶剑英总参谋长，在总司令部里，围坐在一张军用地图前，彻夜不眠地研究敌情，不断地听取侦察人员汇报敌人的动向，部署着打破敌"围剿"的通盘计划。

有时，毛总政委也到外边来散步，他的表情还是那么从容，举止十分镇定，和以往每次面临危机一样，看不出发生了任何事情。有时还和我们打招呼，拉上几句家常话，询问一下部队的情况。

不久，根据毛总政委的作战原则，我军决定采取"诱敌深入，避敌主力，打其弱点，乘退追歼"的作战方针，以"磨盘战术"，消灭敌人。首先绕到敌人后方，捣敌后路，由兴国县经万安境内突破富田一点，然后由西向东打过去，甩掉敌人主力于赣南，置敌于无用武之地。等敌人转回来，必然十分疲劳，再选薄弱之敌，将其歼灭。

一个粉碎敌人"围剿"的战略方针就这样形成了。

在总司令部作战室的军用地图上，蓝色箭头形成的包围圈越来越小。

"胜利在脚"

我记得是一天早晨，国家政治保卫处处长王稼祥同志把我找去，对我讲，毛总政委和朱总司令在总司令部召开一个有关领导同志参加的会议，要我们作好安全保卫工作。会议从上午开始一直开到天快黑了才结束。我看到参加会议的有各军的主要领导同志。会议结束后的第二天，部队很快整装向永丰县方向疾进，总司令部随后跟进。我们保卫大队的部分同志随首长同行，大部分走在首长们的前面，以便应付突如其来的情况。

这是一次大规模的战略行动，也是一次急行军。

为了有利于我军，不利于敌人，在中央革命根据地内打击敌人，红军冒着七月的盛暑天气，背着全部行装，在烈日下行军，个个汗流浃背，衣服全都湿透了。脚下的石头路，被火热的太阳一晒，脚踩上去烫得很痛，阳光烤得人喘不过气来。当时，正是青黄不接的时候，粮食不足，大家只好搞些杂粮充饥。尤其困难的是病号增多了，有的中了暑，有的闹起疟疾，还有的拉肚子。但是千难万难也难不倒英雄的红军指战员。大家从第一、第二次反"围剿"的亲身体验中懂得了这样一条道理：为了打胜仗，就一定得多走路。当时，部队流传着这样一个口号，"胜利在脚"。

红军战士自觉地忍受着一切困难，衣服被汗水湿透了，把汗水拧掉。草鞋磨破了，用破布包起来，或者干脆光着脚。饿了，把皮带扎紧点。病了把病号们组织起来，互相搀扶着前进。

在行军中，战士们有时开政治讨论会，有时进行文化学习。特别是行军鼓动工作，更是活跃，有声有色。路边的石头上、树干上贴上鼓动标语口号。

每到难走的地方，宣传队的宣传员就唱上几段大家爱听的歌子，鼓动着战士们前进，勇敢杀敌。

每当休息的时候，哪怕是只有十几分钟，士兵委员会的同志们也要进行鼓动工作，来个小演唱，唱段山歌。山谷里，树林里，到处充满欢乐的气氛，大家把疲劳和酷热都忘记了。

"点亮马灯"

经过连续行军作战，我红军指战员克服了种种困难，绕道千里，于七月二十二日晚上，来到于都县以北一个叫银坑的地方，毛总政委、朱总司令命令部队停下来。遵照命令，保卫大队立即占领了几个山头和路口，担任警戒。

这里是一个峡谷的底部，两旁高山耸立，一道溪水流经身旁，发出潺潺流水的响声。

毛总政委叫身边的人员把地图铺在沙滩上，点亮马灯，压着地图的纸角，首长们围着地图，又研究起敌情和地形来了。

峡谷寂静，夜风掠过，山上的森林不时发出声响。这时候，只有沙滩上那盏马灯，在漆黑的深夜里，发出微弱的亮光。毛总政委坐在灯旁，手指地图，用温和的口气对身旁的指挥员说，最后得到的情报是这样：只有兴国县方向还有二十多里路的缺口没有被敌人占领。我红军主力即向兴国那个缺口开进，跳出敌人的合围圈子。

叶总参谋长按着毛总政委、朱总司令的决定，当即草拟命令。

随后，总司令部立即率红军主力向兴国县西北的高兴圩地区集中。

高兴圩这块地方，当时还没有被敌人占领。一到这里，完全是另一番景象。群众像久别的亲人，热情地迎接我们。部队一进村，一大群儿童团员组成的慰劳队就把队伍围了起来，每人拿着毛巾、扇子，一边唱着山歌小调，一边给战士们擦汗。部队宿营后，老人、妇女们带着鸡蛋、草鞋也前来慰问红军战士。妇女们把战士的衣服拿去洗得干干净净，补得整整齐齐。地方政府对参战的各项准备工作也做得很好，有担架队、向导队，可随时跟部队行军作战。

转战几个月的红军指战员完全像回到了老家。

而这时，敌人也已分路逼近了我军，敌机不断地在空中盘旋，侦察红军的动向。

总司令部一连几天紧张地开着军事会议，研究当时的形势和作战计划。

那时，敌上官云相的第四十七师和郝梦龄的五十四师，驻在富田。

根据侦察情报获悉，这两个师从北方调来不久，地形不熟，也不善于在山地作战，战斗力比较弱。

经过分析研究,毛总政委、朱总司令确定,首先突破富田这一薄弱环节,然后由西向东,朝敌人的后方联络线上横扫过去,使处于战略内线作战的我军,能够集中优势兵力寻求战役外线作战,掌握主动,使深入我中央革命根据地的敌人找不到我军。等到敌人回头向北来的时候,必定十分疲劳,我军就可以乘机消灭部分敌人,粉碎其围攻。

不久,我们保卫大队很快接到国家政治保卫处王稼祥处长的指示,要我们作好准备,整装待发,执行任务。

接到命令后,我把大队的干部找了来,进行了政治动员,讲了注意事项,作了具体安排,部队即分别准备行动。

一九三一年七月三十一日晚,我军主力由兴国西北的高兴圩向富田开进。

一九三一年八月三日,中共闽赣边特别委员会书记、军委会主席邓发同志,来到了江西苏区。

根据工作和革命斗争形势的需要,接替了王稼祥同志国家政治保卫处处长的职务。

为了便于开展工作,加强保卫工作的力量,在兴国县的高兴圩地区,单独建立了保卫机构,国家政治保卫处下设四个科和一个国家政治保卫大队。秘书科科长欧阳毅,预审科科长胡底,侦察科科长钱壮飞,执行科科长张然和,我任保卫大队大队长、海景洲任政治委员。原来国家政治保卫处设在总政治部,改为直接归苏区中央局领导。

同时,红军各军、师、团也设了特派员,营、连设有秘密保卫干事。

紧接着，我们保卫毛总政委、朱总司令和叶剑英总参谋长等首长，按预定计划由兴国向富田开进。

不料，我军的行动被敌人发觉了。

敌陈诚、罗卓英挺进纵队的第十一、十四两个主力师抢先占领了富田。

我军即改变计划，于一九三一年八月四日上午返回高兴圩地区集结，另寻消灭敌人的机会。

命令：中间突破

我军三万余人集结在山林里隐蔽。

敌人的飞机不时地在空中侦察、轰炸。当时的情况是十分紧张的。但我军将士看不出有丝毫慌乱情绪，大家都在从容镇定地等待命令，做着夜行军的各项准备工作。

这时，敌十九路军蒋光鼐的第五十二、六十、六十一三个师进至崇贤；敌五路军上官云相的第四十七、五十四两个师正向良村、莲塘疾进；敌蒋鼎文的第九师到达兴国。

我军面临赣江，东南北三面受敌。

在这紧要关头，毛总政委、朱总司令果断决定：改取中间突破的战略，向东面的莲塘、良村、黄陂方向突进。

为了隐蔽意图，一九三一年八月四日下午，我红三十五军和红十二军的三十五师及部分地方武装伪装主力，向西佯动，诱惑敌人第六、九、十一、十四等师继续向良口、万安方向前进。

一九三一年八月五日晚，我们保卫大队突然接到总司令部命令，要我们把一切能够发光的东西都要隐蔽好，发响的用具都要想法包起来。行军时，不准讲话，不准吹号、吹哨子，不准放路标，前后联络用扎在左臂上的白毛巾作识别，碰到岔道一律用标兵，指示前进方向。

天将黄昏，前卫部队开始行动了。我简短地向部队作了动员，讲了行军注意事项，随后又认真检查了一下战士们的行装。

这天夜里，满天星斗，露水很大。我们走在毛总政委、朱总司令和叶剑英总参谋长的身后，毛总政委的布鞋和裤子全被露水打湿了。

我军三万人马，偃旗息鼓，不出一点声响，一夜之间，要从兴国县的江背洞和崇贤两路敌军之间四十里的空隙地带穿插过去，向东北方向插入敌后，实行中间突破，迅速转移到莲塘地区。这样大的部队隐蔽行军，如果有一点响声或者一丝亮光暴露了目标，作战计划便有遭到破坏的可能。

黑夜里，我军指战员的影子飞速闪过，没有人说话，没有人咳嗽，只有脚步沙沙声急促而有节奏地响着。

天快亮的时候，我军已翻过高峻的大山，悄悄到了兴国县境内的枫边、白石、良村一带，在林木茂密的大山里隐蔽集结。

"先打敌上官云相这个师"

一九三一年八月七日，我军侦察人员突然送来情报，说敌上官云相的第四十七师刚刚赶到莲塘，还未站稳脚跟。毛总政委、朱总司令决定，先打敌上官云相这个师。

命令下达后，我军迅速钻出树林，奔下山岗，向莲塘疾进。

上官云相师因是北方部队，不习惯山地作战，在我军四面的攻击下，大部被歼。一部分敌人及其指挥部凭借一片房屋、几条街道负隅顽抗着。

这时，毛总政委、朱总司令已来到了前沿指挥所指挥战斗。我们在离指挥所不远的一个山头上担任警戒，随时准备出击歼敌。

我英勇的红军干部战士，冒着敌人的炮火，利用小山坡和田埂作掩护，向敌人猛烈进攻。

战斗越打越激烈，我军距敌人越来越近。

一场激烈的白刃战在村头展开了。我军和敌人拼到一起，只见刀光闪闪，敌人伤亡惨重。

一阵激烈的巷战之后，枪声慢慢稀疏下来，战斗已近结束，到处是缴枪不杀的喊声，战士们从屋角里、墙根下、树林里，把零星的敌人也搜了出来。

这次战斗，共歼敌上官云相第四十七师一个多旅，狠狠地打击了敌人，给敌以重创。

接着，我军又在良村紧紧包围了敌郝梦龄的第五十四师。

我军集中优势兵力，勇猛向敌攻击，以迅雷不及掩耳之势，抢占了良村周围的几个山头，随后从四面向良村的敌人压下去，很快突破了敌军阵地。敌人像一窝蜂似地拥挤在山沟里，乱作一团，陷入一片混乱。我军乘机猛打猛冲，短短几个钟头就结束了战斗，歼敌大部，缴获一批武器弹药，挫伤了敌人的锐气。

良村战斗结束后，毛总政委、朱总司令率红军主力继续北进。又在龙冈歼灭了敌上官云相的四十七师和郝梦龄的五十四师漏网的残部八个团。之后，我军主力星夜兼程，继续向东疾进。于一九三一年八月十一日凌晨，将驻守在宁都县境内的黄陂之敌毛炳文的第八师包围起来。

敌人居高临下，又占领了有利地形，修好了工事，自以为万无一失。

这次，我军采取了新的战法，来了个兵力集中，炮火集中，军号集中。密集的炮火突然打向敌前沿阵地，几十支军号同时吹起了冲锋的号令。

顿时，炮声大作，军号齐响，杀声震天，整个黄陂被打得烟雾弥漫，守敌根本抬不起头来。我早有准备的突击部队，乘势分路冲入敌阵。敌人被打得滚的滚，爬的爬，战斗仅仅用了一个小时，一举歼敌四个团。

从一九三一年八月七日至十一日，五天之内，我军连续取得了三战三捷的重大胜利。

"红旗飘飘过山来"

黄陂战斗结束后，我军迅速撤到君埠、阳斋、尖岭堆一带隐蔽集结，准备再次跳出敌人的合围。

打了莲塘、良村之后，敌人才发觉我军主力东去，于是敌人从一九三一年八月九日起，将所有向西寻找我军的主力部队调头东进，以密集的大包围态势，向我军集中地君埠地区逼进，形势一时变得又紧张起来。

敌军重兵压境，毛总政委、朱总司令根据敌我态势决定：八月十五日黄昏，以我红十二军大部伪装成我主力向东北乐安方向佯动，将敌主力引向东北方向。

当天晚上，我军在深山中沿着一条小河沟蜿蜒西进。开始，还有小路可走，走着走着钻进了丛林中。部队爬山涉水，在新开辟的山道上行进。我们走的这条路，两翼相隔二十多里便是敌军。我军就是要从这狭小的空隙中间穿插过去，才能跳出敌人的包围圈，这是毛总政委一个大胆而又周密的战略行动。我军也必须在这一夜之间穿过这段地带。

因道路不好走，部队行动有些缓慢，毛总政委、朱总司令带我们保卫大队迅速赶到前面。整整一夜，毛总政委和朱总司令都拿着指北针随主力部队同行。战士们见此情景，更加快了脚步，伤病员也坚持跟着队伍行进。

一夜之间，我军主力从敌人包围圈中仅有二十多里的间隙中，突出了敌人的重围，秘密转移到了兴国县的枫边、白石一带，隐蔽集结待命。

这里已无敌跟踪。当时人民群众进行了"坚壁清野"。他们一见胜利返回来的红军，像见到久别的亲人一样，高兴地唱起了山歌。能记起来的，有这么几句歌词：山歌越唱越开怀，东山唱来西山来，英雄好汉当红军，红旗飘飘过山来。

一听到乡亲的山歌，我们部队把疲劳全都忘记了。

在我们突围的同时，红十二军与我主力部队转移相反的方向，向东北挺进，诱惑敌人。

他们按着毛总政委和朱总司令的指示，一路上到处号房子，书写我军各部队前进的路标，好像红军主力是由这条路线前进的。

于是，敌人集中主力紧紧跟在红十二军后面拼命地追，一直追了十几天，才发觉上当，又赶紧回过头来向西赶来。

这时，我军主力已在兴国地区休整了半个多月。接着，我军再度向西转移，进至兴国西部的茶园冈、均村一带，继续休整。

在这段日子里，敌人在赣南深入我根据地之后，连续扑空，被我军牵着鼻子东遣西调，在苏区里打转转，吃尽了苦头。

苏区人民早就把吃用的东西坚壁起来，破坏了道路，封锁了消息，敌人找不到人，也弄不到粮食，甚至自己割了稻子也弄不成米，只好将稻谷压碎了做饭。吃不上油盐、蔬菜，还经常遭到我地方武装和赤卫队的袭击。敌人在中央苏区里，饭吃不上，觉睡不好，打仗无情报，行军没向导，整天疲于奔命，完全陷入被动挨打的地步，被迫于一九三一年九月初开始退却。

为了扩大胜利，给敌以更大的打击，我军按预定计划，对撤退的敌人开始了追击。

又有新情况

一九三一年九月七日，我军得到情报，在兴国城内的敌蒋鼎文的第九师和独立旅，准备逃往吉安，敌五十二师也跟着蒋鼎文一同撤退。

毛总政委、朱总司令当即决定：先将敌人后面的一个师打掉。

按着作战部署，我红三军埋伏在老营盘、高兴圩一带，等敌人路经这里时，将其歼灭。

不料，敌人发觉了我们的企图，主力又缩进了兴国城，我们只消灭了敌第九师的一个先头旅。

战斗刚一结束，我军又接到情报，敌蒋光鼐的第十九路军的六十、六十一两个师（十三个团），由崇贤经高兴圩向兴国撤退。

于是，我军又在高兴圩一带埋伏重兵。九月七日，战斗打响后，我红三军团在高兴圩歼敌，红七军在兴国城附近牵制敌人。

这一天，天气阴沉沉的，非常的闷热，仗打得异常激烈。红四军把重火器集中起来，向敌攻击，敌人抵抗得也很顽强，每一个工事，每一个山头，都要经过反复争夺。

当时，总司令部指挥所设在高兴圩西面的山上，毛总政委、朱总司令在这里亲自指挥战斗，我们保卫大队分布在离指挥所很近的几个山头上担任警戒。

天快黑的时候，敌人向指挥所方向打来了二十多发炮弹，都落到山后边去了。

尽管如此，我们还是为毛总政委、朱总司令等首长的安全捏了一把汗。

天渐渐黑了，我军与敌人打成对峙局面。

当晚，敌蒋光鼐见势不妙，经兴国逃到赣州去了。

我们随即转移到泰和、万安、兴国三县交界处，进行休整。

一九三一年九月十五日，我军再次得到情报，敌蒋光霈的第九师、韩德勤的五十二师残部要经崇贤、东固向吉安撤退。毛总政委、朱总司令下令截击敌人，将其消灭。

我军按着作战部署，追到东固山的白石一带，赶上了敌人，在方石岭地区歼敌第九师和敌五十二师各一部。

至此，我军共击溃敌人七个师，歼敌十七个团，毙伤俘敌三万余人，缴枪两万余支，彻底粉碎了敌人对中央革命根据地的第三次"围剿"。

警卫瑞金会议

一九三一年九月，粉碎了敌人第三次"围剿"之后，我们保卫总前委、总司令部和领导机关，转战到了江西瑞金的叶坪。

我记得大概是同年十月底的一天，刚刚接任国家政治保卫处处长不久的邓发同志，来到我们大队部，对我和海景洲政委说，近几天内，苏区中央局准备在瑞金召开党的代表大会，要我们担任警戒，做好警卫工作，保证出席会议人员和会场的安全。并对我们讲，要选派政治上可靠的党员和老战士担任会场的警戒。对进入会场的人员要严格检查证件。我和海政委从邓发处长给我们的任务中，看得出这次代表大会非常重要。

于是，我们按照邓发处长的意见，挑选了二十多名党团员、老战士，担任会场的警卫工作，并由我具体负责。

对通往会场的大小路口的警戒由海政委负责。

我记得参加这次会议的有毛泽东总书记兼总政治委员、朱德总司令、项英、任弼时、王稼祥、顾作霖、邓发等，还有的代表我不认识。会议从一九三一年十一月一日开始，五日结束，共开了五天。

会后不久，邓发处长告诉我和海景洲政委，会议改选了中共苏区中央局，毛泽东同志中共苏区中央局代理书记的职务被排挤了，由项英、任弼时临时主持中共苏区中央局的工作。

在我的记忆里，大概是在一九三一年十二月底，周恩来同志从上海来到了中央革命根据地。他的安全警卫工作由我们担任。到达江西瑞金以后，就接任了中共苏区中央局书记的职务。

中共苏区中央局代表大会开过后的第二天，也就是一九三一年十一月七日，又在瑞金的叶坪召开了第一次全国工农兵代表大会，开会的地点是在叶坪谢家祠堂。这次会议的警卫任务是非常繁重的。叶剑英总参谋长和邓发处长亲自给我们下达任务，要求我们在只有一天一夜的准备时间里，务必把通往叶坪的大小路口、山头、会场、代表驻地，详细察看，选好哨位，布置好哨兵。

接受任务后，我和海政委深感任务之艰巨，责任之重大，时间之紧迫。立刻把各队队长找来，开了一个会，传达了叶总参谋长的指示。随后就带着队长们到现场察看地形，区分任务，布置警戒，一边看，一边定哨位、定人员，整整一天一夜我们没有顾上休息，把一切工作全部安排就绪。叶剑英总参谋长和邓发处长检查了我们的安全警卫工作以后，高兴地说："你们这种雷厉风行的战斗作风很好。"听了叶总参谋长的表扬，我们的心里都感到有说不出的高兴，大家表示要继续努力做好工作。

这次代表大会，于一九三一年十一月七日开始，二十日结束，一共开了十四天。选出了毛泽东同志等六十四人为中央执行委员会委员，宣布中华苏维埃共和国临时中央政府成立。毛泽东同志当选为人民委员会主席。

就在这次代表大会之后，国家政治保卫处改名为国家政治保卫局。邓发任局长，秘书长是欧阳毅，红军工作部部长李克农，执行部部长李一氓，侦察部部长钱壮飞，白区工作部部长张然和，预审科科长胡底。

同时，红军各军团和福建省、江西省也成立了政治保卫局。一军团保卫局局长是罗瑞卿，三军团保卫局局长张纯清，五军团保卫局局长欧阳毅（一九三四年夏季调五军团的），福建省保卫局局长汪金祥，江西省保卫局局长李绍九。

红军各师、团都设有特派员，负责保卫工作。

国家政治保卫局归中华苏维埃共和国临时中央政府领导，住在瑞金叶坪附近的庙背村。

国家政治保卫局成立后，国家政治保卫大队直接受邓发局长领导。我任大队长，马竹林任政委（海景洲政委调到政府机关工作）。国家政治保卫大队下辖三个队，一队队长杨敬光、指导员李亚古；二队队长吕玉山、指导员刘得明；三队队长石承仁、指导员孙守廷。每个队有一百二十多人，全大队四百多人。多数是老战士、战斗骨干，党团员较多，政治质量很好，有战斗经验。武器装备是从缴获敌人的武器中，挑选出比较好的步枪和德国造的冲锋枪、轻机枪配备起来的，武器装备比较好，具有较强的战斗力。

为了庆祝中华苏维埃临时中央政府的诞生，大会的最后一天，在叶坪松山岗子举行了隆重的闭幕仪式。我带一个队负责主席台周围的安全工作。我记得坐南朝北的主席台的后面，是一片茂密的松柏树林，两旁装饰着翠绿的松柏树枝，中间嵌着许多大红花。台口的上沿有醒目的第一次全国工农兵代表大会的字样，台上正中高挂一面有镰刀、斧头的大红旗。一群捧着鲜花的儿童团，面对主席台又是唱又是跳。一个小女孩舞动小手在指挥，头发上的大红蝴蝶，被风吹得一飞一飞的，简直像活的。赤卫队和青壮年的歌声此起彼伏，有的老人也穿上了打土豪时分到的新衣服，喜笑颜开地参加大会，会场上到处充满兴奋、欢乐的气氛。

红军各部队代表和红军学校的学员，整齐地排成六个方块，坐在人群的后面。

在热烈的掌声和欢呼声中，毛主席讲话了。他告诉我们：红旗不倒就是我们的胜利，敌人的破产。红军的发展，是保证红色政权存在的必要条件。现在建立了红色政权，建立了革命根据地，将来还要巩固和扩大，以促进全国革命高潮的到来，直到取得全国的胜利。

接着，朱总司令等首长也相继讲了鼓舞人心的话。

当宣布大会闭幕时，整个会场立时欢腾起来，口号声、欢呼声响成一片。大家都为中国人民第一次建立了自己的红色政权，人民真正当家作主而感到兴奋、而欢呼。

接着进行游行，红军战士们穿着灰色军衣，领口缀着红领章，胸前佩着椭圆形红色的"中国工农红军"的符号，戴着八角帽，手持带有刺刀的步枪，排成六个方队，整齐、雄壮、精神抖擞，以刚健的步伐走在浩浩荡荡的游行队伍的最前列。通过主席台时，毛主席、朱总司令亲切地向战士们频频招手，全场群众也热情地向红军战士欢呼。走在红军战士和红军学校队伍后面的有儿童团、赤卫队和农民群众。

人群中"工农民主政府万岁"、"工农红军万岁"的呼声，如波涛奔腾，经久不息。

"提灯晚会"

吃过晚饭，一弯新月爬上了东山头。毛主席、朱总司令和苏区中央局、中华苏维埃临时中央政府的领导同志,一起来到松山岗子参加"提灯晚会"。

会场里,简直是一片灯的海洋。

人们见毛主席、朱总司令等首长来了,提灯队伍摆出各种队形,向毛主席、朱总司令等首长问好。毛主席、朱总司令也向大家问好。群众还点起了鞭炮,表示欢迎。

晚会上,有各种各样的灯。六面都画有人民胜利图案的跑马灯,团团直转,惹得一群孩子哈哈大笑。一条数丈长的龙灯,弯弯曲曲忽上忽下,像游动在自由的大海中。锣鼓的声音吸引了我们,往人群里一看,原来是一群技巧熟练的舞花杆的人。一阵悠扬的乐曲又把我们引入另一个场面:人堆里,"老渔翁"正要下网打蚌,"小蚌"直按手中的电筒,像明珠在夜中闪闪发光。踩高跷的随着唢呐的乐曲在歌舞。坐旱船的姑娘唱着:今天的人民呀嗨呀哟,当了家呀划哟,红军打胜仗呀嗨哟,消灭反动派呀,人民得解放呀划哟。毛主席、朱总司令见了,脸上不时露出微笑。

这一晚的歌舞,没有使我们感到疲倦。黎明前,我们又到各个点上检查警卫情况。

车水抗旱

我们在叶坪的日日夜夜里,同人民群众建立了深厚的感情。毛主席给叶坪人民车水抗旱的事情，现在回想起来，我仍记忆犹新。

在瑞金叶坪的第二年，插过晚稻以后，过了好长时间，天也没下雨，眼看着这年的晚稻就要歉收了。毛主席很关心群众的生活，他看见老乡们都在田里车水，尽管工作很忙，他还是挤出空到田里去帮助老乡们车水抗旱。

我记得有一天，正是晌午，田埂上的小道被太阳晒得烫脚，毛主席头戴斗笠，身穿白布衬衫，在我们的护卫下，来到村外帮老乡车水。老乡们都知道毛主席工作很忙，还抽出时间帮他们车水抗旱，感动地说："主席，您日日夜夜为我们操劳，就够辛苦的啦，您还是回去休息一下吧。"

毛主席说："天这么旱，大家都应该抗旱保收，多打粮食，支援红军打胜仗，也有我的一份呀。"说完，又车起水来。

毛主席车水抗旱的事，像一阵风似地传遍了叶坪。第二天，一个军民共同车水抗旱的高潮就展开了。只用了一两天功夫，塘里的水全都车到田里去了。

毛主席离开了红军部队

第一次全国工农兵代表大会开后不久，蒋介石反动派于一九三二年冬，任命其亲信何应钦为"剿共"总司令，调动五十多万兵力，分左、中、右三路，对中央革命根据地进行第四次反革命"围剿"。

敌左路军总指挥蔡廷锴，指挥十九路军的六个师，向我闽西根据地进攻。右路军总指挥余汉谋，指挥粤北、赣南的粤军六个多师向中央根据地进攻。蒋介石的嫡系陈诚为中路军总指挥，指挥十二个师，为进攻中央革命根据地的主要力量。

此次"围剿"，敌人采取的是"齐头并进，分进合击"的战术。

为了粉碎敌人的"围剿"，毛主席、朱总司令和刘伯承总参谋长（这时，叶剑英总参谋长到红军学校任校长）等首长屋内的灯光从天黑一直亮到天明，通宵达旦地开会研究同敌人作战的对策。在一幅不太大的作战地图上，用白旗标着敌人的兵力部署，用红旗标着我军的兵力部署和准备与敌作战的区域。

我记得是十月初的一天，邓发局长把我和马竹林政委叫到了他的住处，对我和马政委说，苏区临时中央准备在宁都县召开苏区中央局扩大会议，让我们去担任警卫工作。

我们接受任务后，按照邓发局长讲的，我带一个队到达宁都，担任这次会议的警卫。

一九三二年十月上旬，中共苏区中央局扩大会议在宁都正式举行。

开会后，我才听说，王明错误路线的执行者，指责毛主席的正确军事路线，把毛主席提出的"诱敌深入，找弱敌打"的战略方针，说成"专去等待敌人进攻的右倾主义危险"，说毛主席反对打赣州就是反对中央"争取一省数省首先胜利"的总方针。毛主席在会上同王明错误路线执行者，进行了坚决的斗争，坚持正确的主张和正确的战略方针。可是会后，要毛主席主持中华苏维埃临时中央政府的工作，撤销了毛主席红一方面军总前委书记和总政治委员的职务，毛主席被迫离开了红军的领导岗位。

我们听到这些后，感到很惊讶，心里深感不平和忧虑。我从参加红军后不久，就一直在毛主席身边工作，我们红军在他的正确领导和英明指挥下，粉碎了敌人的第一、二、三次反革命"围剿"，建立了革命根据地，他在红一方面军广大指战员和革命根据地人民群众中有着崇高的威望。毛主席在红军中的指挥权被剥夺了，这对粉碎敌人的反革命"围剿"，巩固和扩大革命根据地，取得革命的胜利是非常不利的。

毛主席离开红军后，只担任中华苏维埃临时中央政府主席，回到了瑞金，安全警卫任务仍然由我们具体负责。苏区中央局决定，红一方面军总政治委员职务由周恩来副主席担任。以后恢复了毛主席对红军的指挥权。

进红军学校深造

一九三二年十月份，根据组织上的安排，我进入红军学校上级干部队学习（在职学习）。

那时，我们在红军学校里主要是学习古田会议决议，军队的政治鼓动工作，战斗条令，师团攻防战术和野外演习，当时叫打野操。学校的学习是非常紧张的，早晨起得很早，晚上睡得很晚，一天学十几个小时，学的一切东西都感到很新鲜。

我们在红军学校时，由于敌人的"围剿"，生活是很艰苦的，每人每天一斤粮食，有时一斤多一点，菜金只有一角二分钱，油也很少，不够吃。有一段时间，敌人封锁得很严，粮食供应不上，我们只好吃"包子饭"，也叫份饭，用一种草做成袋子，把米包起来，在锅里一煮，每人一份，只能吃个大半饱。没有盐吃，就挖墙碱熬硝盐吃。尽管生活十分艰苦，但大家学习的积极性很高，劲头很足，都肯下功夫，比着学，谁也不甘心落后，都想争第一。

叶剑英校长对我们的学习十分关心，经常给我们上课、作报告、讲形势。虽然我们学的教材和有些规定比较死板，照搬苏联的条例，叶剑英校长为了使我们能真正学到东西，他要我们采取灵活的学习方法，不要只背书本条文。他根据中国革命战争的特点，把书本上的理论和实战中的战例灵活运用，把室内上课、沙盘作业和野外演习结合起来学。亲自组织我们到野外实地进行师团攻防战术演练，看到我们做对了就表扬，做错了，当场给予纠正，并及时进行讲评，鼓励大家学习。他对学员的生活也非常关心，想方设法给我们搞粮食、搞菜吃。我们看到叶校长从各个方面这样关心我们，大家都非常受感动，学习的劲头更大了。

我在红军学校学习了四个月，在学校领导和教员的辛勤指导下，我和战友们一样，克服了许多困难，学了很多的理论知识和作战经验，完成了学习任务。

在红军学校上干队学习结束后，我仍回到国家政治保卫大队继续任大队长。

一九三三年一月初，中共临时中央政治局由上海迁入中央革命根据地。同年二月，中央红军在周恩来总政治委员、朱德总司令的指挥下，坚持正确的指导思想，抵制了"左"倾军事冒险主义的错误方针，仍然按照毛主席"诱敌深入，积极防御"的作战方针，灵活运用了前三次反"围剿"中的经验，采取集中优势兵力，大兵团伏击战术，突破敌人的包围圈，由内线转到外线，抓住战机，利用有利地形，到敌背后打击敌人，在宜黄南面的黄陂一带山区，歼灭了敌五十二、五十九两个师，敌师长李明、陈时骥被俘。

随后，又在宜黄南部的东陂、草台冈消灭了蒋介石的嫡系中的萧乾的第十一师。

至此，共歼敌三个师，俘敌万余人，缴枪万余支，取得了第四次反"围剿"的胜利。

"福建事变"与沙洲坝会议

国民党反动派第四次"围剿"惨遭失败后，蒋介石仍贼心不死，又于一九三三年九月，调集一百万兵力，以五十万专门对着中央苏区，开始对革命根据地进行第五次"围剿"。

这次敌人采取的是步步为营，层层筑垒，逐渐推进，紧缩苏区，稳扎稳打的堡垒战术，企图消耗红军的有生力量和物资财源，妄想一举把红军消灭在根据地内。

由于革命斗争形势的需要，在一九三三年冬，国家政治保卫局决定成立政治保卫大队第二大队。这样，保卫局就有了两个大队。我仍任第一大队大队长、马竹林任政委。第二大队大队长由卓雄担任，李焕章任政委。第二大队是从江西省保卫局调来的一个队和江西独立团抽调两个连合并组成的。全大队共有三百七十多人。

一九三三年十一月二十日，发生了一起震撼蒋家王朝的大事件，国民党十九路军总指挥蔡廷锴等将领，不满蒋介石卖国投降的反动政策，与国民党内一部分反蒋势力，发动了"福建事变"，宣布成立抗日反蒋的福建人民政府。事变领导人蔡廷锴愿与红军合作反蒋，订立了抗日反蒋协定，并表示援助红军一些飞机，以利同蒋介石反动军队作战。当时决定将飞机场修在江西瑞金叶坪，由国家政治保卫局秘书长欧阳毅任机场建筑委员会主任，冯达飞任工程处处长（他在苏联学过飞机和飞机修理，后来调到新四军去了）。那时苏区中央局和中华苏维埃临时中央政府机关住在叶坪。

记得有一天，邓发局长对我说，中央领导同志和机关感到在叶坪不方便，因为这里要修飞机场，决定搬到沙洲坝一带去。

第二天，邓发局长同我们几个人一起到瑞金西面的沙洲坝附近的几个村子，看了住地的地形，选好了首长的住处。

第四天，我们大队担任警戒，保卫中央首长和领导机关安全地迁移到了沙洲坝地区。毛泽东主席、朱德总司令、周恩来总政治委员等首长住在沙洲坝的杨溪村，苏区中央局和政府机关住在沙洲坝，中央军委住在沙洲坝附近的乌石陇村。我们大队两个队住在沙洲坝，负责警卫中央和政府领导同志及机关的安全。一个队和国家政治保卫局住在离沙洲坝约有三华里的铜罗塘，担负值勤任务。

毛主席为了帮助村里群众解决吃水难的问题，利用工作之余，不辞辛劳，亲自参加和领导我们警卫部队及机关工作人员，在他的房子前面二三百米远的地方，挖了一口井，乡亲们吃上了井水，很受感动，并为这口井取名为"红井"，并在井台上立了一块碑，上面写道：吃水不忘挖井人。以示不忘毛主席的恩情。

中央机关搬到沙洲坝地区以后，毛主席根据当时的情况和形势，建议中央红军主力应突破敌围攻线，进攻到赣东北、苏浙皖地区，威胁敌人的重地，迫使敌军回援，既可粉碎敌人第五次"围剿"，扩大革命根据地，又可援助福建人民政府反蒋抗日，发展有利形势。王明"左"倾路线执行者拒绝这一正确主张，说第三势力可以迷惑人，蒋介石是大军阀，福建人民政府是小军阀。结果，王明路线执行者犯了"左"倾关门主义的错误，没有去支援福建反蒋抗日的十九路军，让十九路军单独同蒋介石的反动军队作战。在蒋介石的镇压和引诱分化下，福建人民政府很快就垮台了，中央苏区的一翼失去了依托，政治上拆去了民族统一战线的桥梁，中央苏区根据地逐渐缩小，红军处于困难不利的被动局面，对当时的革命形势十分不利。

到了一九三四年一月，中央在瑞金沙洲坝召开了第二次全国工农兵代表大会。

在我的印象里，这次大会从一月二十二日开始，二月一日结束。出席这次会议的正式代表六百九十三人，候补代表八十三人。

为了保证中央领导同志和与会代表的安全，开好这次大会，我们昼夜奋战，在会场周围挖了很多防空洞，并在会场后面的山上设了防空哨，以防敌机轰炸。为了做好安全工作，在领导同志和代表住地、往返路线、会场周围布置了严密的警戒哨。

同时，我和马竹林政委及有关同志还拟定了几条安全警戒措施，并由大会秘书处通知与会人员。

现在我能记起来的有关规定有：一、代表或旁听者通过内外哨卡时，必须携带代表证或旁听证。二、各工作人员通过哨卡时，必须带工作人员证书。三、工农群众通过哨卡时，必须有路条。四、如敌机来时，用号音报警。敌机去时，用号音通知。五、敌机投掷炸弹或放毒气时，打钟报警。六、敌机来时，按照指定的防空洞隐蔽。七、晚上十二点钟以前用普通口令，十二点钟以后用特别口令。八、代表携带枪支进入会场，必须有枪证，没有枪证的，绝对禁止。九、工作人员不得携带枪支进入会场。这些安全措施，得到了领导同志和与会代表的赞同。

在这次大会的议程中，有政府报告和形势报告，选举了新的中华苏维埃中央执行委员会，毛泽东同志继续当选为中华苏维埃中央政府主席。整个会议开得很顺利，安全工作做得很好，没有出什么问题，圆满完成了会议的警卫任务。

闽西剿匪

第二次全国工农兵代表大会结束后，形势比较紧张，地方团匪为了配合国民党反动军队对中央苏区的进攻，也蠢蠢欲动。

　　闽西地区的童坊、罗坊、连城、山下、李家寮、李村、曹坊、朋口、四都等地的团匪、童子军、大刀会等反动势力的活动十分猖獗，敌人经常袭击福建的连城、朋口地区各乡、村的苏维埃政权和赤卫队，破坏群众生产，使人民的生活不得安宁。

　　当时，连城军分区只有一个明光独立营，这个营，经常和敌人作战，保卫当地苏维埃政府和人民生命财产的安全。团匪的猖獗活动，使连城受到威胁，也使河田、长汀受到威胁。

　　一九三四年春，中央军委决定派国家政治保卫局领导的保卫大队开赴闽西，清剿团匪。当时，我任保卫大队大队长、欧阳毅同志任政委（他是国家保卫局秘书长）。我们奉命率部队由瑞金进入长汀，归福建省军区指挥。当时叶剑英同志是福建省军区司令员。我们大队于一九三四年三月下旬到达长汀。到达后的第一天，我和欧阳毅同志就去省军区报了到，叶司令员热情地接见了我们，紧紧握住我们的手，高兴地说，好久不见了。他一边说，一边招呼我们坐下，并给我们俩倒了两杯水，还同我们谈了话，谈话时很和蔼，很亲切，平易近人。他那可亲可敬的言谈举止，使我们很受教育，很受感动。他问了我们大队人员、武器装备和政治思想情况，我们一一作了回答。他听后非常高兴，对我们担负的任务作了重要指示。

　　这是我第四次见到叶司令员，第一次是在第二次反

"围剿"中，他是总参谋长。第二次是在瑞金叶坪开第一次全国工农兵代表大会。第三次是在瑞金红军学校，他是校长（那时我在红军学校上级干部队学习）。这次是第四次见到他，我心里感到热乎乎的。

当时他决定第二天召开一个会议，研究剿匪作战部署。参加会议的人员有：福建省保卫局局长汪金祥、连城军分区（第二军分区）司令员曹狄甦、欧阳毅政委和我，福建省军区的负责同志也参加了会议。

会上，叶司令员作了指示，谈了闽西地区敌人活动的情况，讲了地方党受损失和群众受害的情形，作了剿匪部署，交待了具体任务和政策以及注意事项。

为了集中兵力，统一指挥，决定临时组成闽西独立团，由国家政治保卫大队、福建省保卫局领导的保卫大队、明光独立营三个部队组成，我兼任团长、欧阳毅同志兼政委。

第三、四两天，我们对部队作了动员，进行了清剿土匪的教育。

第五天我们由长汀出发，经河田进到童坊、罗坊打了一下，敌人逃跑了。部队在罗坊住了两天，我们在周围山上进行了清剿，搜出了土豪的很多东西，分给了当地贫苦群众。

后来，我们由罗坊进入连城县城，在军分区进一步研究了剿匪的具体部署，进行了分工，研究了侦察、通信联络的办法，确定部队到罗坊、山下、雾阁、里田、李村、李家寮、曲溪、姑田、曹坊、朋口等地区清剿团匪、童子军、大刀会。

我们打了几仗，歼灭土匪六七百人，有力地打击了地方反动势力的嚣张气焰，保护了苏区人民群众生命财产的安全和生活的安宁，使连城地区党和苏维埃各级政府的工作得以恢复，地方的工作活跃起来，生产的积极性也起来了，群众生活得到了安定，人民群众的革命热情进一步高涨，社会秩序也比较好。

一九三四年四月上旬，我们到达连城后，首先奔袭了山下村的团匪、童子军、大刀会。这一仗是我们在连城地区剿匪中影响最大，获得很大胜利的一仗。我们部队进驻山下村，团部设在该村的一个三层高的炮楼里。团匪、童子军、大刀会企图从四面包围山下村，妄想消灭我们。我们得到情报后，为了占领有利地形，打伏击，围歼敌人，打好这一仗，除留一个加强连坚守炮楼和有围墙的院子外，把主力部队撤出该村，走到山下村和李村的交叉路口时，把捉到的一个土匪放回李村去了，佯称我们回连城，向连城方向开进。走到山下村至连城之间，我们占领了山下村西南的几个高山，设下伏击，形成对山下村的包围。

我们在山上等了半天，直到下午，敌人以为我们撤回连城去了。团匪、童子军和大刀会约有二三千人向山下村进攻，妄图消灭我们留在该村的这个连。

战斗打响后，我们主力部队从几个方向冲下山去，由村内村外，里应外合，夹击敌人。战斗约两小时，歼灭了敌人三百多，残敌见势不妙，仓惶向山下村以东方向的山区逃窜。

大刀会有浓厚的迷信色彩，宣扬刀枪不入，他们头扎红头巾，腰缠黄腰带，喝足了酒，有的脱掉上衣，吹着螺号，连喊带叫，一窝蜂似地往前冲，都是亡命之徒。开始我们打大刀会还没有经验，战士们第一次见到这种情形，真有点害怕，沉不住气，怕枪打不准，子弹打不进。可是这仗打死打伤的大多数是大刀会的人。大部分敌人是在山下村北边过河时被消灭的。这就揭穿了大刀会刀枪不入的迷信欺骗的假面具。看起来大刀会很凶，但也是些怕死的家伙。

经过这次战斗，增强了消灭土匪、大刀会的信心，部队士气很高，为人民除害的信心非常高涨。

因为我们的武器装备比较好，战斗力强，影响比较大，打了这仗后，这带地区的团匪、童子军、大刀会，惊慌失措，认为红军野战军来了，不敢轻举妄动，害怕与我们部队交锋，隐蔽在山区里，不敢出来。

后来，不论是白天奔袭，还是夜间袭击，团匪、大刀会遇到我们就跑，不敢接触。

山下村这一仗，狠狠地打击了敌人猖狂的反动气焰，鼓舞了战士的士气，破除了群众的迷信，提高了部队剿匪的信心。为了分化敌人，我们每到一地，就做群众工作，开展政治攻势，取得一定的效果。

一九三四年四月中旬，由国家政治保卫大队单独行动，经一天一夜行军，包围了曲溪的大姑山，与敌匪打了约一小时，击毙匪首一名，土匪两名，活捉土匪四名，土匪婆五名，缴获长短枪五支。

紧接着，我们又夜行军袭击了大洋地，土匪仓惶逃窜，捉获土匪六名，土豪五名，没收了土豪的谷子、衣物等散发给贫苦群众。并召开了当地群众集会，宣传党的政策，进行政治工作，揭露大刀会的反动迷信欺骗，瓦解敌人的反动组织。

后来，我们再次夜行军奔袭了李村，于次日拂晓与团匪、童子军、大刀会一接触，敌人就向山区溃散，团匪跑到高山上向李村乱打枪，我们一追击他们就跑，敌人地形熟，很难打着这伙土匪。这一次，毙匪六名，缴获步枪五支，梭标十余支。

四月下旬，我们又在曹坊打了一仗，打死打伤敌人七十多人，活捉二十余人，缴获步枪六十余支，梭标二十多支。

我们经过几个月的清剿土匪的活动，狠狠地打击了敌人的嚣张气焰，使连城地区党和苏维埃的各级组织的工作开展起来，人民群众得以安定下来。

一九三四年五月，福建军阀卢兴邦匪部一个旅占领了龙岩、新泉，向朋口推进。奉福建省军区命令，我们独立团调往朋口担任防御。到达朋口后，我们在河西几个主要山上修了工事，国家政治保卫大队和明光独立营坚守几个山头，省保卫大队为预备队，团指挥所设在河西山下面的西溪村子里。

新泉之敌一个团妄图占领朋口，在兄弟部队配合下，经过一天的战斗，将敌击溃，敌人退到了新泉，我们继续在朋口坚守。

不久，欧阳毅政委调到红五军团任保卫局长，由谭震林同志接替团政委（当时谭震林同志是受"左"倾路线执行者的打击、迫害降职的），我们在一起工作了一个月左右，国家政治保卫大队奉省军区命令，调往四都、濯田地区去打敌人的土围子，消灭那里的团匪。省保卫大队和明光独立营由谭震林同志指挥坚守朋口。

我当即率领国家政治保卫大队经曹坊、松毛岭、河田进入四都。

查明情况后，我们大队立即将四都的苦竹山敌人盘踞的土围子包围起来，经过十天左右的时间，围困敌人，挖通道，把棉被泼上水，绑在桌子上作挡弹墙。用这种办法，去接近土围子，堵敌人的枪眼，用炸药终于将土围子炸开了，歼灭团匪百余人，活捉土豪、地主二十多人，缴获一批武器和物资。

攻打这个土围子时，我们大队二队队长吕玉山同志英

勇牺牲，三名战士为革命献出了宝贵生命，五名战士光荣
负伤。我们为牺牲的同志开了追悼会，进行了安葬。将负
伤的战士送往长汀傅连暲同志办的福音医院养伤。

紧接着，我们急行军又将濯田北山敌人的土围子包围
起来，敌人得知苦竹山的团匪已被消灭，土围子也被拔掉
了，那里的敌人非常恐慌，企图夜间逃跑。在敌人溃逃
中，我们歼灭团匪五十余人，捉土豪十多人。

经过两次战斗，我们把敌人两个土围子拔掉了，为人
民群众除了害，给受害的群众出了一口气，很快把群众发
动起来了，地方工作又得到了恢复。

我们在闽西地区清剿土匪达半年之久，任务完成后，
我们大队奉命回到长汀，我及时向福建省军区首长汇报了
这个时期剿匪的情况。部队在长汀休整了几天后，于一九
三四年九月间，奉中央军委命令，调回瑞金梅坑村进行整
编。

又见到毛主席

我们到达梅坑村后，邓发局长同我讲，国家政治保卫
局成立了一个政治保卫团，第一大队改为第一营，第二大
队改为第二营，从江西省的几个独立团挑选了一批战斗骨
干组成第三营。并说，原准备调我到团里工作，后来考虑
到一大队一直担任总前委、苏区中央局、中华苏维埃临时

中央政府、毛主席、朱总司令、周总政委等领导同志的警卫工作，基础好，有一定的经验，能完成任务，决定让我带一营去于都县保卫毛主席。

从内心讲，当时毛主席虽然被剥夺了红军的领导权，由于我一直担任保卫他的任务，得到了他的教育和爱护。他带我们打了许多的大胜仗，建立了革命根据地，建立了红色政权，取得了一至四次反"围剿"的胜利。当我听说再到毛主席那里去保卫他，心里非常的高兴。

政治保卫团成立后，姚喆任团长，张南生任政委，孙毅任参谋长，政治处主任姓卢，我任第一营营长。因我到瑞金梅坑村之前，政治保卫团就已经成立了，紧接着我就去了于都县，第二、第三营营长和政委我没见到。我们第一营原班人马未动，只是把三个队改称为三个连。

梅坑村离于都县约有一百七八十里路，我们用了两天就赶到了。

到了于都后，我们住在城里尉第易屋祠堂，因当时我们一营没有政委，我一人即到毛主席住处报到，受领任务。

那时，毛主席住在于都县城何屋祠堂里，他在这里作调查研究，考虑对敌人作战的战略方针问题。

我进屋时，主席正坐在一张桌子前写东西，桌上放着很多文件和书报，还有一把小茶壶和几个土碗。

主席见了我，像久别的亲人一样，站起来紧紧握住我的手，高兴地说："很久没见到你了，还好吧?"我回答说："还好。"我紧接着又说："这么长时间没有见到主席，大家非常想念您。"主席笑着说："我也想念大家。"主席一边说，一边拿起桌子上的茶壶要给我倒水，我急忙从主席手里把茶壶接过来，先给主席倒了一碗水，然后也给我自己倒了一碗水。坐下后，我向主席呈交了邓发局长的一封信，并详细汇报了部队的情况和带政治保卫大队去闽西剿匪的情况。主席听后，便说："干得不错嘛，单独指挥打仗，这样锻炼锻炼也好。"

我看到主席这么艰苦，这样劳累，瘦多了，便说："主席，您可要多加保重身体，千万别把身体累坏了。"主席笑了笑说："没关系嘛，有许多事我放心不下，要考虑，需要去做很多的工作。"

接着，主席和蔼地说："今天晚上我请你吃顿便饭，不要饿着肚子走嘛。"

我再三推辞，主席说啥也不让我走，非留我吃饭。

主席平常吃一菜一汤，那天晚上，他特意让炊事员增加了一个烧豆腐，一个鸡蛋汤招待我。

毛主席、贺子珍同志和我吃过饭以后，主席问了许多事情，我知道的都作了回答。

同时，我对主席说："邓发局长让我到于都来，是负责您的安全警卫工作的。"主席说："我这里留一个连就行啦，赣州的江口离我们这里很近，为了防止敌人从江口过来搞侦察，进行破坏活动，你带两个连去担任警戒，封锁江口。"

我遵照主席的指示，第二天就带部队赶到了江口，占领了制高点，修了工事，布置了严密的警戒哨，对来往行人，严加盘查，控制了江口。那时我们营部住在离江口约有一里多地的大均坑村。

时间不长，团里又给我们补充了二百多人，大多数是从赤卫队选调来的战斗骨干。这样，我们营就有了六百多人。

我们正在对部队进行政治思想教育，进行战前练兵，进行整顿的时候，突然接到毛主席的指示，要我们归回团的建制。

后来，我们又接到团里的命令，要我们担负中央领导同志和领导机关的警卫任务。

不久，红军主力部队和中央纵队（代号红星纵队）陆续来到了于都县东门渡口渡江。当时我以为可能过江去湖南作战。以后才听说，王明"左"倾冒险主义占了统治地位后，临时中央负责人不懂军事，把军事指挥权完全交给了第三国际派来的军事顾问、德国人李德（李德是一九三三年九月到达瑞金的）。因他不了解中国的国情，又不尊重毛主席、朱总司令和周总政委等领导同志的正确意见，他不顾敌我兵力悬殊，装备优劣等情况，采取了"短促突击"、"以碉堡对碉堡"、"寸土必争"、"御敌于国门之外"

消极防御的错误战略方针，历战受挫。中央苏区的兴国、宁都、石城等地相继失陷，根据地日益缩小，红军陷于被动境地，粉碎敌人第五次"围剿"的希望完全丧失，中央红军主力不得不实行突围转移，脱离根据地由内线转到外线同敌人作战。

第 三 章

艰险长征路

受领任务开始长征

一九三四年十月初，我带一个营在江西于都县江口的大均坑村担任警戒，执行封锁江口的任务，防止敌人搞侦察和进行破坏活动。一个连在于都县城毛主席住处担任警卫。

这时，红军主力陆续向于都一带集结，在这中央革命根据地的四周，战斗正激烈地进行着，气氛显得有些紧张。就在这种情况下，毛主席派警卫人员来到大均坑村，说主席有事要我速去他那里。

接到命令后，我向各连的干部交待了一下注意事项，很快赶到了于都县城内毛主席的住处。我整了整军衣，喊了声报告。毛主席的办公桌上放着很多文件，他正俯身看一张地图，闻声后回过头来对我说："你来了，很好。"我向毛主席敬了礼。毛主席随即与我握手，并指着旁边的一个小木凳要我坐下。然后他和蔼地对我说："你们辛苦了，任务完成得很好。这次我叫你来，是告诉你一件事情，根据当前的形势，我们要进行战略转移，到外线去作战。"我便问："主席，到哪里去?"主席说："这事以后你就知道了。"并说："从今天起，你们归回国家政治保卫团建制，到邓发同志那里去一下，接受新的任务。"我说："是!"敬过礼，随即走出屋门。

从毛主席那里出来，我就向邓发同志那里赶去了，他住在于都县附近的一个村子里，见了我非常的高兴。我把主席的指示向他作了汇报。他听后对我说："主席让你们归回原建制，是让你们担负保卫中央红星纵队的行动这一光荣而艰巨的任务，这是毛主席对你们的信任，希望你们一定要把这项任务完成好。"接着说："根据目前情况的变化，苏区中央局、中华苏维埃中央政府、军委总部和直属队及干部团编成第一、第二两个纵队。第一纵队为军委纵队，由叶剑英同志任司令员。第二纵队为中央纵队，由罗迈（李维汉）同志任司令员、我任政委。为了保密，中央纵队和军委纵队代号统称为红星纵队。"他还讲："行军作战时，红一、三、五、八、九军团在前头、两翼和后卫开进，中央红星纵队在中间行进。"邓发同志还对我说："参加中央纵队行动的还有干部休养连的一些同志，也由你们重点保卫，并已通知休养连的干部，下午在中央机关附近的一个村外开一个会，你也参加一下。"我说："这样大家互相认识一下也好。"

我在邓发同志住处吃过午饭后，就开始有人来到村头。不大功夫，休养连的同志就到齐了，而后编成班排。

我看到，每个人身上带了一个毯子，一袋干粮，一个挎包，里面装着几件衣服和日用品。除此之外，每人还在腰带上挂了一个茶缸子或瓷饭碗。有的领导同志还有一匹马或骡子，有个马褡子装被子和衣服。年纪比较大的有：董必武、林伯渠、徐特立、谢觉哉同志。女同志有：蔡畅、邓颖超、贺子珍、李伯钊、陈慧清、谢飞等同志，大家都热情地称呼她们大姐。他们行军宿营由我们保卫。还有在中央机关工作的其他同志，各个方面的干部共百十来人。

太阳已开始西斜，邓发同志站在干部休养连对面的一块石板上，用带广东口音的普通话说："我们这个连很好，各方面的干部都有，有中央和政府的领导同志，有做宣传教育工作的，有搞戏剧的，有搞音乐的，还有搞文学的，如果演个节目，不用到别的单位去借人，还有做群众工作的同志，各方面的人才都有。"他一面看着每个同志，一面说，把大家都逗笑了。本来大家的心情都有些紧张，经他这么一说，都显得比较轻松了。

邓发同志讲完，随后说："我来给大家介绍一下，这是国家政治保卫团的一营营长吴烈同志，有什么事尽管找他。"

话音未落，大家就鼓起掌来，我急忙向大家敬礼。

开过会之后，邓发同志紧紧握住我的手说："没有别的事了，望你完成任务，目前情况紧急，我就不留你了。"我向他敬了礼，即向我们的驻地江口的大均坑村奔去。

后来，我们营又到了于都县附近的罗坳村集结待命。

遵照毛主席和邓发同志的指示，我们在全营进行了保卫中央红星纵队行动安全的政治动员和教育。

一九三四年十月二十一日晚，我们开始了突围。

出发前，红星纵队像是大搬家的样子，把印刷纸币和印宣传品的机器、兵工机械及纸张等，"坛坛罐罐"都带上了，这些东西也由我们负责看管，不仅给我们增加了很大的工作量，也给行军带来了不少困难，成了一个庞大的行军队伍。

突破敌人四道封锁线

国民党反动军队的第一道封锁线设在江西的信丰与安远县之间，这一线由国民党广东军阀的一个旅扼守，重要路口和山上修了很多碉堡。敌人发觉我们的行动，想依靠这些"乌龟壳"进行顽抗，经过几个小时的战斗，就被我军打得粉碎。敌人企图从后面追击，前面堵截我们，但一时又布置不起来，我们趁机保卫着中央红星纵队迅速从信丰、安远之间，冲出了敌人的第一道封锁线。

尔后，沿江西、广东边境向汝城、城口方向前进。

这时，蒋介石反动派已弄清我红军不是战役行动，而是战略转移，又急忙在广东境内的城口与湖南境内的汝城之间的山上，构成了第二道封锁线。这一线的守军，敌地方民团部队居多，有的还没有见过红军，有的也没想到红军会来得这么快，我军很快地拿下了城口，占领了汝城，几乎没有经过激烈的战斗，于一九三四年十一月八日，我中央红星纵队通过了第二道封锁线。

我们随即在湖南境内向西挺进。由于原来"围剿"中央革命根据地的蒋介石主力部队还没有跟上来，只有少数敌人尾随我们，湖南的反动军队企图堵截我们，怕被我军消灭，又不敢逼近，我们走了好几天也没有遇上劲敌，就逼近了敌人设在沿粤汉铁路湖南境内的良田到宜章之间，湖南军阀何键防守的第三道封锁线。我军以迅雷不及掩耳之势，猛打猛攻，连克宜章、良田等城镇，中央红星纵队于一九三四年十一月十五日，在粤汉铁路东北约十多公里的九峰山以北地区，通过了敌人的第三道封锁线。

我们进到湖南、广西边境，还没有渡过潇水，蒋介石的嫡系薛岳、周浑元就逼近了，湖南军阀何键的部队和广西军阀白崇禧的部队也乘机夹击我们，由于大搬家式的行动，机关又较庞大，以至行动迟缓，爬山越岭极其困难，弄得部队十分疲乏。为了避免敌人飞机侦察轰炸，多半是夜行军，一天只能走三四十里路，而我们一方面负责中央等同志行军、宿营的安全，又要担负保护这些"坛坛罐罐"不受损失，战士们非常疲劳，有的在夜间走着走着就睡着了。

当时情况异常严重，在我们面前，横着两条大江，一条是潇水，一条是湘江，都是由南往北流入洞庭湖的大水系。

在我们行军中，大批民伕搬运着从中央根据地带出来的笨重东西，每遇爬山涉水，通过险崖隘路，一个钟头也走不了多远，而周围经常是枪炮声和敌机的轰炸声，队伍又走不动，大家很着急。不管怎么说，在没有接到上级命令的情况下，这些东西是不能丢掉的。而带着这些东西对我们的行动非常不利。为了便于行军作战，到了湖南境内，中央决定，把一些很笨重的机器埋在山里面去了，这样行动就方便了，行军速度就快了。

这时，我军先头部队首先抢占了道县，在道县以南九井渡架起浮桥，我们中央红星纵队顺利地通过潇水。

渡过潇水后，我们面前是一条又宽又深的湘江。这时候，敌人从四面八方围、追、堵、截我们，空中还有敌机不断地扫射轰炸。敌人企图利用湘江这一天然屏障，构成第四道封锁线，形成一个口袋，在湘江东岸、湘江与潇水之间，妄想将我军消灭。

根据当时的敌我态势，中央军委决定把渡江点选在广西的界首和凤凰嘴之间。在我的记忆中，为了掩护中央红星纵队渡江，采取的是夺路突围的战术，红一军团在我们前头开辟通路，红三、八、九军团在我们的两侧打掩护战，狠狠顶住敌人，红五军团作后卫。我们营分布在中央同志前后，边掩护边走。

由于我军英勇作战，击溃了敌人的堵截，中央红星纵队安全地渡过了湘江。于一九三四年十二月一日，冲破了敌人筑成的第四道封锁线，跳出了敌人的重重包围。

抢渡乌江

我们保卫中央红星纵队渡过湘江以后，继续向西挺进。

离根据地越走越远了，困难越来越多。

突破敌人第一、第二道封锁线时部队有了较重的伤病员，还可以交给送红军出征的担架队，送回根据地安全的地方养伤。可是越走越远，这种可能就没有了。因为我们人员有限，又不能离开中央红星纵队，伤病员都抬着走，势必给我们警卫部队带来极大的负担。没办法，经请示领导，只能就地安置。许多伤病员是不愿留下养伤的，都愿意随着部队养伤。可这时，蒋介石反动派妄想在湘江消灭红军的企图破灭后，又令贵州军阀王家烈在锦屏、黎平一线阻击我军西进。

一九三四年十二月十一日，我军先头部队打开了湖南通道县城。十五日占领了贵州黎平县。中央红星纵队随即经通道县进驻黎平。

记得在黎平住了两天，中央政治局于十二月十七日和十八日，在黎平开了一次重要会议，当时会议内容我并不知道。听说，这次会议是研究战略方针问题，共产国际军事顾问李德坚持在黔东北和敌人硬拼，然后与红二、六军团会合。毛主席则主张向黔北发展，建立新的根据地。周恩来副主席、朱德总司令、王稼祥主任等同志赞成毛主席的意见，作出了关于在川黔边建立新根据地的决定，预定遵义为新根据地的中心。这样一下子就把十几万敌人甩在了湘西，我们争取了主动。

我还记得，在黎平的两天时间里，有的军团进行了整编，把部分机关干部充实到部队去了。中央军委第一、第二纵队合并为一个纵队，由刘伯承同志任司令员、陈云同志任政委、叶剑英同志任副司令员。

黎平会议后，我军即改向贵州遵义进发。但是要攻取遵义，必须跨过天险乌江。我军先头部队边打边走，我们保卫中央红星纵队随后跟进。

一九三五年一月二日，红二师飞速抢占了乌江南岸的江界河渡口，经过激烈的战斗，强渡了乌江，击溃了守敌，很快架起了浮桥，中央红星纵队安全过了乌江，向遵义前进。

警卫遵义会议

一九三五年一月六日，我军渡过了乌江之后，直逼遵义城下。

我军速战速决，扫清外围据点，一月七日，占领了遵义城。

一月九日，我们保卫毛主席、周副主席、朱总司令和中央纵队住进了遵义。

我记得进城的时候，已是下午，街上站满了欢迎的人群，到处贴着鲜艳的标语。人们不时地高呼着"中国共产党万岁"、"热烈欢迎中国工农红军"等口号。我们红军指战员列队迈着整齐的步伐，唱着雄壮的三大纪律八项注意歌曲，穿城而过。

遵义是我们长征以来占领的第一个大城市，这座城市是贵州的第二大名城，市面繁华，街道整齐，是南通贵阳、北至重庆的交通要道，既有新城，又有旧城。新城是商业区，旧城是住宅区。我们和中央政治局及领导同志住在旧城里，总司令部住在旧城的枇杷桥。这里原是国民党二十五军第二师师长柏辉章的公馆，灰砖砌成的两层楼。国家政治保卫局住在天主教堂里，我们营住在旧城附近的山坡下的学校里，负责中央领导同志的安全警卫工作，刘伯承总参谋长兼遵义警备司令。

我们住进遵义后不久，一天邓发同志对我说："中央准备在这里开一个重要的会议，会场周围和行动路线的警卫工作由你们负责。"说完，他便带我们详细看了开会的地点，会场附近的地形和环境。

现在回想起来，我还记得，当时开会的会场设在总司令部楼上的东厢房里。这间房子约有二三十平方米，当中放着一张长木桌，周围摆了二十多把椅子，屋顶的正中，吊着一盏油灯，左边墙上挂着一个挂钟。

毛主席领导召开了遵义会议，开会的时候，我看到参加会议的有：中央政治局的委员和其他领导同志，红一、三、五军团的军团长、政治委员也参加了会议。

这次会议共开了三天，是一九三五年一月十五日开的，一月十七日结束的。

会后不久，邓发同志高兴地对我们说："这次会议开得很好，纠正了'左'倾冒险主义在军事指挥上的错误，取消了博古党内的主要领导职务，选举毛泽东同志为政治局常委、书记处书记，撤销了李德的军事指挥权，仍由朱德、周恩来同志负责指挥军事。"我听后，非常高兴。心想，有了毛主席、朱总司令、周副主席指挥部队，又能打胜仗了，增强了胜利的信心。

遵义会议开后不久，根据毛主席加强部队战斗力，充实连队的指示，部队进行了整编。取消了国家政治保卫团，成立了国家政治保卫局领导下的保卫大队，全团除留下一营与保卫局的特务队合编为保卫大队，由我带领外，其余的都遵照中央军委的命令，分别编入红一、三军团。

同时，国家政治保卫局也进行了整编。国家政治保卫局局长仍是邓发、侦察部部长李克农、执行部部长王首道。执行部下辖两个科：预审科科长刘向山、我任执行科科长兼保卫大队大队长。执行科科员有：马明山、朱绍华。保卫大队下辖三个队：特务队改为一队（手枪队），队长李玉堂、指导员陈正卿，二队队长杨敬光、指导员李亚古，三队队长刘得明、指导员孙守廷。保卫大队归国家政治保卫局领导，统一归总司令部指挥。

这次整编，真是一项英明的决策，战斗部队充实了，中央红星纵队更加战斗化了。我们在遵义住了十一天，由于军情紧急，于一月十九日离开了遵义，移师北上。

保卫中央纵队渡赤水

遵义会议以后，我们保卫大队紧紧跟在中央纵队后面，向贵州、四川边界的赤水河疾进。

这时红一军团按中央军委的指示，在遵义会议期间，已派前卫部队占领了赤水河附近的桐梓、松坎一带。

四川军阀刘湘、杨森，得知我主力向赤水方向挺进，急令把他最精锐的所谓"模范师"郭勋祺部调到赤水，防堵我军入川。滇军孙渡也率三个旅向赤水方向赶来。

一时间，赤水河边人嚷马嘶，刀枪林立。我军与敌郭勋祺的部队只有一水相隔，敌我双方齐头并进，敌人走的是平坦的公路，我们走的是山间小道。快接近贵州土城时，我军以勇敢的动作，把敌侯子担集结在土城的部队打得焦头烂额，占领了土城。

我们和中央纵队是一九三五年一月二十六日到达土城的。在土城住了一夜，第二天清晨，我们听说敌郭勋祺的部队和敌潘佐的三个团，共六个团赶到了土城。

一月二十七日，毛主席、周副主席、朱总司令亲临战场指挥部队作战，令红三军团和红五军团及干部团全部，包围迂回该敌将其歼灭。令我们保卫大队待命行动，随时作好战斗准备。

一月二十八日，我军在土城东北的丰村坝、青岗坡一带展开激战。由于敌人的增援部队陆续赶到，加上以逸待劳，我军与敌人激战了一整天，虽然给敌以重大杀伤，但未能全歼敌人。

态势于我军十分不利，敌人已占领了有利地形，看来突破敌川军阵地已很困难了。就在这时，朱总司令从指挥所上了阵地前沿。他仔细地观察了当时的战斗情况，当机立断，下令撤出战斗，指挥我军边掩护，边后撤，部队陆续从阵地上撤了下来。

突然，又传来了命令，说朱总司令还没有撤下来。为了掩护朱总司令后撤，毛主席、周副主席命令我们大队占领山坡，担任战斗警戒。我们遥见身穿灰布军服的朱总司令还在赤水河用望远镜看着什么。我们在山下掩护了约有十几分钟，朱总司令才从前面不慌不忙地往后撤。

我对朱总司令说："我们在掩护你，请你快走吧。"朱总司令那坚毅的脸上露出了和蔼的笑容，风趣地说："急什么，诸葛亮还摆过空城计呢。"

朱总司令撤下来之后，我们即离开土城附近的阵地，保卫中央纵队渡过了赤水河，向四川的叙永、古蔺方向推进。

渡过金沙江

一九三五年四月二十九日，党中央、军委发布命令，要各部队急行军，速渡金沙江，甩掉尾追的敌人，去川西与红四方面军会合。

命令下达后，各部队直插金沙江边，红一军团神奇地占领了云南禄劝、武定，并抢占了云南通往四川主要公路上的元谋县城，向主要渡口龙街渡疾进。

与此同时，红三军团也直向洪门渡进军，中央纵队的干部团向中间的皎平渡火速前进。我们大队保卫毛主席、朱总司令、周副主席、刘伯承总参谋长等领导同志和中央纵队，于一九三五年五月三日傍晚到了皎平渡，从这个渡口安全渡过了金沙江。

过江后，中央和其他领导同志即研究渡江后的行动部署和各项工作。

江边有几间茅草盖的破房子，有几个山洞。我们和首长身边的警卫人员一起，选了一个比较干净的洞，把里面的脏东西清扫一下，并找来一块小木板。毛主席亲自动手，和大家一起，在这潮湿的洞子里，把木板架起来当桌子使用，摆上地图。夜晚，毛主席和其他同志在潮湿的地上铺上油布，盖着毯子睡觉。就这样，毛主席等着红五军团后卫部队快要渡完江后，他才离开渡口，迅速赶到前面向会理县方向前进。

一九三五年五月九日，过了金沙江，我们就把长征以来一直尾追我们的敌人甩掉了。

五月中旬，我们到达了四川会理县，在此地进行了休整。在会理休整期间，毛主席于五月十二日，在会理城郊外叫铁厂的地方主持召开了中央政治局扩大会议（即会理会议）。我们担任了会议的警卫。参加这次会议的除了政治局委员以外，红一、三、五军团的主要领导同志也参加了会议。

会后听说，这次会议分析了当时敌人的动向，讨论了渡过金沙江后的行动部署，并对"左"倾路线的追随者的反党活动进行了坚决的斗争。同时作出决定：我军继续大踏步北上，跨过大渡河，与红四方面军会合。

强渡大渡河

会理会议后，我们又踏上了北上的征途。

这时候，我中央红军的先遣部队，在刘伯承总参谋长和聂荣臻政委带领下，早已出发，向冕宁方向以北的安顺场开进。一路冲杀，连克四川德昌、西昌、泸沽、冕宁四座县城。我们保卫大队和中央纵队随后跟进。

进入彝族区后，我军坚决执行毛主席规定的民族政策，反复说明红军是帮助少数民族求解放的。经过艰巨的工作，我们顺利通过了彝族区，出其不意地占领了安顺场渡口，准备渡过大渡河。

安顺场原名叫支大地，在大渡河南岸，是太平天国石达开从此北渡大渡河未成，而最后失败之地。

这是一个河谷地带，两侧是直插云天的高山，河面宽约百米，深约二三十米，风急浪高，很远就可以听到激流的咆哮声，两个人在河边说话，如果不对着耳朵大点声音讲，对方就听不到。

我军先头部队以神速的动作，占领了安顺场，歼灭了敌人两个连，缴获了一只木船，控制了南岸渡口。

我们中央纵队是五月二十六日到达安顺场渡口的。毛主席一到渡口，得知因船只太少，大部队一时难以过河，部分敌人已渡过了金沙江，正向我们赶来，我军面临着巨大的危险。毛主席就召集有关同志开了紧急会议，当即决定，红一师及干部团用船迅速过河，沿大渡河左岸北上，主力部队沿河右岸北上，两路部队直取泸定桥。

泸定桥是四川通往康藏地区的咽喉，桥东是泸定城，有守敌刘文辉部一个团。桥头、河岸早已修好了工事，有重兵把守，桥板已被敌人全部撤掉了，剩下的几根铁索悬在空中。

为迅速夺取泸定桥，按照毛主席的部署，我红二师二团昼夜急行军，不怕艰难，冒雨前进，抢先占领了泸定桥西头。

接着，组织突击队，同敌英勇作战，冒着敌人的火力，越过铁索桥，抢占了桥东头，同沿左岸赶到泸定城的红一师和干部团会合。在刘伯承总参谋长和聂荣臻政委的指挥下，向敌发起猛攻。

经过激烈战斗，将守敌歼灭，我军很快夺取了泸定桥。前卫部队占领桥东头后，急速抢修铁索桥，搞了很多木板和门板将桥搭好，使大部队迅速过河。

随后，我们跟着毛主席、周副主席、朱总司令等领导同志和中央纵队，于一九三五年六月二日，从泸定桥上过了大渡河。

我们过了大渡河，就把追击我军的敌人全部甩掉了，继续向四川以北前进。

翻越夹金山

我军渡过了大渡河后，先头部队速战速决，乘胜前进。

通过无人烟的高山，没有道路可走，天又下雨，脚下泥泞，要过难走的竹子山。我们在山上呆了一夜，地上是泥水，不能坐在地上，就砍倒一些树枝坐在上面防寒冷，头上淋着雨，又冷又饿，好不容易盼到天亮，经过艰难的跋涉，才走下山去，向天全县前进。我军先头部队击溃了敌人川军的堵截，于一九三五年六月八日，先后占领了四川省的天全、芦山、宝兴几座县城。

我们和中央纵队到达天全县住了一天，因敌川军向我逼近，随即赶到了宝兴县。

接着，又从宝兴县开往大晓碛。这里是雪山地带的起点，高耸入云的大雪山——夹金山，挡住了我们的去路。

但是，大家只有一个信念，战胜困难，征服雪山，于一九三五年六月十二日开始翻越夹金山。

夹金山，位于宝兴县城西北，懋功之南，又名神仙山，是一座海拔有四五千米的大雪山，一上一下要走七十多里路。我们到达山下，已近黄昏，抬头仰望，山峰直插云霄，看不到山顶。山上白茫茫的一片，也分不清是雪还是云。夕阳的余辉斜射过来，照在白皑皑的冰雪上，闪烁着耀眼的光芒。虽节令近夏，前几日行军，我们的身上像背着一个火炉一样，但现在寒气逼人。当时，我们只穿着单军衣，准备了一些炒面充饥，带着一点辣椒防寒，找根木棍，穿着单衣翻越雪山。

我是江西人，很少见到大雪，翻这样的雪山还是第一次。起初东瞧瞧西望望，白茫茫的一片，往上爬的劲头还很足，谁知越往上爬地势越陡，路也越来越窄，空气也越来越稀薄，雪也越来越深，如不小心掉到雪窝里，整个身子就不见了，走几步停一下，每前进一步，都要花很大的力气。但大家情绪很好，奋勇攀登，谁也没有叫苦，谁也不愿掉队，互相关心照顾。我们大队有几个同志病了，走不动，大家都帮助他们背枪，背被包，扶着他走。有时不小心滑倒了，旁边的同志立即上去扶起。有时不慎掉到几米深的雪窝里，大家主动递去木棍或绑腿带子，拽的拽，拉的拉。被救上来的同志拍去身上的雪，又继续攀登，勇往直前。

雪山真是座"怪山"，气候多变，一会儿突然出现一块黑云，随着刮起怪叫的狂风。一会儿大雾弥漫，一时浓一时淡，使人觉得像腾云驾雾一般。山风卷起的鹅毛大雪，漫天飞舞。风雪吹打在脸上，像针刺般的疼痛。我们能披的东西都披在身上了，还是冻得浑身直打哆嗦，只好咬口辣椒辣呼呼的提神。越往上爬，空气越稀薄，呼吸越困难。有的同志头晕目眩，一步一停，一步一喘，不能停下休息，一坐下来就会起不来，大家几乎都是拼着力气，同残酷无情的大自然搏斗着。

将到山顶，一阵狂风过后，突然下起了冰雹。核桃般大的雹子劈头盖脑地打下来，我们无处藏身，只好捂着脑袋继续朝前走。冰雹过后，即是万里晴空，阳光直照雪山，满山的白雪反射出刺眼的光芒，大家都难以睁开眼睛。不大功夫，山上的积雪就溶化了，那山峰的积雪，瞬间变成了疏松的土墙，一块块，一堆堆地往下倾斜、倒塌、翻滚，稍不留神就有丧生的危险。

我记得是一天下午，我们安全地翻过了山顶。我原以为下山该省劲了吧，其实不然，身子总是往下滑，站也站不稳。我们政治保卫局在前面的一个同志因为不小心，一下子滑出好几丈远，把我吓了一跳，正要救他的时候，那位同志却在下面大声喊道，来，来，溜下来吧。同志们勇敢地往前滑去，站起身来你看看我，我看看你，衣服都磨破了。

快到山脚了，已清楚地看到很远的地方，有好多部队等在那里迎接我们。

下山后，我们看到了红四方面军的先头部队，站在队伍最前面的是军、师的领导同志。战友相会，大家的那个高兴劲，简直无法形容。

一九三五年六月十八日，他们热情地带中央纵队到了懋功，搞了许多吃的东西招待毛主席、周副主席、朱总司令和中央其他领导同志。我们政治保卫局和保卫大队也受到了招待。

懋功，是雪山脚下唯一的一个城镇。有喇嘛庙，一座较大的天主教堂。我们宿营之后，在这座高大、宽阔的天主教堂里，召开了一个隆重的红一、四方面军部队会合后的联欢会。给我印象最深刻的是唱了《两军会师歌》和战士剧团演出的《烂草鞋》，这个文艺节目，演的是敌人吹嘘如何的围、追、堵、截红军，最后落了个跟在红军屁股后头捡的都是烂草鞋，不时逗得大家哄堂大笑。

那一天，热闹极了，这是我终生难忘的情景。

中央纵队顺利通过草地

一九三五年六月十四日，红一、四方面军会合后，于六月二十二日，党中央和红四方面军的领导同志在两河口召开了政治局会议。会议决定：红军主力向北进攻，在运动中大量消灭敌人，首先取得甘肃南部，以创造川陕甘苏区根据地，争取中国西北各省的胜利，以至全中国的胜利。

会后，我们大队保卫中央纵队在红一军团后面，经大扳、黄草坪到木城，翻过第二座大雪山——梦笔山。

接着，到了卓克基。我们在卓克基稍加休整了几天后，又向黑水方向进发，经梭磨河、马塘、刷经寺、康貌，翻过了第三座大雪山——长扳山，进了黑水县境的芦花。

随后，我们又继续翻过了第四座大雪山——打鼓山，于八月四日到达毛儿盖附近的沙窝。中央政治局在这里召开了一个会议。

会后听说，在这个会议上张国焘要改组中央，毛主席、周副主席、朱总司令同他进行了坚决的斗争。会议进一步重申了北上抗日的方针。

会议之后，我们于八月二十日到达了毛儿盖。这个地方是松潘县的重镇，是藏胞的聚居之地。往北，是荒凉的大草地。往南，经懋功便可入川。往西，经甘孜则可进入西康。敌人为了卡住这个咽喉，堵住红军北上，敌胡宗南调集了二十几个团在松潘一线布防，他的主力部队还没集结起来，我军就顺利地到达了毛儿盖。中央政治局又在这里召开了一个会议，筹划了过草地的计划，并在这里指挥着全军向草地进军。

我们大队保卫中央纵队，于一九三五年八月二十一日，由毛儿盖开始向草地进发。红一军团在前，毛主席、周副主席、刘少奇、叶剑英、王稼祥、张闻天、博古、邓发等其他领导同志和我们国家政治保卫局等机关，在红一军团后跟进。最后是红三军团担任后卫。

我们离开毛儿盖北行四十里就进入了草地。举目一望，真使人触目惊心，茫茫无际的草原，草丛上面笼罩着阴森迷蒙的浓雾，根本分不清方向。草丛里河沟交错，全是黑色的积水，散发着臭气。这里没有石头，没有人烟，也找不到道路，脚下是一片草茎和烂泥潭，踩到上面，软绵绵的，用力过猛就会陷下去，越陷越深，很快被淹没。

第一天我们没走多少路，还能找到一些柴草，煮点野菜麦粒吃，烤一烤被雨淋湿的上衣和在水草中行进时被溅湿的裤腿。进入草地中心，困难更加严重，天气一日多变，捉摸不定。早晨浓雾弥漫，中午突然乌云翻滚，狂风大作，下起大雨。夜晚，气温急剧下降，寒气逼人，我们把带的木棍插在地下，用绳子捆住被单，搭成棚子，把布单铺在地上，挤在一起，背靠背地取暖。

到达后河，这里地势较高，大家尽量把棚子搭得好些，煮了些青稞麦子吃。

走到色即坝时，只见这里有很多树棚，不用说这是走在前面的部队搭的，为我们宿营省了很多事。夜间倒是晴朗，但是风很大，非常的冷，每人背的炒熟的青稞麦粉和麦粒，被雨水淋湿，炒面成了疙瘩，只好用凉水冲成糊糊来吃，有的同志因走路时不小心把干粮袋掉在脏水里，没法再吃，大家就主动把自己吃的麦粒拿出一些来分给这些同志。没有吃的，我们就去找可以吃的野菜充饥，甚至把自己的皮带也煮着吃了。

经过六天同草地这残酷无情的大自然搏斗，我们终于走出了草地。

风雨、泥泞、疾病、寒冷和饥饿的折磨，许多人挺过来了，不少人倒了下去，长眠在这荒无人烟的草地里，至今我还深深地怀念着他们。

突破天险腊子口

我军胜利地征服了草地后，突然叶剑英参谋长发现了一份密电，得知张国焘违抗中央北上抗日的方针，要带领部队南下，搞分裂活动，企图以武力威胁党中央。当时叶剑英同志正在红军学校，情况非常紧急，按照国家政治保卫局邓发局长的指示，我带两个班，迅速赶到红军学校，接叶剑英参谋长安全地回到了毛主席住地俄界。

紧接着，中央政治局于一九三五年九月十二日，在俄界召开了一次紧急会议。

会后我听说，主要是讨论通过对张国焘搞分裂党的活动进行处理的决定和北上的任务及到达甘肃南部后的方针。

党中央、中央军委立即率领红一方面军第一、第三军团，由俄界北上。

我们冒着风雨交加的严寒，沿着白龙江的源头栈道进入了甘南境内。

突破天险腊子口是进入甘南的关键一仗，突破了腊子口，蒋介石反动派企图挡住我军北上抗日的阴谋也就彻底破产了，党中央北上抗日的正确路线就能胜利实现。如果突破不了腊子口，我军就要被迫调头南下，重回草地，其后果是不堪设想的。毛主席分析了面临的这一形势后，果断决定：要不惜一切代价，拿下腊子口，继续北上。

我军前卫红一军团接受任务后，从莫牙寺出发，爬过卡郎山，在班藏五福附近和黑朵村，歼敌国民党鲁大昌十四师堵截我军的两个营。随后，急速向腊子口挺进。经过一场激战，又将鲁大昌驻守腊子口两个团的兵力打垮，于一九三五年九月十七日，胜利地占领了天险腊子口。

腊子口突破后，毛主席、周副主席等中央领导同志和我们政治保卫局及保卫大队随后就赶到了。我们来到腊子口一看，真没想到在甘南这一带土山中，还有如此险峻地形。口子很窄，只有三十来米宽，两边全是悬崖绝壁，中间是一条咆哮奔腾的河流，水深流急，河上架有一座木桥，这是通往腊子口的唯一通道。

我们过了腊子口后，进入甘肃南部，中央纵队在前卫部队后面跟进。接着又翻过了一座山，到了大草滩，毛主席、周副主席和中央直属机关在这里住了一夜。

九月十九日，到达甘肃的哈达铺，这里是一个镇子，当时毛主席住在镇子上一家中药铺子里，中药铺子离司令部不远，穿过一条横街，拐个小弯就到。周副主席和司令部住在一起，那是一座比较低的木质结构的两层小楼，我记得走出门还有个小小的院子，围墙是用土坯垒成的。

九月二十日，毛主席召集红一、三军团和中央纵队的团以上干部，在哈达铺一座关帝庙的院子里开了一个会议，我也参加了这个会。

毛主席、周副主席与其他中央领导同志来到会场后，顿时响起了热烈的掌声。毛主席挥手要大家坐下，然后，满面笑容地说："自从我们去年离开了江西瑞金，过了于都河，快一年了。一年来，我们打破了敌人无数次的围、追、堵、截，走了两万多里，蒋介石连做梦都想消灭我们，可我们穿越了福建、江西、广东、湖南、广西、贵州、云南、四川、西康、甘肃等省，过了湘江、乌江、金沙江、大渡河、雪山、草地，现在安安逸逸地坐在哈达铺的关帝庙开会，这本身就说明我们取得了伟大的胜利。"

稍停顿了一下，毛主席接着说："我们虽然战胜了自然界的种种困难，粉碎了敌人数不清的堵截、追击，也顶住了天上敌机的轰炸。但现在，在甘肃还有准备截击我们的国民党的中央军和东北军、西北军的三十多万敌人，朱绍良、毛炳文、王钧等部在甘肃，张学良的东北军、杨虎城的西北军在陕西、甘肃。在宁夏、青海、甘肃边境还有马鸿逵、马鸿宾、马步芳、马步青'四马'的骑兵。"

毛主席说到这里，略停了一下，然后诙谐地说："感谢国民党的报纸为我们提供了陕北红军比较详细的消息，那里不但有刘志丹同志领导的红军，还有徐海东、程子华同志领导的红军，还有革命的红色根据地。"

听到这里，大家高兴地鼓起掌来。

毛主席接着又说："为了适应革命斗争形势的需要，中央决定部队进行改编，将红一、三军团和中央纵队改编为陕甘支队。由彭德怀同志任司令员，我兼任政治委员。"支队下辖三个纵队：红一军团改为第一纵队，红三军团改为第二纵队。中央军委纵队改为第三纵队，叶剑英同志任司令员，邓发同志任政委。全支队共有七千多人。

那时，朱德总司令、刘伯承总参谋长在红四方面军。

到达陕北吴起镇

在甘南哈达铺整编之后，我们陕甘支队继续北上，越过武山，渡过渭河，占领了陇西。

我们正走着，忽然正前方较远的地方传来了枪声。当时，毛主席、周副主席等领导同志，还有我们政治保卫局和保卫大队随第三纵队行动。

听到前面的枪声，叶剑英司令员、邓发政委带领部队迅速从后面赶上来。毛主席走在队伍的前面，来到一个山坡上，一看，彭德怀司令员正站在那里拿着望远镜在观察。毛主席看了看远方，又仔细听了听远处传来的枪声，笑了笑，对彭德怀司令员说："我看不是敌人的主力，我们派几个连出去，放几枪，吓吓他们，敌人也不敢怎么样。"

　　果然不出毛主席所料，我们的小部队才放了几枪，敌人就跑了。

　　一九三五年十月十七日，我们越过六盘山之后，和驻在六盘山青石嘴的东北军何柱国的第七师十三团打了一仗。

　　那天，敌人把马鞍子都卸了，正在村里休息。毛主席站在一个小山头上，把一些领导干部找了来，指着远方说："都看到了吧，隘口下边有个村子，叫青石嘴，那里驻扎着敌人第七师的一个团，有好几百匹马，别小看这些骑兵，我们要消灭这股敌人，不然它会挡住我们的去路。"

　　毛主席亲自向各领导干部交待了任务。

　　战斗不到半小时，将敌人大部歼灭，缴获敌人的物资有马匹、布匹，还有十多辆马车的子弹和军装。

　　从此，我们也建立了骑兵部队。

　　青石嘴战斗结束后，我们经甘肃环县地区，向陕西以北方向前进，于一九三五年十月十九日，胜利到达了陕北吴起镇。

　　至此，我红一方面军从江西出发，走了二万五千里，结束了长征。

第 四 章

到陕北之后

选调红十五军团

一九三五年十月十九日，我红一方面军同陕北红军会师。

我们在吴起镇休息了几天，稍作了一下休整。中央红军组织了一个参观团，到红十五军团进行参观访问，国家政治保卫局局长邓发任参观团团长，黄克诚任副团长，上级让我随邓发、黄克诚同志一起到红十五军团参观。

我们在参观期间，红十五军团为了加强领导力量，向中央提出，在参观团当中挑选一批领导干部，特别是参谋、政工、后勤干部，留在红十五军团工作。

经党中央和中央军委批准，决定从中央红军中调一批干部到红十五军团担任师、团领导职务。

根据组织决定，我被调到红十五军团七十八师二三二团任参谋长。

到职前，邓发局长同我谈了话，他亲切而又和蔼地对我说："你我朝夕相处，工作在一起，战斗在一起，你们科的工作和国家政治保卫大队各项任务完成得都很好，调你到红十五军团去工作，打心眼里讲，我真有些舍不得。因为红十五军团需要干部，工作的需要，到新的岗位后，要搞好团结，带好兵，打好仗。"

邓发局长的一番话，使我心里感到热乎乎的，既受教育，又受鼓舞。

我当即向邓发局长表示决心说："请领导放心，组织上把我放在哪里，我就在哪里为党的事业尽职尽责，决不辜负上级寄予自己的信任，努力做好本职工作。"

战场定在直罗镇

我到职时间不长，此时正值敌人对我陕甘革命根据地进行第三次"围剿"。蒋介石反动派得知我中央红军长征到达了陕北，极为恐慌，妄图乘我中央红军立足未稳之际，一举将我军消灭。

为此，蒋介石威逼东北军组织了五个师的兵力，向我陕北革命根据地进攻。敌以西路董英斌的五十七军的一〇

九、一〇六、一〇八、一一一师四个师，由甘肃省的庆阳、合水经太白镇沿葫芦河向鄜县（今富县）方向开进。敌南路六十七军王以哲的一一七师，沿陕西的洛川、鄜县大道北进，企图构成葫芦河东西封锁线，及洛河的南北封锁线，限制红军向南发展，合围我军于葫芦河以北、洛河以西及以南的三角地区，将我们消灭。

一九三五年十月二十八日，敌西路五十七军的先头两个师，一〇九师和一〇六师，十一月一日占领了太白镇，后又占领了黑水寺，接着向直罗镇方向推进。敌南路王以哲的一一七师于十一月六日进至鄜县地区。

我军为求得站稳脚跟，巩固陕甘革命根据地，中央确定了向南作战的方针。

为实现这一方针，针对当时的形势，决定集中红一军团、十五军团的兵力，首先打掉沿葫芦河向直罗镇开进的敌东北军一〇九师和一〇六师，给敌以迎头痛击，粉碎敌人封锁我军的企图，打破敌人的反革命"围剿"，把歼敌战场选定在直罗镇。

先夺张村驿

直罗镇战役前，我红十五军团七十八师二三二团，奉命为战役积极准备战场，首先扫清直罗镇东南方向一带敌人盘踞的土围子。

当时，红七十八师师长是田守尧，政委崔田民，参谋长姚喆，副师长兼二三二团团长韩先楚，政委刘茂功，我任参谋长。

接到命令后，我们团的几个领导同志碰了一下头，开了一个会，决定先派出侦察分队，组织团营干部前往川口子、张村驿附近，察看地形，侦察敌情。

张村驿紧靠葫芦河南岸，是个不太大的寨子，住有敌民团约一个营的兵力，在寨子里、葫芦河边上和南北两面的山上，修了不少工事，易守难攻。根据这些情况，我们经过反复研究，决定采取突袭战，集中全团兵力，打敌以措手不及。

头天晚上，我们一个营迅速占领了张村驿南山的制高点，并组织了一个突击连，埋伏在敌阵地前沿。以两个营控制了葫芦河一线的有利地形，包围了这个寨子。

第二天，天刚蒙蒙亮，随着一阵嘹亮的冲锋号声，我们突然向敌发起猛攻。密集的火力从几个方向一起射向张村驿这个民团窝子。

顿时，张村驿上空火光四起，浓烟滚滚，杀声震天。我们猛打猛攻，不大功夫，就冲进了寨子。

正在睡觉的敌人，有的还没弄清是怎么回事，就当了俘虏。部分敌人见南边冲击得很厉害，便拼命向北夺路而逃。我早已埋伏在葫芦河一线的两个营，已向寨子包抄过来，将敌死死堵住。敌人东碰西撞，进退维谷，没放几枪，就缴械投降了。

这一仗，歼敌民团约四百人，缴获武器弹药一批。

接着，我们又一鼓作气，拔掉了张村驿附近敌人的几个据点。

至此，张村驿一带的敌人基本被我们肃清。

战斗结束后不久，毛主席组织红十五军团和红一军团的团以上干部来到了张村驿。干部到齐后，毛主席、周副主席、彭德怀司令员亲自率领这些干部，前往直罗镇去察看地形，部署兵力，区分任务。

直罗镇战役

从张村驿到直罗镇，约三十余里，我们骑着马，不到一个小时就赶到了。

大家下马后，首先登上了直罗镇西南面的一座不太高的山，直罗镇尽收眼底。

直罗镇是个不过百多户人家的小镇，位于葫芦河中段，三面环山。镇子东头，有座古老的破寨子。镇子的北面，有一条流速缓慢而平静的小河。

如敌占据该地，即可以此为基点，东西沟通，完成其葫芦河封锁线的计划。

因此，直罗镇是敌必争之地，也是对我军有决定影响的战役枢纽。

　　我们用望远镜，从东到西，从西到东，细心观察着每一条道路，每一个小山头，每一条小河沟。

　　指挥员都深知，在战前察看地形时，如漏掉一个山头，疏忽了一条河沟，说不定在战斗中会增加预想不到的困难。

　　大家一面观察地形，一面交谈着：这一带地形，对我们太有利了，是我们歼敌的好战场，敌人进了直罗镇，就如同钻进了口袋。

　　我们从一个山头，转移到另一个山头，边走边观察，边观察边研究。

　　最后，毛主席决定：将敌放进直罗镇，集中主力，乘敌立足未稳，突然向敌发起攻击，将敌歼灭。

　　为了防止敌人利用镇子东头的寨子做固守据点，我们奉命提前先把寨子拆掉。

　　当天晚上，我们派了一个营连夜去拆那个小寨子。这时战斗命令虽然还没有下达，但战士们凭着自己的经验猜测到，可能会在这里打仗。

　　因此，大家不顾疲劳，一夜之间，就把寨墙全部毁掉了。

　　十一月十九日，敌先头部队第一〇九师进至了黑水寺、安家川地区，敌一〇六师和一一一师进至张家湾地区。

　　二十日下午，敌一〇九师在飞机的掩护下，沿葫芦河向东推进。

我军早已在阎家村担任警戒的小部队，且战且退，将敌诱至直罗镇。

敌后续部队的一〇六和一一一师进到黑水寺地区，就不敢前进了。

于是，敌一〇九师就成了我们首先歼灭的对象。

毛主席迅速抓住战机，于二十日晚上，下达了歼敌命令。

按照已经确定的兵力部署，红十五军团由南向北，红一军团由北向南，以急行军于二十一日拂晓前，将敌一〇九师包围在直罗镇地区。红十五军团一部分兵力在直罗镇与黑水寺之间截断敌人的前后联系。红一军团一部分兵力在张家湾以北地区准备打敌援兵。

毛主席、周恩来副主席和彭德怀司令员亲临前线指挥。

毛主席的指挥所，设在离直罗镇不远的北山坡吴家台北端高地几个破窑洞附近。

战斗打响之前，毛主席特别指示我们团以上领导干部，一定要打歼灭战。

天刚亮，冲锋号一响，红十五军团和红一军团像两只铁拳，从直罗镇南北山上直捣敌阵。

敌人虽有设防，但没有想到我军会来得这么快，这样迅速，发觉被包围后，直罗镇南北两边的山头已被我军占领。南面山上一响枪，敌人就往北面山上冲，北面山上一攻击，他们又反过来向南扑。

敌一〇九师被夹击在两山之间的一条山川里，兵力展不开，如同老牛掉进井里，还想垂死挣扎。在我军猛烈的攻击下，战斗不到两个小时，就占领了敌一〇九师师部所在地直罗镇。

敌一〇九师师长牛元峰带残部逃到镇子东头的小寨子里，指挥着一股敌人负隅顽抗，死不投降。

我们二三二团担任围歼这股敌人的任务。这个小寨子虽被我们战前拆毁，敌人到达此地后，又连夜改修，加上地形复杂，我们组织部队攻了一次，没能打进去。正准备集中全团兵力组织第二次攻击时，只见周恩来副主席和其他领导同志一起走下山来，手里拿着望远镜，边走边向敌人固守的那个小寨子观察。走到我们跟前，周副主席详细询问了第一次攻击情况之后，对我们说："敌人已成了瓮中之鳖了，寨子里既没水，又无粮，他们总是要逃跑的，争取在运动中消灭它。"果然不出周副主席所料，到了晚上，敌师长牛元峰蹲在寨子里，给敌董英斌发电报要求派兵为其解围。

董英斌派的一〇六师还未到直罗镇就被我打援部队击溃了。我军主力乘胜追击退却之敌一〇六师，并在黑水寺地区消灭了该师的一个团。牛元峰见待援无望，趁天黑率残部向西突围逃跑，结果没逃多远，他率领的残部大部被我们歼灭，部分当了俘虏，牛元峰被我军击毙在直罗镇西南的一个小山上。

直罗镇战役，我军歼敌一个师另一个团，打死打伤敌一〇九师师长牛元峰以下官兵一千多人，俘敌五千多名，缴获各种枪约四千支。

至此，直罗镇战役胜利结束，彻底打乱了敌人进攻陕北革命根据地的部署。

一九三五年十一月三十日，我军在直罗镇以北地区的东村举行了营以上干部大会。

毛主席、周副主席、彭德怀司令员参加了这次大会。

毛主席在会上作了《直罗镇战役同目前形势与任务》的报告。对直罗镇战役胜利的经验和意义作了详细的总结。

毛主席在评价直罗镇战役时说："直罗镇一仗，中央红军同陕北红军兄弟般地团结，这一仗给了敌人迎头痛击，粉碎了卖国贼蒋介石向着陕甘边区的'围剿'，给党中央把全国革命大本营放在西北的任务，举行了一个奠基礼，巩固和扩大陕甘革命根据地创造了有利条件。"

横山攻坚战

直罗镇战役以后，为了狠狠打击陕西北线敌人的扰乱，巩固我军后方，我们红七十八师、红二十八军和军委骑兵团组成北路军，奉命北上。

一九三五年十二月，中央政治局在子长县的瓦窑堡召开了一个会议。确定了把国内战争同民族战争结合的战略方针，发动、团结与组织全中国、全民族一切革命力量，打击日本帝国主义与汉奸卖国贼蒋介石的反动军队，扩大红军，扩大根据地，把军事行动放在打通抗日路线，巩固现有苏区这两项任务上。

同时，宣布任命刘志丹同志为北路军总指挥，宋任穷同志为政治委员，统一指挥红七十八师、红二十八军和军委骑兵团同敌人作战。

会议结束后不久，我们团就接到上级命令，即向陕北的横山县、榆林、米脂地区开进，趁敌不备，迅速设伏在横山的波罗堡、响水、韩岔一带，将横山县的守敌约一个团的兵力包围起来。采取围城打援，歼灭榆林、米脂县前来增援之敌。

敌人发现我红军主力后，不敢来援，就退回去了，我们未能打着敌人。

横山县城地势险要，北面是山，东南方向有天然屏障定惠渠，西面紧靠葫芦河，是个开阔地区。

为了歼灭横山守敌，红二十八军和红七十八师攻打该城。我们二三二团担任主攻。

战斗打响后，我们从波罗堡以西地区向敌突然发起攻击，将横山城外围防线突破，直抵城下。接着，组织部队开始登城。因云梯短了一点，几次未能登上城墙。守敌集中火力阻击我登城部队。

一阵激战之后，敌我双方都有些伤亡，我的肩部也中弹负了重伤，当即包扎了一下伤口，继续指挥战斗。

虽经激战，攻打横山未克，但给敌人以沉重打击，达到了发动群众，扩大影响，巩固革命根据地的目的。

东征抗日

一九三六年二月初，我们奉命从陕西北线返回延川县境，归回红十五军团建制，休整待命。

不久，周恩来副主席来到我们红十五军团，检阅了部队，接见了营以上干部。并宣布：根据当前革命斗争形势的发展，党中央决定，将中国工农红军一方面军改为中国人民红军抗日先锋军，由毛主席亲自领导、指挥部队作战。由徐海东军团长、程子华政委率红十五军团为左路军，红一军团为右路军，准备打过黄河去，进入山西，东征抗日。

时间不长，毛主席又于一九三六年二月中旬，在陕西延长县古峪村中国人民红军抗日先锋军司令部所在地，召集团以上干部开了一个会，对进行东征抗日作了进一步的动员，讲了东征的形势，明确指出：我军渡河东征，其目的是为了打击卖国贼蒋介石、阎锡山的反动军队，扩大抗日影响，建立抗日根据地，扩大红军，北上抗日，并以配合北平的"一二·九"学生抗日爱国运动，促进抗日民族统一战线的实现。

会后，我们即由陕北延川地区出发，进到黄河西岸河口镇附近，进行渡河的战术训练，详细侦察地形，选择渡河场地和登陆点。

渡河的船只已由地方人民政府作了充分准备，我们只等上级命令，抢渡黄河。

黄河西岸，都是高山、陡壁，黄澄澄的河水在高山陡壁中飞流直下。

黄河东岸，敌阎锡山利用天然地形，在河边的山头、隘路上构筑了蜂窝似的地堡群，地堡与地堡之间以交通壕连结，并将山崖、土坎切得很陡，自吹为"攻不破的黄河防线"。

我们到达河口镇地区附近以后，不分昼夜地隐蔽行动，进行紧张的渡河准备，大家对两岸的地形已了如指掌。战士们的劲头都是鼓得足足的，每天问我："什么时间过河呀？上级怎么还不下命令呀？"他们的心情我是了解的，究竟什么时间过河，上级还没有明确指示。说实在的，我心里也不免有些着急，也想很快打过黄河去。

一九三六年二月二十日晚，我们接到了渡河命令，即开始东渡黄河。红七十五师先头部队首先夺占了黄河东岸的堡垒，掩护后续部队顺利渡河。

二十一日晚，红七十八师全部渡过黄河，占领了义牒镇。

二十二日，向石楼县城攻击，给敌以重创。接着，经石楼县向隰县前进。

二十五日，在隰县以北地区消灭晋军阎锡山部队一个营，俘敌二百余人。

二十六日，向东北方向疾进，先后进入双池镇、大麦郊地区，进行抗日宣传活动。没收汉奸、土豪劣绅和恶霸地主的土地财产，分发给贫苦群众。

我们每个连队，都组织了宣传队，挨家挨户张贴中国人民红军抗日先锋军的布告，发动群众，奋起抗日，成立救国会，扩大红军，创建革命根据地。

三月十日，我红十五军团进至孝义县的兑久峪地区，同红一军团并肩作战，打击阎锡山的部队。仗开始打得比较顺利，突破敌人第一道防线后，遇到了强有力的抵抗。敌人集中炮火向我军阵地轰击，炮火很猛，我军占领的山头，黄土都被翻了过来，从日出到日落，敌我一直处于对峙状态。

因敌情变化，原估计敌只有四五个团，战斗中查明，敌人投入了三个师和一个炮兵旅，共十四个团，要想一口吃掉这么多敌人，当时是很困难的。毛主席当机立断，下令撤出了战斗。

兑久峪一战，我们歼敌约两个团，大部分敌人被我击溃，给了阎锡山精锐部队杨效欧的六十六师以沉重打击。

随后，我们奉命返回双池镇、大麦郊地区进行休整。

同时，毛主席、彭德怀司令员也来到了大麦郊地区，在这里组织召开了团以上干部会议，决定红十五军团向北活动，前伸至文水、交城县境，向太原方向佯动，威逼太原。

三月十八日，我红七十八师向汾阳县前进，在汾阳东南之演武镇击退敌人的阻拦。同日晚，我们袭击了文水城，未克。

二十日，我红七十八师又夜袭了交城。经过激战，亦未攻克，当即撤出战斗，向西转移。

二十五日，我前卫部队一度进占了离太原很近的晋祠，在太原附近一带活动。

敌阎锡山看到红军到了他的老窝，非常恐慌。为了保住他的地盘，一面调兵回太原防守，沿汾河和同蒲路增兵设防，阻击我军东进，一面给蒋介石发电要求派兵增援。

在这种形势下，毛主席决定：红一军团沿同蒲路南下，红十五军团北上，使敌首尾难顾。

我们北上以后，毛主席、彭司令员和其他领导同志带着指挥机关、特务团和电台，在孝义、灵石以西，中阳以南，石楼、隰县以东地区活动，指挥作战。

我红十五军团北上，阎锡山怕他的太原老巢被抄，急忙派了十几个团尾随追赶。我们带着这些敌人，从晋中一直跑到晋西北，途经交城、会立、小神头、峪口、岚县、袁家村、兴县、康宁等地，行程一千余里，歼灭敌人两个团，缴获了大批武器弹药，把中国工农红军抗日的大旗插到了黄河以东。

达到调动敌人的目的后，我们又于一九三六年四月七日，奉命由晋西北南移。

九日，将敌十多个团的兵力甩在我们后面。

十一日，我们进到离石县以南的金罗镇地区，歼敌五百多人。

十二日，由金罗镇附近出发，经中阳以北山区绕道南下。在行军途中，与敌遭遇，歼敌一个多营。随后，由中阳县境内向大麦郊地区集中。

十四日，我们胜利地到达了大麦郊一带休整。新组成的红七十三师，在大麦郊、隰县一带活动。

二十九日，我红七十八师在隰县以北地区，进行防御作战。在蓬门镇地区与国民党中央军二十五师关麟征部队，连续作战数天，掩护我主力部队西渡黄河。

我军从一九三六年二月二十日至五月五日，进行了东征，歼敌七个多团，扩大红军八千余人，筹款三十多万元和一大批物资，壮大了红军队伍。

西渡黄河

一九三六年五月五日，根据毛主席的命令，我军西渡黄河回师陕北革命根据地。

我们红七十八师打了国民党中央军关麟征部之后，紧接着从大麦郊以西地区出发，经罗村、石楼、永和关渡口西渡黄河，返回陕北革命根据地。

渡过黄河后，我们住在延川县贾家坪一带休整。

五月十四日，红一方面军在延川县以北不远的大相寺召开了团以上干部会议，我红十五军团的团以上干部也参加了这次会议。

会上，毛主席作了目前形势和任务的报告，对东征作战的情况进行了总结。同时指出：我军继续在山西作战已于我不利，陕北的靖边、安边、定边、盐池地区敌兵空虚，可以作为新的进攻方向。并说："党中央决定，为了防止日寇侵入大西北，我红军主力向西到陕甘以北地区西征作战，红一方面军组成西北野战军，彭德怀任司令员兼政委。"毛主席着重说明：西征的任务是发动群众，扩大新的根据地，建立游击队，扩大红军，筹粮筹款，打击马鸿逵、马鸿宾的反动势力，以此促成我陕甘宁边区抗日根据地的巩固和我们与东北军、西北军抗日统一战线的形成。

一九三六年五月中旬，我红七十八师参谋长姚喆同志调陕甘宁边区独立师任师长，我接任红七十八师师参谋长职务。

西征开始，红一军团为左路军，红十五军团为右路军，我们师于一九三六年五月下旬由延川县贾家坪地区出发，经蟠龙、安塞、保安（今志丹县）革命根据地，到陕西、甘肃、宁夏边界地区打击敌人。

第一仗，我们在陕北把新城堡守敌一个营歼灭。

随后，逼近靖边县，将敌打垮。

接着，直取宁条梁（梁镇）。

红七十五师攻安边城未克，给敌以重创。

红十五军团军团长徐海东、政委程子华率红七十五、七十三师继续向甘肃、宁夏地区的预旺堡方向前进。留红七十八师归彭德怀司令员直接指挥，围困安边县城。

当时，红七十八师师长是韩先楚、政委崔田民、我任参谋长、政治部主任谭甫仁。

我们师围困安边城不久，根据前指命令，由宋时轮军长、宋任穷政委率领的红二十八军接替围困攻打安边城的任务，我们红七十八师去攻打定边、盐池县。

我们侦知定边城内住有敌军一个营，我师部队便于一九三六年六月十六日疾速赶到定边。黄昏时分进入阵地，晚上开始围攻定边城。

十七日拂晓，我们师三个团的主力部队，先后攻入城内。我们师的几位领导同志随即离开阵地指挥所，进入城内指挥部队作战，将敌全部歼灭。

十八日，我们师根据上级指示将定边城的防务移交给红二十八军，准备向盐池县城前进。

十九日,师长韩先楚、政委崔田民政委和我率红七十八师连以上干部,骑着打定边城时缴获敌人的马,先到盐池附近看了一下地形,认真研究了攻城方案和我师的兵力部署。

当天晚上,我们便组织部队攻城,由于部队连续行军作战,比较疲劳,夜间行军,向导又带错了路,未到达攻城位置,盐池未克。

二十日,我们继续围困盐池,进行政治动员,察看地形,准备攻城器材。

二十一日凌晨三时,我们再次组织部队向敌人发起攻击。

经过一场激战,该城被我师攻克。

五天之内,我们连克定边、盐池两座县城。歼敌一个骑兵营和地方团匪两个连,俘敌五百余人,缴各种枪五百余支,战马五百多匹,五十瓦电台一部和大量布匹、物资,扩大了革命根据地,打通了前后方的联系。

我们在盐池休整了几天,即奉命向西,经惠安堡,经汉渠山水河,进到了宁夏的韦州、红城水地区,进行整训,发动群众,筹粮筹款,扩军备战。

我们于一九三六年五月下旬,歼灭了新城堡敌一个营之后,接着,向西横扫敌占据的靖边、宁条梁、安边、定边、盐池几座县城。

彭德怀司令员在宁夏同心城前线指挥部开会时说:"红七十八师横扫了几百里,他们行动积极,作战机动灵活,仗打得很好。"

接着，我们又攻打了甜水堡，歼敌马鸿逵骑兵团大部，缴获了大批武器弹药。

一九三六年七月下旬，我们由甜水堡，经宁夏的下马关、预旺堡进驻同心城、打拉池一带休整。

一九三六年八、九两月，根据上级指示，为了迎接红二、四方面军的到来，我们动员部队捻毛线、打毛袜子、织手套，准备吃的和用的东西，慰问红二、四方面军。

十月一日，我红七十三师出其不意地攻克了甘肃的会宁城，歼敌两个连。

十月初，韩先楚师长和我等师里领导同志率领红七十八师主力前往宁夏的海原县一带，迎接红二、四方面军。

十月九日，朱德总司令率领红四方面军总司令部到达了会宁。

十月十日，红一、四方面军的先头部队在会宁会师。

十月十九日，贺龙、任弼时同志率领红二方面军也相继到达了会宁。

红军第一、二、四方面军三大主力会师后，举行了隆重的联欢会。大家都非常激动，我的心情和大家一样，心里有说不出的高兴。

"西安事变"前后

红军三大主力的会师，极大地增强了爱国志士的抗日信心，给全国人民展示了新的希望。

但是，卖国贼蒋介石对于红军主力的大会师，却震惊不安，不顾民族危机，不顾全国人民的意愿，不顾我党一再提出的停止内战、一致抗日的主张，不甘心自己的失败，急忙调集了敌第一、三、三十七军和东北军的六十七军、骑兵军等五个军，兵分四路，追击正在向海原、打拉池地区转移的我红军主力，企图乘我红军连续作战，十分疲劳，尚未得到休息之际，消灭我军。

敌毛炳文带领第三十七军，敌王均带领第三军，同时由甘肃会宁地区出发，分别经郭城驿向靖远县方向围追我军。敌胡宗南的主力第一军的四个师由甘肃静宁地区经新营向海原追击。敌六十七军和骑兵军由宁夏隆德地区经固原县向黑城镇追击。当我军转移到打拉池向海原以北地区转移时，海原之敌马鸿逵的第三十五师和东北军的一个骑兵师向我侧后攻击，截击我军，该敌被我歼灭两个团。

随后，我军向东转移，经同心城、预旺堡到达甘肃环县，集结隐蔽在环县以北山城堡地区。

山城堡，地形复杂，土寨很多，便于我军隐蔽，是个较好的战场。

这时，敌判断我军可能已向盐池一带撤退。敌胡宗南的第一军孤军深入。一九三六年十一月十九日占领惠安堡，敌七十八师经预旺堡，于二十日占领了山城堡。敌人的企图是将我军合围于盐池以南地区消灭之。

二十一日，当敌七十八师由山城堡继续向东攻击时，我军已埋伏在山城堡地区的红军主力，突然向敌发起猛烈的攻击，首先截断了敌人西逃的退路，尔后由东、南、北三面夹击敌人。

经过一天激战，将敌七十八师二三二旅和二三四旅的两个团全部消灭。

山城堡战斗结束后，红十五军团军团部进驻羊山，我们红七十八师进驻二道沟隐蔽待命。

一天晚上，我突然接到红十五军团参谋长陈奇涵同志的电话通知，说张学良、杨虎城二位爱国将领，于一九三六年十二月十二日，在西安将蒋介石扣押起来了。韩先楚师长、崔田民政委和我听到这个消息，高兴得不得了。我们立即把这一消息通知各团和直属部队。

蒋介石被扣押的消息传到部队后，我们全体指战员拍手称快，有的同志高兴得把麦草都点着了，到处是一片火光。有的在炕上跳起来，把炕都踩塌了。

这时，敌胡宗南的部队仓惶往南撤退。我们师奉命立即南下追歼胡宗南的部队，经甘肃的环县、庆阳，陕西的长武、淳化、咸阳、西安城郊霸桥镇、蓝田县，进驻陕西商州县、丹风地区。我们在这里进行紧张的临战训练，发动群众，扩大红军，准备战场，迂回、迎击从河南进入陕西的国民党中央军，配合友军作战，保卫西安。

一九三七年二月间，由于西安事变和平解决，粉碎了日本帝国主义及其走狗汪精卫、何应钦企图发动内战，制造分裂的阴谋，实现了停止内战，联合抗日的目的后，我们红七十八师奉命北上。从商州地区出发，经蓝田县、西安城郊斗门镇、咸阳、彬县、长武，进入甘肃的宁县、庆阳县的西峰镇以北，驿马关以南地区整训，进行政治教育，军事训练，开展大练兵运动。红十五军团还在驿马关开了运动会，进行了各项体育比赛，检阅了部队训练素质。

经过一段时间的政治教育和军事训练，部队的政治觉悟、军事技术、文化和体育水平都有了很大的提高。

八月间，我们由甘肃的驿马关地区经陕西的洛川、黄陵、耀县开赴到三原、云阳地区的口头镇进行整编。我前线司令部在云阳镇召开了师、团干部会议。彭德怀司令员在会上进行了动员，讲了西安事变和平解决的形势，停止内战、联合抗日的政策，使大家明确了红军改编为八路军的目的和意义。

调到抗大学习

一九三七年八月二十五日，中央军委下达改编命令，将中国工农红军改编为国民革命军第八路军，朱德为总指挥、彭德怀为副总指挥。毛泽东任中共中央军事委员会主席，朱德、周恩来为副主席。红十五军团改编为一一五师三四四旅，旅长徐海东、政委黄克诚、参谋长陈漫远。红七十三师编为六八七团。红七十五师编为六八八团。红七十八师编为六八九团。六八七团团长张绍东，六八八团团长陈锦秀，六八九团团长韩先楚、政委崔田民。

部队整编后，中央军委决定：从每个师选调一名师级干部到延安抗日军政大学学习。

一九三七年九月，我被选调入抗日军政大学学习。同我一起入抗大的有：红七十五师师长韦杰，红七十三师参谋长谢海龙。我们在抗大第三期一大队一队学习，队长是庄田同志。我兼任一区区队长，韦杰兼任二区区队长，谢海龙兼任三区区队长。

我们在抗大边学习，边挖窑洞，边搞生产，解决住房、吃饭难的问题。

我在抗大学习了四个月后，准备到前方回三四四旅工作，但是抗大要培养一批教员和大队长，又把我调到抗大军事教员训练队学习了两个多月。

抗大的生活是很艰苦的，住的是自己动手挖的窑洞，在室外上课，吃的是小米和土豆。

学校的政治空气很浓，理论和实际结合的很紧，文化生活也很活跃，学习内容十分丰富，有马列主义、党的建设、社会发展史、政治经济学、战略战术、军事理论等课程。学习相当紧张，但精神非常愉快。

毛主席在百忙中经常亲自来给我们讲课、作报告，中央其他领导同志也常到学校授课。

我虽然只在抗大学习了六个月，但收获很大，学了很多知识，受益很深。

附：红七十八师师团领导干部名单

师长田守尧、后韩先楚，政委崔田民，参谋长姚喆、后吴烈，政治部主任钟伟，后谭甫仁，供给部部长魏庭槐、政委钱金山，卫生部部长王肇元，特派员沈新发。

二三二团团长颜东山、政委刘茂功、参谋长孟青山。二三三团团长耿良太、政委张天云、参谋长覃健。二三四团团长何光宇、政委贺大增、参谋长张太生。

第 五 章

延安岁月

组建中央警卫教导大队

一九三八年三月，我在延安抗日军政大学第三期一大队第一队学习并兼任一区区队长。

后来，抗大成立军事教员训练队，我又被调到该队学习。

在学习期间，尚未毕业，中共中央组织部把我调到中央警卫教导大队任大队长。中央组织部李富春副部长找我谈了话。当时，我的意见是毕业后回前方三四四旅（原红十五军团）去工作，李富春同志和蔼、亲切地对我说："你的意见是合情合理的，心情也是可以理解的，但因为中央警卫教导大队的任务很重要，一方面要担任中央领导机关、毛主席和中央领导同志的安全警卫，另一方面要培养一批警卫干部，中央决定调一名师级干部去加强领导，我们认为调你去工作较为合适。"

经李富春同志给我做工作，我才打消了回前方的愿望。

随后，中央书记处王首道秘书长又同我谈了中央警卫教导大队的组织编制、人员装备情况和担负的任务。

中央警卫教导大队（团级单位）归中央军委总参谋部、中央办公厅和中央社会部领导指挥。

我到职时，肖前同志任大队政委。同年七月十二日，军委总政治部和中央社会部调来张廷祯同志任大队党总支书记。

当时，中央警卫教导大队是由一九三八年至一九四一年陆续扩建的。大队下辖四个中队和一个骑兵队、一个训练队。第一中队和骑兵队，是分别由三五九旅七一八团，三五八旅七七〇团，洛川警备四团和延安中央党校选调来的。第一中队队长刘辉山、指导员莫异明。骑兵队队长古远兴、指导员王忠。第二中队是一九三九年四月由延安县保卫队调来的。队长张吉厚、指导员张九厚。训练队是一九三九年六月由中央职工学校选调来的。队长张耀祠、指导员田学文。第三中队是一九四〇年六月十八日由晋察冀边区党委警卫部队，护送"七大"代表李葆华等同志到延安后编入警卫教导大队的。队长方仲实、指导员冉法耕。

第四中队是一九四一年四月一日由晋察冀中央局警卫部队，护送彭真同志到延安后留下来的。队长马英杰、指导员曾策。全大队共七百多人，大都是经过严格挑选的工农出身的党员干部，有的还经过长征，在残酷环境，枪林弹雨中经受过考验的战斗骨干和老战士。这支警卫部队，无论是政治质量，还是军事素质都是比较好的。

为使全大队干部战士尽快熟悉警卫业务和工作特点，确保中央领导同志的安全，我们采取集中上警卫业务课和政治课的办法，让经验丰富的警卫战士联系自己的亲身经历，向大家传授警卫经验。并用以老带新的方法，对在警卫工作中可能遇到的一些情况，采取模拟的方式进行教育和训练，使大家都能在特殊情况下掌握处理问题的应变能力。

经过集训，全大队人员都较熟悉地掌握了警卫业务知识，并能担负繁重的任务。

一九三八年四月，根据军委总参谋部、中央社会部的指示，由第一中队接替了中央军委警卫营担负的保卫中央书记处各位领导同志的警卫任务。

由于日寇不断轰炸延安，一九三八年九月二十日，毛主席由延安凤凰山下靠西北边的一个老乡家里搬至杨家岭（毛主席是一九三七年一月由陕北保安县来到延安后住在这里的）。

第二中队即赴杨家岭担负保卫毛主席、周副主席、刘少奇、陈云、任弼时和中央领导机关的警卫任务。

朱总司令、叶剑英总参谋长、总政治部王稼祥主任等领导同志和军委机关搬至王家坪，由第三中队担任警戒和内卫执勤。

中央书记处搬至蓝家坪，警卫任务由第一中队负责。

第四中队在枣园担任中央机关驻地、固定和临时警卫任务。

骑兵队主要担负迎接、护送中央领导同志往返的路线和警戒和延安的巡逻任务。

训练队随大队部住侯家沟进行训练。在此期间，我们不断摸索、探讨和总结内卫警卫等方面的经验，充实、完善警卫措施，为完成好警卫任务奠定了良好基础。

同时，我们还挑选了一些精明强干，接受能力强，反应快，处理问题果断，作战勇敢，警卫业务熟练的同志送学校或训练队深造，培养了不少警卫参谋和警卫干部。

警卫中央六届六中全会

一九三八年九月下旬的一天，中央书记处王首道秘书长和中央社会部李克农副部长在蓝家坪召开了一个会，通知我和肖前政委一起参加。

会上，王首道同志说："中央准备在延安召开一个重要会议，会场设在延安城以东的桥儿沟，参加会议的同志出入会场均无证件，每天往返于延安的枣园、蓝家坪、杨家岭、王家坪等地，有的住在桥儿沟，这项艰巨的警卫任务，由警卫教导大队负责。"并问我有什么困难和要求。我说："请领导放心，有困难我们自己克服，保证与会同志安全，一定把会议的警卫任务完成好。"

接受任务回到部队后，我和肖前政委向全大队干部传达了受领的任务，并作了部署。

同时，我们一起到现场详细察看了地形，认真研究和制定了警卫方案。从中央领导同志和与会人员驻地到会场所经过的往返路线、会场周围的警戒，都进行了严密布置，定点、定人、定哨位，各负其责，不漏死角。

开会之前，我们还召集担负警卫任务的人员又作了进一步动员，进行了保密教育，讲了注意事项，重申了有关规定。

一九三八年九月二十九日，中共中央六届六中全会，在延安桥儿沟正式召开。

参加这次会议的有中央政治局委员、中央委员和党中央各部门以及全国各地区的主要负责同志三四十人。这是一九三四年一月五中全会以来、长征之后最盛大的一次中央全会。

根据会议的重要性和上级指示，我们挑选了警卫经验丰富、业务水平较高的一个区队，四十多人，由我带领，负责执行六届六中全会的安全警卫任务。

　　会议期间，我根据会场周围的地形、环境和所掌握的社会情况，布置了与会人员往返路途上的路线警卫。在会场的出入门口和附近的要害地点设了固定哨，同时设了昼夜巡逻的流动哨。为了防止敌机轰炸，我们挖了防空洞，在山头设了对空监视哨，规定了警报信号，采取了严密措施，以防敌人破坏。

　　这次会议是一九三八年九月二十九日召开，十一月六日结束的，历时一个多月。在人少任务重的情况下，由于大家认真负责，高度警惕，团结一致，齐心协力，不怕苦，不怕累，忠诚于党的警卫事业，圆满地完成了会议的安全警卫任务，受到了中央办公厅和中央社会部的表彰和慰问。

"自己动手，丰衣足食"

　　一九三九年春，抗日战争进入了艰苦时期。

　　由于日本帝国主义的疯狂进攻，卖国贼蒋介石对我党中央所在地延安，实行重兵包围和严密的经济封锁，企图把我军困死、饿死在陕甘宁边区，使边区的物资供应遭受到了极为严重的困难。粮食不够吃，只好挖野菜、吃黑豆、红薯、南瓜、榆叶面。缺油少盐，缺少医药、棉花和布匹。

　　为了克服物质生活的极度困难，粉碎国民党反动派的经济封锁，减轻人民群众的负担，党中央和毛主席号召抗日根据地军民掀起了一个"自己动手，丰衣足食"的大生产运动。

延安各机关、部队、学校、工厂，积极响应党中央和毛主席的号召，紧急行动起来，投入了这场轰轰烈烈的大生产运动之中。

一九三九年五月初，毛主席从杨家岭移住到延安北郊的枣园。

有一天下午，我们正在离毛主席住处不远的一个山坡下的操场内开生产动员大会，进一步动员如何搞好生产的问题，忽然见毛主席从他住地的窑洞里向我们走来，大家急忙站起来，热烈鼓掌。主席走到我们面前笑着问："你们是开生产动员大会？"我说："是"。并当即请主席给大家作指示。

主席说："这个会开得好嘛！蒋介石反动派想困死、饿死我们，是饿死呢？解散呢？还是自己动手呢？饿死是没有一个人赞成的，解散也是没有一个人赞成的，还是自己动手吧——这就是我们的回答。"

主席望着两旁的山坡，用手指着说："山上的土地很多，我们可以开荒种地，生产粮食。种地也要讲究科学技术，要深耕细作，勤锄草，才能多收粮，一籽下地，万籽归仓嘛。还可以搞点副业生产，猪、羊、鸡、鸭都可以养一些。种瓜、种菜、办工厂，解决自己的穿衣、吃饭问题。"

主席的话，又具体，又明确，大大鼓舞了我们的生产热情。

我们遵照主席指示，开展了大生产运动，给各个连队划分了开荒的区域，规定了生产任务，并着手筹办副业生产。

我们全大队指战员除了站岗、放哨和执行任务的以外，其余的同志每天早晨天刚蒙蒙亮，就扛起镢头、铁锹，奔上山岗，开荒种粮。钻进深沟，砍木头，打石头，烧砖。自己动手挖窑洞，盖课堂。还在平地开荒种菜，组织大家纺纱，捻毛线，劳动的积极性非常高涨。

毛主席说：给我也分一块地

毛主席看到我们每天轮流上山开荒，就对我们说："你们在附近给我分一块地，我也好开荒种粮种菜。"

我们说："主席工作很忙，就不要开荒种地了。"

主席说："搞生产运动是党的号召，我应该和大家一样，自己动手，参加生产劳动。"

我们只好在主席住地枣园南面不远的地方给他找了一块地。

主席为中国人民的解放事业，日夜操劳，工作非常繁忙，在这种情况下，他仍挤出时间和大家一起扛着镢头去开荒种地。大家见主席挖地，怕他累着了，就急忙拿起镢头帮着挖。

主席诙谐地对我们说："这块地，你们都挖了，我没挖的了。"主席还是不走，同我们一起继续劳动。

那时，周恩来副主席在工作很忙的情况下，还经常纺毛线，下地种菜，上粪浇水，使我们大队的警卫战士深受感动。大家主动起早贪黑，帮着他干完地里面的活。周副主席对战士们说："你们要站岗放哨，开荒种地，很辛苦，地里的活就不要帮我干了，我也要参加生产劳动，为克服困难出点力，尽点义务。"

朱德总司令尽管工作很忙，仍和大家一起上山开荒，自己还开了一块荒地，种上了蔬菜。浇水、锄草、上粪，也是自己动手，累得满头是汗。警卫战士看到这种情况，怕朱总司令累着了，就主动替他种地。他总是笑着说："克服经济困难，减轻人民负担，是我应尽的义务。"

中央领导同志以身作则，带头参加生产劳动，为全党全军和根据地人民树立了榜样，使我们全体指战员深受教育。

为中央领导代耕

我们考虑到毛主席和其他中央领导同志日理万机，谋虑国家大事，不仅要领导全国人民的对敌斗争，指挥八路军、新四军同敌人作战，还要写许多的重要文章，每天的工作十分繁忙和劳累。

为了使他们少参加一点劳动，我对警卫点上的干部说："每天不等他们下地，咱们把地里的活干完，他们没活干了，也许会休息一会儿。"有的同志说："这个办法很好，就怕他们不愿意，要到我们地里干活怎么办？"

我和肖前政委商量来商量去，终于想出一个好主意：专门划出几块地，替毛主席、周副主席、朱总司令和中央书记处的领导同志代耕。

我们召集生产委员会的同志开了一个会，研究为中央领导同志代耕粮食和蔬菜的数字。会开得非常热烈。经过认真讨论，大家都积极主张为中央领导多代耕一些粮食和蔬菜。最后确定：为毛主席、周副主席、朱总司令和中央书记处的领导同志每人代耕粮食三石五斗，代种两分菜地。

紧接着，我们又召集全大队干部战士开了一个军人大会，向部队讲了为毛主席和中央领导同志代耕的意义，并向大家提出了具体要求。全大队的同志积极响应，掀起了更大规模的生产热潮，开荒的土地超过原计划的两倍多。凡是我们大队住的地方，山坡上，平川里，都种上了谷子、玉米、土豆和各种蔬菜。

中央副秘书长李富春和中央社会部李克农副部长听到这个消息，来到我们警卫教导大队，说我们为中央领导同志代耕的办法很好。这样，不仅使领导同志有更多的时间考虑党和国家大事，也减轻了地方政府的负担，同时给予了我们热情鼓励。

就代耕事宜，我们给毛主席和中央书记处写了一个为中央领导同志代耕计划和报告。毛主席看后很高兴，亲自给我们写了信，对我们中央警卫教导大队的全体同志为中央领导同志代耕，表示感谢！并希望我们再接再励，努力奋斗，把中央警卫教导大队建设成一支既能打仗，又会警卫，还会搞生产，能文能武的部队。

主席的指示，给了我们深刻的教育和极大的鼓舞，使我们更加进一步增强了搞好各项工作的革命干劲。

护送中央领导出入延安

一九三九年十二月，国民党反动派发动了第一次反共高潮，向陕甘宁边区进攻。

为了防止国民党蒋介石反动军队的进犯，我们奉命抽出部分连队在延安以南的甘泉县修筑工事，部署警戒。

随后，我们又在延安以东的姚子店构筑战壕，准备迎击来犯之敌。

与此同时，我们还先后派出一个班到两个班至一个排的兵力，护送周恩来副主席、彭德怀副总司令、总政治部王稼祥主任、林伯渠等中央领导同志，往返于延安至西安。护送刘少奇、徐海东、张云逸等中央领导同志到新四军工作。途中未出任何差错，保证了这些领导同志的安全。

同时，我们还挑选了一批政治思想好，有些文化基础，具有一定作战、警卫经验和业务水平较高的同志，到国民党统治区的西安、武汉、桂林、兰州、南京、重庆等地，担任八路军办事处的警卫任务。办事处的主要负责同志，我们选派了随身警卫。这些同志的警卫工作做得很好，在复杂的环境中，不畏敌，不怕难，考虑事情细致周密，工作一丝不苟，表现得都很出色。

一九三八年十二月间，周恩来副主席、彭德怀副总司令、总政治部王稼祥主任等同志由延安经甘泉、洛川、宜君、耀县、三原到西安八路军办事处。我带一个排乘五辆卡车，担任护送任务。无论是在行军途中，还是在宿营的时候，我们严格执行保密纪律，认真履行警卫职责，坚守岗位，严密警戒，高度警惕，以防遭敌袭击，确保这几位领导同志安全到达了目的地。

我们由西安返回延安时，奉命从西安办事处带七十多名男女学生，乘坐我们的卡车，护送他们到延安抗日军政大学学习。护照上写的是山西八路军一二〇师战地服务的护士、宣传员。这些学生的途中安全和吃住等，均由我们负责。行车三天，途经国民党军队四道岗卡的严密盘查，没有发生任何问题，顺利返回了延安。

　　我还记得林伯渠同志脱险的那段往事：那是一九三九年六月下旬，肖前政委率领一个班十二名警卫战士，乘四辆卡车去西安办事处接护林伯渠同志回延安。第一辆卡车上由三名战士在前面检查道路，应付各种可能发生的情况，九名战士和肖前政委随林伯渠同志分别在后面三辆卡车上。当第一辆卡车行至铜川以北的金锁关时，突然遭到三十余名土匪的伏击。我英勇机智的警卫战士立即跳下车来，选择有利地形，与敌展开短兵相接的激烈战斗。后面三辆卡车听到枪声后，断定可能遭敌袭击，亦急速赶到向敌人猛烈射击。虽敌众我寡，但全体同志沉着应战，英勇冲杀，终将土匪击溃，使林伯渠同志和所带的文件、物资未受任何损失，安全回到了延安。

　　事后，中央书记处张闻天同志到我们中央警卫教导大队召开大会，表扬了警卫战士在金锁关战斗中，与敌英勇作战，保护了林伯渠和我党重要机密文件及贵重物资的事迹和不畏敌的革命精神。

　　一九四〇年底，我们派第一中队指导员莫异明同志带一个排，担负护送中央抽调的一百多名干部到华东新四军去工作。由于干部战士对工作认真负责，保证了这些同志途中的安全，完成了护送任务。

　　一九四一年一月间，刘少奇、徐海东、张云逸等同志，由延安经西安办事处到苏北新军工作。我带两个班乘四辆卡车护送他们安全到达西安办事处。

　　然后，由西安办事处负责护送他们到新四军去。我们由西安办事处返回延安时，仍乘坐原四辆卡车，带回部分重要文件、通讯器材、医药和被服，同时还有几位领导的家属，随我们一起平安回到了延安。

难忘的纪念日

　　一九四〇年二月七日，是我难以忘怀的日子。

　　这一天，是中央警卫教导大队成立两周年纪念日，我们举行了隆重的庆祝大会。毛主席、陈云、任弼时、李富春、张闻天、林伯渠、吴玉章等中央领导同志亲临大会讲话，亲自给我们发奖。

　　二月七日上午九点左右，我们大队的全体指战员身着整洁的灰色军装，佩带着手枪、步枪、轻机枪，排着整齐的队伍，精神抖擞地站在枣园沟口内的操场上，等待着毛主席和党中央领导同志的到来。

　　大约九点三十分钟，毛主席迈着稳健的步伐，从枣园沟口向会场走来。陪他一起来的有陈云、任弼时、李富春、张闻天、林伯渠、吴玉章等同志，还有中央各部门的一些主要领导干部。

　　当他们快步走进会场时，我整了整军装，向部队发了一个立正的口令后，快步跑到毛主席面前敬礼报告。毛主席即举手还礼。主席健步检阅了站在操场上的部队后，轻捷地登上了主席台。他的衣着跟往常一样，穿的仍是那件补了补钉的旧衣服，兴致勃勃，满脸浮着和蔼可亲的笑容。

我向主席报告说："一切准备好了，大会是不是可以开始了。"

主席说："准备好了，就开始吧。"

我走到台前宣布："中央警卫大队成立两周年庆祝大会现在开始。"

顿时，全场响起一阵热烈的掌声。

肖前政委作了简要的工作、学习和生产的报告之后，我说："请主席给我们作指示。"

这时，毛主席在雷鸣般掌声中站起来，向大家挥了挥手，走到台前，笑着说："同志们，你们辛苦啦！你们保卫党中央的工作完成得很好，也很艰苦。你们在生产运动中也做出了突出的成绩，超额完成两倍以上的生产任务，还给中央书记处等领导同志代耕，我们非常感谢你们。"

说到这里，台下又响起一阵掌声。

主席接着说："中央警卫教导大队的全体同志，没有辜负党中央的希望。可以这样说，你们现在学会了两套本事，一能打仗，二会生产。有了这样的部队，日本帝国主义及卖国贼蒋介石反动派一定会被打垮的。"

毛主席稍停了一会儿，又说："党中央希望你们努力学习，认真工作，提高政治、文化水平，提高军事技术和警卫水平，克服困难，搞好生产，改善伙食，创造更好的成绩，做出更大的贡献。"

主席在热烈的掌声中结束了他那鼓舞人心的讲话。

接着，林伯渠等领导同志也先后讲了话。对我们的工作给予了很高的评价。

最后，毛主席亲手把中央办公厅奖给中央警卫教导大队的一面红色锦旗授给了我们，上面是毛主席亲笔题写的四个大字——"劳动冠军"。

中央办公厅对我们很关心，还给我们每人发了一套单衣。

同时，林伯渠同志代表陕甘宁边区人民政府给开荒种地的干部、战士，颁发了"模范生产工作者"的光荣奖状。会场上不时响起阵阵热烈掌声。

大会结束了。毛主席满面笑容地向大家挥手告别。我请毛主席和其他中央领导同志到大队部休息，用我们自己生产的"飞马"牌卷烟招待毛主席和中央领导同志。主席吸了一口，微笑着说："这烟味还很香嘛。"并详细询问了我们制作香烟的情况。

这时，我们又端上来大西瓜，请毛主席和在坐的同志解渴。

毛主席看到西瓜，高兴地说："现在是二月了，你们从哪弄来的西瓜？"

我说："这是我们去年自己生产保存下来的。"

毛主席听了以后问："你们用什么办法保存得这样好，给大家传授一下经验好不好？"

我笑着说："我们保存西瓜的方法，在窑洞地面上铺一层细沙子，然后把西瓜放在上面，经常翻翻，这样，一般不会坏。"

毛主席听了，连声称赞说："好办法，好办法呀！怪不得陕北流传着这么一首民谣：早穿棉衣午穿纱，火炉旁边吃西瓜啊。"主席这么一说，都把大家逗笑了。

毛主席在大队部休息了一会儿，便和中央其他领导同志一起参观了我们大队举办的展览会。

当大家走进我们自己动手修建的课堂时，就被我们展出的图表、粮食、蔬菜、水果、猪、羊、鸡、鸭等标本吸引住了。主席仔细地看了看，连声夸赞说："中央警卫教导大队的生产搞得不错嘛！搞得好啊。"

接着，主席又详细地问道："你们开垦出来的荒地每亩能打多少斤谷子？多少斤玉米？每亩产多少斤土豆？每亩收多少斤南瓜？"我都一一向主席作了汇报。

主席听了点了点头，鼓励我们说："你们大队今年的生产要争取搞得更好啊。"

我说："就如何搞好今年的生产问题，我们已专门开会进行了认真研究和部署，制定了详细计划和奋斗目标。"

毛主席满意地笑着说："这就很好嘛，无论干什么事，只要有了奋斗目标，就会出成果、出奇迹。"

当毛主席和其他领导同志看到干部战士的识字本、日记本、作文本和算术本的时候，兴致勃勃地看了一本又一本。当他看完了一个战士写的一篇作文时，高兴地对大家说："这篇文章写得还有一定水平哩！"说完，他还一字一句地给大家读了一段。

展览快要看完了，我对身边的生产委员会主任蒋秦峰同志小声地说："现在我要请主席给我们题字，你快把笔墨纸拿来。"他很快就把东西拿来了。

刚刚把笔墨纸摆在桌子上，主席就在一旁看到了，诙谐地笑着问我："看完了还要提点意见嘛？"

我笑着说："提意见、题词都好。"

主席微微一笑，便说："我就题个词吧。"主席略沉思了一下，拿起笔来，写了"努力学习，搞好生产"八个大字。

写完后，主席笑着说："警卫教导大队的同志还需要进一步学习，改善部队生活啊。"

林伯渠同志看完题词后，笑眯眯地说："写得好！"

随后，在场的中央领导同志都分别给我们写了内容不同的题词。

中午，我们请毛主席和各位领导同志同我们一起就餐。我们把自己生产的东西都拿了出来，一共做了十几个菜。有的中央领导同志看到这些丰富多样的菜，笑着问："这些东西都是你们自己生产的吗？"我回答说："这些都是我们自己生产的。"毛主席听了连连点头说:"只有自己动手,才能丰衣足食呀!"

庆祝中央警卫教导大队成立两周年大会之后,我们调整了警卫部署,掀起了生产热潮。

一九四〇年十月间,国民党反动派发动了第二次反共高潮。

为了防止国民党反动派胡宗南的军队和马鸿逵的骑匪向陕甘宁边区袭击,我们大队奉命在延安附近西北方向派出部队担任警戒,又进入了紧张的战备工作。

中央警备团的成立

一九四二年十月,中央军委根据国内形势的不断变化和延安地区的具体情况,为了确保党中央、毛主席、周副主席、朱总司令、叶剑英总参谋长、刘少奇、陈云、彭真、任弼时、李富春、王稼祥、张闻天等领导同志的绝对安全,担负党中央、中央军委领导机关、广播电台、新华社和国际友人的警卫,决定加强警卫力量,充实警卫队伍,将保卫中央的中央警卫教导大队和保卫中央军委的警卫营合并成立中央警备团,隶属中央军委建制。

为此,总参谋部和中央社会部召开了整编会议,我和王金等同志参加了会议。

当时,中央警卫教导大队将近七百人,军委警卫营有三百多人，加起来共计一千多人，并有了足够的警卫干部。因此，编成一个团，定名为中央警备团（对外称十八集团军总司令部警备团）。

团部下辖两个营、六个步兵连、一个骑兵连、一个高射机枪连、一个警卫队、一个宣传队，共计十个连（队）。

原中央警卫教导大队所属四个中队改为第一、二、三、四连，骑兵连未变，取消了训练队，建立警卫队、宣传队。

原军委警卫营所属三个连，改为第五、第六连、高射机枪连。

一九四二年十月二十日，在延安侯家沟召开了隆重的中央警备团正式成立大会。中央军委总参谋长叶剑英、中央副秘书长李富春、中央社会部副部长李克农、总政治部秘书长陶铸等领导同志亲临大会，并分别讲了话，作了重要指示。

在大会上，叶剑英总参谋长首先宣布了中央警卫教导大队和军委警卫营合并组建为中央警备团的决定，以及中央警备团主要领导干部的名单：任命我为中央警备团团长兼政委、兼延安北区卫戍司令员（延安卫戍区司令员是王震同志，延安南区卫戍司令员由陕甘宁边区保安处处长周兴同志兼任，延安东区卫戍司令员由延安卫戍司令员兼任），王金任副团长，刘辉山任参谋长，张廷祯任政治处主任，宋家治任总支书记，樊学文任供给处主任，刘辉山兼第一营营长、莫异明任教导员，罗滋淮任第二营营长、张耀祠任教导员。

而后，叶总长说："中央警备团归中央军委建制领导，由总参谋部、中央办公厅和中央社会部指挥。警备团是保卫中央首脑机关的部队，其主要任务，要保卫好党中央、毛主席和中央军委等领导同志及要害部位的安全。警备团的干部战士大部分是从战斗部队挑选出来的，不少老同志经过了二万五千里长征，都是打仗出身的。虽说大家都知道保卫好党中央的重要性，但是，我听说有些同志离开了战斗部队，到中央机关站岗、放哨、搞勤务工作，打仗的机会少了，不愿在后方干，要求到前线直接参战，打日本鬼子。"

讲到这里，叶总长加重了语气说："中央警备团应改名字，不叫警备团，叫'钢盔团'"。他打了一个形象的比喻说："钢盔是干什么用的？是保护脑袋的。警备团就像钢盔一样，保护好全党的脑袋——党中央。所以说应叫它'钢盔团'，你们说对不对呀！"

大家回答说："对！"

叶总长接着说："警备团的干部战士都是各部队的战斗骨干，到前方可以杀千百个鬼子。但是，没有党中央来领导抗战，能不能把鬼子打出去，不能。党中央和毛主席的安全，关系着八路军、新四军的前途和命运，关系着抗日人民的对敌斗争，关系着整个中华民族的解放事业，关系着建立一个人民的新中国，警备团的任务是非常重大、光荣和艰巨的。"

叶总长停了一会儿，又接着说："警备团不仅要搞好警卫工作，还应办成一个培训红色革命警卫干部的学校，大家要努力学习政治，学习军事，学习文化，学习警卫知识，不断提高政治觉悟、文化水平和军事素质，熟练掌握警卫业务技术，掌握社会情况，进行保密教育，坚决执行党的政策，会果断处理突然发生的情况，把全团指战员培养成为既能文又能武，熟悉警卫工作的干部。这是革命形势的需要，保卫好党中央的需要。"

叶总长又说："警备团要在做好保卫工作的前提下，积极响应党中央、毛主席的号召，'自己动手，丰衣足食'，开展生产运动。中央考虑到你们担负的任务很重，没有规定生产上交任务。但是，你们要搞好农副业生产，减轻人民负担，打破国民党反动派对我们陕甘宁边区的经济封锁，克服一切困难，以取得革命的胜利。"

叶总长还指示我们，要做好群众工作，宣传抗日政策，帮助群众学习文化，给群众防病治病，助民劳动等。

叶总长的讲话，使我们全团同志受到了极大的教育和鼓舞，更加深刻认识到我们肩负任务的重大和艰巨，加强了全团指战员的责任心和荣誉感，激发了团结一致，齐心协力，完成好警卫任务的决心和信心。

在这次大会上，叶总长让我宣布了中央警备团任命的各连的主要干部名单：一连连长欧本文、指导员温昌连。二连连长马英杰、指导员曾策。三连连长何有兴、指导员赵沉幽。四连连长吕锡彬、指导员杜泽洲。五连连长方仲实、指导员杨树先。六连连长吴桂云、指导员李文昌。骑兵连连长姜玉坤、指导员王森。高射机枪连连长张海龙、指导员王乔。警卫队队长古远兴。

当时的两个营，每营下辖三个连，每连下设三个排，一百二十多人。骑兵连下设两个排，七十多人。高射机枪连下设三个排（十二挺高射机枪），一百多人。一连配备驳壳枪，二、三、四、五、六连均配备步枪和轻机枪。于一九四二年十一月，由陕甘宁边区警备第三团调来一百零二人。一九四三年，由三五九旅调来一百七十九人，从独立第一旅调来九十八人，中央机关调来三十人。到一九四三年十月，中央警备团发展到一千四百多人。

中央警备团成立后，我们担负了保卫党中央、毛主席和中央军委等领导同志的全部安全警卫任务。

我们根据部队刚刚组建，干部战士来自各部队、各单位，政治素质，军事技术不一的情况，为了保证警卫任务的完成，我们抽出一定时间，抓了政治教育、军事技术和警卫业务的训练。

在此基础上，我们还根据延安的地形、社情、中央各领导同志和中央领导机关驻地分散的情况，把部队分布于：第一营营部带一连住杨家岭，二连住蓝家坪和安塞，三连住王家坪，第二营营部带四连、团直属警卫队住枣园，六连住枣园后沟，担负毛主席、中央书记处、中央办公厅、各部委和中央军委各总部领导机关、广播电台、新华社、解放日报社、中央医院以及国际友人等驻地警卫和临时执勤任务。

高射机枪连和骑兵连随团部住侯家沟，布置在延安周围的清凉山、宝塔山、凤凰山、枣园后山的山头上，担任对空监视和对空射击任务。骑兵连担负护送中央领导同志出入延安和巡逻、纠察任务。在中央领导同志和中央机关驻地及经常活动的场所，设昼夜固定、游动、对空监视等岗哨。

第二营的五连和骑兵连的一个排住南泥湾，开荒种地搞生产。

双重任务

我们在延安，当时虽然处于相对稳定的环境之中，但又处于国民党蒋介石的反动军队和日本帝国主义的包围之中，敌人经常派遣特务、汉奸打入边区，勾结地主反革命分子，收买、利用往返于延安至西安等地的行人，收集我军情报，进行暗害、放毒等破坏活动，扰乱边区的社会秩序，斗争还是很复杂的。

在这种情况下，我们在保证完成警卫任务的同时，还必须抽出百分之三十到五十的兵力开荒种地搞生产。

为此，我们采取全面布置，重点控制，内紧外松，分片包干，各负其责，定位定点到人的办法，合理使用兵力。并及时了解掌握敌人动向，认真贯彻落实警卫制度和有关规定，严格保密制度，搞好延安的社会治安，以保证中央领导同志和中央领导机关的安全。

那时，中央领导同志和中央机关驻地基本上是固定的，有些领导同志经常到机关学校作报告，检查工作，参加各种会议，深入基层，搞调查研究，做群众工作，和人民群众联系较多。

根据这种情况，我们对中央领导同志和机关驻地的警卫也相应地采取了武装警卫形式，把哨兵设于大门、警卫目标周围的山头、高地和便于观察的地方。在主要中央领导同志驻地和机关，通常设内、外两层警戒，内外结合，严密控制，严格审查。在一般机关设门卫哨和巡逻哨。

为了使哨兵严格履行自己的职责，保持高度的警惕，我们除经常进行教育外，还建立坚持正副班长带班，干部查哨等制度，发现问题，及时解决，把不安全的因素消灭在萌芽状态。

中央领导同志经常活动往来的路线是枣园至蓝家坪、杨家岭、王家坪、延安城内、陕甘宁边区政府、新市场、枣园至中央礼堂、党校礼堂、八路军礼堂、边区政府礼堂以及蓝家坪、杨家岭、王家坪、区政府至中央医院、安塞、排庄、桥儿沟、拐磨等地，全长约一百多里。中央领导同志外出开会，行动迅速，不确定时间，又多是走路或骑马。根据这一情况，为防止敌人的破坏活动，我们采取用骑兵在中央领导同志所要经过的路线上，进行巡逻警戒，哨兵设于桥梁和道路的拐弯处以及道路两侧高地、窄路和行人较多的地方，公开武装警戒和骑兵巡逻相结合的办法，进行警卫。

那时，会场警卫也是我们的一项重要任务，通常采取公开武装和游动与固定警卫相结合的办法，保证了各种会议和中央领导同志行动的安全。

警卫部队的建设

一九四二年十月，我们中央警备团成立后，担负了党中央、毛主席和中央军委的全部安全警卫任务及延安的社会治安工作。

当时，我们部队在陕甘宁边区首府延安，周围群众多是经过土地革命和受我党长期教育的翻身农民，人民群众对我党有较明确的认识和坚定的信念。但是，我们处于日本帝国主义和国民党反动派的严重威胁和包围之中，国外的民族敌人和国内的阶级敌人，时刻企图进攻和破坏解放区，经常派遣汉奸和特务打入边区，勾结反革命分子进行破坏活动，扰乱边区的社会秩序。这就要求我们警卫部队必须时刻提高警惕，在组织上必须纯洁，政治上绝对可靠，以保证党中央、毛主席和中央领导同志的安全。

为了做到部队内部的纯洁、可靠，我们首先严把政治质量关。凡是从各单位选调到我们中央警备团的干部战士，都是经过严格政治审查、精心挑选的工农出身的同志，其中百分之五十至六十是共产党员，部分是共青团员，有的经过长征艰苦斗争的考验，有的在国民党统治区与敌人作过斗争，有的作过战，有的担负过警卫任务，具有一定的警卫工作经验，部队的政治质量是较高的，足以担负保卫党中央的光荣任务。

但是，保卫党中央的任务不仅要求警卫部队组织上纯洁，而且也要求部队思想上稳定。否则，不可能完成保卫党中央的任务。

对此，我们在部队中大力进行热爱党，热爱人民，热爱警卫工作，严守党的纪律，保守党的秘密，忠实勇敢，坚贞不屈，不怕流血牺牲，献身于党的警卫事业的思想教育。

教育中，我们主要向大家讲清，保卫好党中央、毛主席的安全，直接关系着我党、我军的前途和命运，关系着整个中华民族的解放事业。没有党中央和毛主席的正确领导，中国革命就不可能取得最后胜利。

同时，我们还检查了全团党员、团员的思想状况，克服了各种非无产阶级思想和不良倾向，澄清了模糊认识，进一步增强了全团干部战士的党性观念，提高了思想认识和政治觉悟,加强了对警卫工作的责任心,使热爱党、保卫好中央领导同志的安全,成为全团每个指战员的自觉行动。

我们在搞好部队政治思想教育的同时, 狠抓了部队的军事技术和战术训练。除了抓好部队的射击、投弹和刺杀三大军事技术外, 还着重抓了警卫业务训练,进行了警卫目标的驻地警卫的一般守则, 会场和行军途中的各种警戒、巡逻、护送, 掌握社情和敌人的活动规律, 识别敌人在各种场合下的动向, 灵活处理突然发生的情况的训练。

与此同时, 我们还进行了地形、地物的识别与利用,进行班、排、连的战术演练, 骑兵战斗队形、岗哨勤务、侦察技术和防空警戒等技术训练。并进行了穿越障碍、跳高、跳远等军事体育项目训练。

在军事训练中, 我们从基础课目练起, 干部以身作则, 言传身教。采取从易到难, 从简到繁, 循序渐进, 官教兵、兵教兵、官兵互教, 组织典型示范, 课堂教与野外实地演练相结合的办法, 取得了明显效果。

经过全团指战员的勤学苦练, 出现了三发子弹命中三十环的一批神枪手, 投弹在七十二米以上的大批投弹手,以及许多刺杀、跳高、跳远、赛跑的能手, 使全团干部战士的警卫业务水平和军事技术及战术都有了很大提高, 为确保警卫任务的完成奠定了良好基础。

为了使我们团成为一支能文能武的警卫部队, 我们在原来学习文化的基础上, 于一九四三年, 在全团开展了识千字的学习活动，我们把一千个单词编成课本，不论是担负警卫任务，还是搞生产的部队，分别组织识字学习。搞生产的同志去劳动之前，都将生字写在镢头和锄头把上，利用空隙时间学习。休息的时候，就用小木棍或小树枝在地上练习写字。那时灯油很少，夜间有的同志就在月光下认字。经过全团同志的刻苦学习，一般战士能认一千字左右，并做到了会认、会写、会用和看报纸、写信、写日记，扫除了文盲。

要做好警卫工作，保证警卫任务的完成，取得地方政府的支持和人民群众的帮助，是极其重要的。

因此，我们在部队中广泛开展了"拥政爱民"活动。教育干部战士尊重地方政府领导，认真执行政府的法规法令，搞好拥政工作，帮助人民群众做好事，成了部队经常性的工作。通过组织军民联欢会、座谈会等多种形式，做群众工作。我们还组织部队帮助群众搞好生产，防病治病。团里的宣传队经常深入群众中慰问演出，宣传党的政策和抗日活动，鼓励群众的生产热情。

同时，我们还派出干部战士，拿出部分节余经费，为群众办了文化学校，派女同志到农村组织妇女识字班，帮助农民学文化。

我们通过多种多样的"拥政爱民"活动，和驻地人民群众、地方政府的关系搞得十分融洽，非常密切。当地人民群众和地方政府，对我们的工作也给予了热情帮助和大力支持。人民群众主动帮助我们了解社情、敌情，配合我们搞好社会治安，保证了警卫任务的完成。

延安整风运动

一九四一年，党中央、毛主席根据党内存在的问题，开展了延安整风运动。遵义会议以后，虽然纠正了以王明为代表的"左"倾错误，但还没有来得及从思想上、政治上予以彻底清除，以致抗日战争爆发后，王明的"左"倾错误继续危害党的事业。加之党内又吸收了大批小资产阶级出身的革命分子，因此，党内存在着思想不纯、作风不正的问题。

为了解决好党内存在的上述问题，毛主席于一九四一年五月，在延安干部会议上作了《改造我们的学习》的报告，深刻批判了主观主义的恶劣作风，号召全党树立理论联系实际的马克思主义作风。

同年七月，中央政治局通过了《中共中央关于增强党性的决定》。

一九四二年二月，毛主席又在中央党校开学典礼大会上作了《整顿党的作风》、《反对党八股》的报告。

在这些光辉文献里，毛主席总结了"左"倾错误产生的思想根源，为整风运动规定了"反对主观主义以整顿学风，反对宗派主义以整顿党风，反对党八股以整顿文风"的内容。

整风运动的宗旨是：惩前毖后，治病救人；既要弄清思想，又要团结同志。为整风运动制定了一条正确的政治路线。

一九四二年六月八日，中共中央宣传部发出了《关于全党进行整顿三风学习运动的指示》。从此，整风运动在全党普遍展开。

我们中央警备团，按照党中央、毛主席关于整顿三风的指示和总政治部、中央社会部的要求，成立了学习委员会，进行整风、审干的组织领导工作。

在整风运动中，我们从实际情况出发，安排整风学习。根据中央警备团干部战士来自各方，有的是从边区警卫部队选调来的，有的是从战斗部队选调来的，有的是从延安抗大、中央党校、中央职工学校等单位选调来的，在政治思想，工作作风，生活习惯，军事素质等方面都不太一致，还有少数同志不愿在后方，不安心警卫工作，感到不如到前方直接参战去打日本鬼子，干得痛快。也有的不同程度地存在着对自己要求不严等不良倾向。

针对这些问题，在整风运动中，我们从学习整风文件，进行教育，提高大家的思想认识入手，肃清王明"左"倾教条主义错误在部队中的流毒和影响，以整顿干部队伍为重点，规定每个干部必须反复认真学习"古田会议决议"、"整顿党风、学风、文风"、"增强党性决定"、"论党内斗争"等文件。在领会和弄通文件精神实质的前提下，要求每个干部对照文件精神，写心得体会和笔记，检查自己工作上和思想上存在的问题，采取和风细雨，心平气和，以理服人的方法，开展批评和自我批评，定出改正缺点错误的具体措施和今后的努力方向。

整风中，我们对战士主要是进行正面教育，启发引导。采取自学、组织集体上课等形式，认真学习"古田会议决议"、"增强党性决定"等整风文件。在学习、讨论、提高思想认识的基础上，每个人依据文件精神，写心得，然后在连里召开的军人大会上谈认识，讲体会，互相帮助，共同提高，自己提出努力方向。大家普遍反映，这样做，心情舒畅，效果好，收获大，达到了教育的目的。

一九四三年八月十五日，中共中央发出关于审干运动的决定，整风运动进入了审干阶段。

如果正确地执行党中央和毛主席关于审干的指示精神，不搞逼供信，在调查研究的基础上，对历史复杂的同志进行一次政治审查，是可以的。但是，由于康生直接领导了这次运动，他在审干运动中搞了极"左"和扩大化的严重错误，使大批知识分子受到打击、迫害，制造了许多冤、假、错案，一些无辜的同志在政治上、思想上、精神上受到了极大的创伤，造成了灾难性的后果，给革命事业带来了不应有的损失。

在审干运动中，我们是按照毛主席的指示办的，没有按康生那一套错误的做法去搞，主要组织干部学习马克思列宁主义和毛主席的整风报告，提高干部的政治觉悟和思想认识，自己教育自己，一般不作组织处理。在部队中进行了"国民党与共产党"和肃清反革命分子重要性的教育，使大家认清国民党与共产党有着本质的区别，清醒地认识到特务、间谍、反革命分子对革命的严重危害。对个别历史复杂和有一般历史问题的干部，我们本着"惩前毖后，治病救人"，"与人为善"的态度，经过认真调查研究，实事求是地作出正确结论，使审干运动搞得恰到好处，达到了既弄清问题，又团结同志的目的。

经过整风和审干运动，深刻批判各种非无产阶级思想，使我们团的干部战士在思想上受到了一次马克思主义的教育，纯洁了党的组织，端正了作风，提高了思想认识和政治觉悟，加强了工作责任心，克服了不愿在后方，不安心警卫工作的思想，部队各项工作出现了生气勃勃的新气象。

通过整风运动，在全党范围内，使党员和党的干部进一步掌握了马克思列宁主义的普遍真理同中国革命具体实践相结合的基本原则，树立了调查研究，实事求是的优良作风，全党同志在思想上、政治上达到了空前的团结和统一，为夺取抗日战争的最后胜利奠定了良好的思想基础。

大生产运动

一九四三年和一九四四年，是我们中央警备团开展大生产运动规模最大的两年。这两年，在保证完成警卫任务的前提下，全团抽出七百多人投入了开荒种地，搞农业、副业、手工业和运输业等生产。

我们采取一面执勤，一面生产的办法，每个连队都有百分之五十的干部战士轮流参加生产劳动，百分之五十的同志担任警卫执勤。另有一个步兵连和一个骑兵连全部在南泥湾搞生产，种粮食、割马草等。

我们在生产运动中，对部队大力进行艰苦奋斗，克服困难，全心全意为人民服务的教育，使全团指战员充分认识到，开展大生产运动，是为了打破国民党反动派对我们的经济封锁，粉碎蒋介石妄想把我们困死、饿死在陕甘宁边区的狂妄野心，减轻人民群众的负担，保证警卫任务的完成，取得抗日战争的胜利。

当时，我们团进行生产的鼓动口号是：咬紧牙关，克服困难，不怕吃苦流汗，用自己的双手，开出万亩良田，把荒地变成米粮川，花果园，要吃有吃，要穿有穿，做到自给自足。

同时，我们充分利用团里办的机关报——"战卫报"，宣传党中央的路线、方针、政策和生产运动中出现的模范人物的先进事迹。在劳动现场办起"生产小报"和"山头黑板报"，及时表扬好人好事，组织宣传队到现场演先进，唱先进，鼓舞了部队的士气和生产热情。

在开荒初期，我们挖的那些地长了很多狼牙刺，非常难挖，每人每天只能挖几分地。我和战士们的手上都磨起了血泡，有的衣服都被刮破了，虽然有些累，但没有一个人叫苦，大家比着挖，看谁挖得多，开展了劳动竞赛。时间不长，挖地就增至一亩多。

开荒高潮时，每人每天挖地达两亩。每天开荒两亩以上的就有四百多人。挖茅草地，有的战士每天挖四至五亩，最突出的是一连战士杜林森，每天开荒六亩六分多，创造了全边区开荒的最高纪录。

我们在搞好农业生产的同时，为了改善部队的生活，还搞了一些副业生产，饲养了猪、羊、鸡、鸭等家畜家禽。学会了做豆腐、生豆芽、做酱油、腌制各种咸菜，做到了蔬菜、肉类自给。

我们还组织部分人员进行手工业生产，用蒲草、麦草做铺垫，用破布做鞋子，用高粱穗做扫帚，桦树皮做草帽等。类似这种手工业产品，全团搞了数十种。延安解放日报多次表扬我们团在这方面所创造的好成绩。

当时延安纸张非常紧张，我们想方设法，克服困难，发动大家割马兰草，解决了造纸原料，办了一个造纸厂，培养了一批战士制造马兰草纸，解决了中央领导机关一部分办公用纸和新华社、解放日报出版参考消息、报纸和印刷小册子的部分用纸。

我们还办起了缝衣厂、肥皂厂、鞋厂、烟厂。在延安新市场办了一个商店，经营商业产品。在枣园沟口办了一个合作社、经营杂货,解决部队日常生活用品的供应。并组织部队自己动手,先后在枣园、侯家沟、蓝家坪挖了一百七十多孔窑洞。自己砍柴、烧木炭,割马草等,解决了全团一千多人的住房、烧饭燃料、冬季取暖、马草饲料问题。

为了宣传党的方针政策,丰富部队文化生活,进一步做好抗日宣传工作,我们团还成立了宣传队。当时没有戏剧服装,就组织女同志和会缝纫的战士,自己纺线、绣花,用了两个多月的时间,日夜不停地工作,制作了一百多套不同样式的戏装,自编自演了许多京剧、话剧、歌舞等文艺节目,先后在部队和人民群众中慰问演出,宣传教育了群众,鼓舞了部队士气,对做好警卫工作,开展大生产运动,粉碎国民党反动派的经济封锁,起到了应有的教育作用。

与此同时,为了解决穿衣问题,我们还发动大家纺毛线,组织部分同志织布。在没有染料的情况下,自己动手,采用土办法,上山挖黄牙根,把根上的皮剥下来,放在水里煮,用从黄牙根里煮出来的黄水,作染布的染料。经过自己办的缝衣工厂加工,给全团每个干部战士制作了一套深黄色毛呢子军装,还送给了中央领导同志每人一套。我们团的干部战士穿上呢子军装站岗、放哨、执勤,显得非常精神、整齐,在延安的机关、学校和人民群众中,影响很好。

我们还在枣园管理了一个果园,种了杏、花红、李子、桃、甜梨和枣。

　　到了夏天，果园里金黄色的大杏，红红的花红，紫红的李子，粉红色的桃子，挂满了枝头。

　　我们每次摘收水果的时候，都选些熟透了的新鲜果子给毛主席、周副主席、朱总司令、刘少奇、任弼时等中央书记处的同志和中央其他领导同志送去。我们送水果的时候，他们总是说，水果是你们辛辛苦苦生产出来的，还是留着大家改善生活。他们叫警卫员把水果分给机关工作的同志尝尝。还特别嘱咐：要告诉大家，这是中央警备团的同志们送来的劳动果实。

　　我们中央警备团自开展生产运动以来，除了自己搞好生产以外，考虑到中央书记处和其他中央领导同志为了党和国家的大事，日夜操劳，工作十分繁忙，为了使他们少参加一点体力劳动，每年都为中央领导同志代耕粮食三石五斗，耕种两分菜地。

生产成果展览会

　　一九四四年十一月间，我们中央警备团为了检验自己一年来的生产成果，表彰和鼓励先进，激发干部战士的生产热情，把生产运动搞得更好，做了一个月的筹备工作，在我们团部所在地延安侯家沟的课堂内，开了一次规模较大的全团生产成果展览会。

　　展览的内容非常丰富，既有图表、实物，又有样品、标本。展出的物品都是由全团各个单位选送来的，有自己种植出来的颗大粒大的各种粮食作物；自己种的各种各样的新鲜蔬菜；自己挑选制作的猪、羊、鸡、鸭标本；自己腌制的数十种小菜；自己生产的纸张、香烟、肥皂；自己纺的线，织的布，打的毛袜、手套、鞋子；自己加工制作的军装、戏装；自己编织的筐子、打的草鞋等数百种物品。

同时，我们还把生产运动中涌现出来的劳动英雄和先进集体的模范事迹，配上照片，加以说明，予以展出。

毛主席、朱总司令、任弼时、李富春、陕甘宁边区政府主席林伯渠等十多位中央领导同志，亲临我们警备团，看了我们的展览，接见了我们团的劳动英雄和先进集体，作了重要指示，给予了热情鼓励，使我们全团指战员深受教育和鼓舞。

一九四四年，我们全团开荒一万五千六百多亩，生产粮食二百三十四万多斤，各种蔬菜一百多万斤。全年生产收入合小米三百六十三万多斤，生产的收入使我们全团的经费做到了自给。生产的粮食、蔬菜和肉类不仅做到了自给自足有余，还主动把多余的粮食上交给了陕甘宁边区政府。

为了进一步鼓舞部队士气，我们先后开展了革命竞赛和学习英模活动，由下而上地进行英模评选工作，召开全团军人大会，用英雄模范人物的先进事迹教育部队。

同年，陕甘宁边区政府召开了劳动英模大会。

当时，先由团里评选英雄模范人物，参加中央直属机关的英模大会。然后再经中央直属机关选出出席陕甘宁边区政府的劳动英模大会。

记得我们团的杜林森、胡德山、王国初、凌福生、纪永常、陈少先、罗贵、杜永清、王永贵、贺福祥十名同志被陕甘宁边区政府授予劳动英雄称号，我被授予特等劳动英雄称号。

由于我们团各方面的生产都搞得较好，因而做到了部队吃得饱、穿得暖，保证了警卫任务的完成，锻炼了部队，克服了经济上的困难，提高了干部战士打败日本侵略者和国民党反动派的决心和信心。

悼念张思德

当我伏案疾笔，追忆五十三年前毛主席为警卫战士张思德同志开追悼会的情景时，一股对毛主席无比怀念和崇敬之情便油然而生。

一九四二年至一九四五年，我在延安任中央警备团团长兼政委，张思德同志是我们警备团直属警卫队的战士。为了打破国民党反动派对陕甘宁边区的经济封锁，克服经济上的困难，减轻人民群众的负担，我们中央警备团积极响应党中央和毛主席的号召，开展了轰轰烈烈的大生产运动……

到了一九四四年，中央准备于次年在延安召开党的第七次全国代表大会。为了给代表和当时参加整风运动的同志准备防寒烤火用炭，同时也为了解决中央领导同志的取暖用炭，我们警备团遵照中央办公厅的指示，组织了部分警卫战士到安塞县石峡峪庙河沟山中烧木炭，我们派张思德等同志执行这项任务。

张思德同志为了多烧炭，他不分白天黑夜拼命干，人累瘦了，脸晒黑了，手上磨满了茧子，在不到一个月的时间里，他们就烧了好几万斤木炭。

九月，天气转凉了，烧炭的同志多数都返回了延安，仅有张思德同志等少数几个人留守炭窑现场。

九月四日这天，张思德同志为了多烧些木炭，他一个人砍倒了一棵又粗又高的青枫树，树倒后正好压在炭窑上，并碰坏了烟囱。

五日，张思德同志起得很早，他顶着淅淅沥沥的小雨修补炭窑和烟囱，从早晨一直干到中午，就在他最后加固炭窑正打算装窑时，突然炭窑崩塌，他被深深地埋在窑内，不幸光荣牺牲，年仅二十九岁。

噩耗传来，我和全团的同志悲痛万分，大家主动到山上采集野花，编制了花圈，以此来寄托对张思德同志的哀思。

我立即将张思德同志不幸牺牲的情况，报告了毛主席、中央社会部李克农副部长和总政治部王稼祥主任。主席当即指示："要开一个追悼大会，我也参加。"

八日，中央警备团、中央社会部、中央办公厅和中央直属机关的一些同志共一千多人，在延安枣园的操场上为张思德同志举行了隆重的追悼大会。

主席台的四周摆满了中央办公厅、中央社会部、总参谋部、总政治部、中央机关、西北公校和我们警备团送来的用松树枝和白纸做的花圈。台上方挂着"追悼张思德同志大会"的横幅。正中间放着毛主席亲笔题写的挽联："向为人民的利益而牺牲的张思德同志致敬。"台上中央挂着一面带有镰刀和斧头的鲜红的党旗。在这鲜红的党旗下，悬挂着张思德同志的遗像。

下午两点多钟，毛主席怀着十分沉痛的心情，从枣园的住所走了出来。今天他走得缓慢，一句话也没说，在叶剑英、任弼时、李富春、王稼祥、陶铸等领导同志的陪同下，迈着沉重的步子走进了会场。我迎上前去向主席敬礼，然后接主席和其他领导同志上了主席台。

追悼大会由我主持。当我宣布追悼张思德同志大会开始时，会场上所有的同志肃立，向烈士默哀。接着，我们警备团的政治处主任张廷祯同志致悼词。致完悼词后，毛主席亲手拿着他自己题名的花圈，献在了张思德同志遗像前，沉默了很久。

见此情景，台下的人有的不禁流下了眼泪。

毛主席缓慢转过身来，向全体到会的同志作了题为《为人民服务》的演讲：

"人总是要死的，但死的意义有不同。中国古时候有个文学家叫司马迁的说过：'人固有一死，或重于泰山，或轻于鸿毛'。为人民利益而死就比泰山还重，替法西斯卖力，替剥削人民和压迫人民的人去死，就比鸿毛还轻。张思德同志是为人民利益而死的，他的死是比泰山还要重的……"

这篇著名的光辉著作，从此鼓舞着千百万革命者为中国人民的解放事业英勇奋斗，激励着无产阶级革命者为共产主义事业，勇往直前，奋斗终身。

张思德同志的遗体用棺木葬在延安宝塔山的山坡上，树了墓碑，以寄托我们的哀思。

毛主席关心战士，爱护战士，还为牺牲的战士举行隆重的追悼大会，此举，怎不令人为之感动。

警卫"七大"

一九四五年，党中央在陕甘宁边区首府延安，召开中国共产党第七次全国代表大会。

这次大会之前，经过一九四二年的延安整风学习，全党同志受到一次深刻的马克思主义教育，统一了思想，统一了认识，树立了联系群众，调查研究，实事求是的优良作风，为开好"七大"奠定了良好基础。

党的这次会议，不仅规模大，而且时间长。

根据这一情况，我们中央警备团于同年二月底，冬季训练结束后，就开始做迎接"七大"的各项准备工作。在全团进行了热爱党，增强党的观念的教育，提高大家对保卫好"七大"重要意义的认识。

同时，动员部队用加强警卫工作，搞好农副业生产，努力学习等实际行动，向"七大"献礼，从思想上作了充分的准备。

为了保证与会同志的安全，在大会开幕前夕，我们组织部队整修了杨家岭的防空洞，构筑了从会场通往防空洞之间的防空掩体。并在严寒的气候条件下，我们抢时间，争速度，修理了枣园至杨家岭之间的延水桥，保证中央领导同志和与会代表每日往返顺利过河开会和活动。

一九四五年四月二十三日下午，党的第七次全国代表大会在延安杨家岭中央礼堂正式开幕。

中央直属机关选举我为"七大"候补代表，在中央机关代表团，和谭余保、刘宁一、李颉伯、李天佑、丘金等同志编在一个小组，参加了这次代表大会。

我的任务是负责大会警卫工作，同时参加代表大会。

我记得出席这次大会的正式代表是五百四十七人，候补代表二百零八人，共七百五十五人。主席台上，高悬着两面鲜艳的党旗，领袖像挂在红旗的正中间。主席台的陈设，朴素庄严，只有几张条桌和十几把木椅。后面墙上写着"同心同德"四个大字，两侧墙上的标语是"坚持真理"、"修正错误"。最引人注目的是主席台顶端的横联，红底镶着黄字，"在毛泽东的旗帜下胜利前进!"大会在庄严的《国际歌》声中开幕。

为确保大会安全，在大会秘书长任弼时、副秘书长李富春同志领导下，成立了大会秘书处、总务处、临时警卫处。中央社会部的陈龙同志和我负责警卫处的工作，下设内勤组、警卫组、防空指挥组。内勤组由中央机关警卫科长杨时同志负责，担任会场内部的招待和中央领导同志的随身警卫。警卫组由一营营长刘辉山、教导员莫异明同志负责，担任礼堂门卫、会场周围、代表驻地、往返路线上的巡逻任务。防空指挥组由二营营长罗滋淮同志负责，担任对空监视和驻地周围山上的警戒。延安城内、南区、东区代表经过路线的巡逻警戒，由陕甘宁边区保安处周兴处长负责。

这次大会是公开进行的。因此，会场就成了国民党反动派和日寇进行破坏活动的重要目标。

我们根据大会会址杨家岭中央礼堂周围的地形和社会治安情况，采取了对外严密控制，加强对空监视和巡逻警戒，对内加强中央领导的随身警卫。在礼堂各大门和沿围墙以外的各山头、高地等要点，布置了内、外两层警戒，构成严密的警卫网。

同时，在中央领导和与会代表通行的路线上，增设了固定的和游动的巡逻哨。

担负这次大会警卫的我团第一连负责会场开大会和举办各种晚会的核心警卫，以及礼堂各大门的检验入场证件、检查修理防空洞和杨家岭、延水桥的警卫。

第二连、三连分别担负杨家岭礼堂围墙以外的山头、后沟隐蔽地点的控制，代表驻地、往返路线和中央、军委机关的警戒任务。

高射机枪连重点布置在杨家岭、清凉山周围山头上，专门担负防止敌机空袭和对空射击任务。

骑兵连担负中央领导和代表经常通行的路线巡逻、护送等任务。

除此之外，我们还挑选了会游泳的同志负责涉渡延河去新华社和解放日报递送大会文件等工作。有时延河水猛涨，桥梁受到威胁，担负守桥任务的战士纪永常、李建国、杜林森等同志，冒着生命危险，下河与洪水搏斗，抢修和保护桥梁。战士王更臣同志在河宽、浪大、水流急的情况下，经常不分昼夜，英勇地涉渡延河，递送文件，受到中央领导同志的表扬。

在"七大"会议上，我聆听了毛泽东同志代表中央委员会作的题为《论联合政府》的政治报告；朱德同志作的《论解放区战场》的军事报告；刘少奇同志作的《关于修改党章的报告》；周恩来同志向大会作的《论统一战线》

的重要发言。

大会制定了放手发动群众，壮大人民力量，在我们党的领导下，打败日本侵略者，建设新中国的政治路线。选举产生了由毛泽东、朱德、刘少奇、周恩来、任弼时等四十四名中央委员和廖承志、王稼祥、黄克诚等三十三名候补中央委员组成的中国共产党第七届中央委员会。

党的第七次代表大会，始终洋溢着民主、团结、融洽的气氛，为抗日战争和解放战争的胜利奠定了巩固的基础。

大会的每一个报告、决议、文件，都是经过全体代表、各代表小组、各代表团会议和开大会反复讨论，提出意见，加以补充修改。大会主席团尽一切可能让每个代表发表自己的意见，充分发扬了党的民主作风。记得八路军一二〇师政委关向应同志当时在中央医院治病，不能参加会议，毛泽东同志就委托贺龙同志经常去看他，将会议进行情况不断通告关向应同志，并征求他的意见。在选举新的中央委员会时，也是经过充分的酝酿讨论，才进行正式选举。

为了指导大会顺利进行，在小组讨论期间，毛泽东同志经常参加各代表团和各小组的会议。并非常注意听取代表们的发言，发现了问题还作一些启发诱导，让大家进一步去思考。他讲问题时，总是那样深入浅出，通俗易懂，并夹有一些风趣的比喻。所以，毛泽东同志无论参加哪里的会议，哪里的会场上总是十分活跃。

大会经过详尽的讨论，分别通过了《关于政治报告的决议案》、《关于军事报告的决议案》和新党章，还通过了《关于死难烈士追悼会的决议》。

一九四五年六月十一日，大会胜利闭幕。

在大会任弼时秘书长和李富春副秘书长的领导下，大会警卫处由于组织严密，分工明确，各负其责，和有关部门密切配合，经全团指战员的共同努力，圆满完成了历时五十天，具有重大历史意义的党的第七届全国代表大会的安全保卫工作。接着，党中央又在杨家岭中央礼堂召开了党的七届一中全会。一九四五年六月十九日，全会选举毛泽东同志为中央委员会主席兼中央政治局、中央书记处主席，选举毛泽东、朱德、刘少奇、周恩来、任弼时为中央书记处书记。

在此期间，我们团仍按原"七大"警卫的部署，执行和完成了七届一中全会的安全警卫任务。

军委命令：不要对空射击

一九四五年八月十五日，日本侵略者宣布无条件投降。

当时，全国人民渴望和平，过安定的生活。

可是，抗日的烽火刚刚停息，蒋介石却勾结美帝国主义，大耍反革命两面派手法，一面虚假地邀请毛主席到重庆和平谈判，同商"团结大计"，而暗中却调兵遣将，用几十万军队包围着陕甘宁边区，准备向我解放区进攻，下山抢占胜利果实。内战危机十分严重，国内的局势顿时又紧张起来。

陕甘宁边区的军民为了和平和自卫，保持着高度的警惕，随时应付突然事变的到来。

一九四五年八月二十六日深夜，我突然接到中央军委总参谋部的电话，通知我明日下午两点钟左右，有一架美国运输机到延安来，要我们中央警备团的防空部队不要射击，在延安东边机场周围布置警戒。

第二天下午两点，果真从延安的西南方向飞来一架标有美国字样的运输机。飞机在延安机场降落后，从里面走出不少人，其中有一九四四年十一月曾来过延安的美国驻华大使赫尔利，还有国民党的高级将领张治中。他们的到来，人们都非常的疑惑，议论纷纷：有的说，这些家伙不知要什么花招；还有的猜测说，会不会又来搞瞒天过海的所谓"调停"之类骗人的鬼把戏。

到了晚上，我们听说他们是来迎接毛主席去重庆和蒋介石谈判的。又听说，为了揭穿蒋介石的阴谋，毛主席以无产阶级革命家的伟大气魄，不顾个人安危，冒着极大的风险，决定亲自去重庆，寻求避免内战，实现和平的道路，同蒋介石直接谈判，八月二十八日上午就要乘飞机去重庆。

听到这个消息，我们全团指战员谁也不相信蒋介石会有诚意同我党和谈，都为毛主席的安全而担心。有的着急地说，毛主席去重庆太危险，谁知蒋介石在搞什么名堂，还是劝毛主席不要到重庆去。有的说，蒋介石反复无常，说了也不算数。还有的说，不要听赫尔利讲得好听，主席的安全由他负责，包接包送，这帮家伙要扣留或暗害毛主席怎么办？说什么毛主席也不能去，派个代表去重庆同蒋介石谈判就行了，为什么非邀毛主席去重庆？这里面肯定有文章。大家越议论越感到毛主席去重庆不安全。

不少同志自动到中央办公厅和中央社会部办公的地方去提建议，请毛主席不要去重庆。

中央办公厅的同志对大家说，毛主席去重庆和平谈判，是为了揭露国民党假和平、真反共的阴谋，是为全国人民的事业去的，他代表着人民的切身利益。全国人民都渴望和平、团结、民主，反对内战，如果毛主席不去重庆同蒋介石和平谈判，反而对人民不利。毛主席让中央办公厅的同志转告大家，为着人民的事业什么危险也不可怕，何况我们有全国人民的支持和拥护，又有强大的武装力量——八路军、新四军作后盾，还有党中央的正确领导。再说毛主席去重庆，已经作了十分周密的安排。大家听了这些，表面上看似乎平静了一些，内心里还是焦虑不安。

飞机：向重庆飞去

一九四五年八月二十八日这天，我起得很早，飞机场警戒布置完毕，天才蒙蒙亮。

过了一会儿，就见有不少人从四面八方向延安飞机场走来。机关、学校和人民群众已经知道了毛主席去重庆的消息，是专程来送行的。

不大功夫，飞机场上就拥满了成千上万的人，等候在这里欢送毛主席。

上午七点多钟，毛主席、周恩来副主席、王若飞等同志来到了飞机场。

顿时，机场上响起了雷鸣般的掌声。接着又是一阵"坚持反对内战"、"实行国内和平"响彻云霄的口号声。

毛主席、周副主席和王若飞等同志在赫尔利、张治中的陪同下，登上飞机后，毛主席向欢送的人群发表了关于和平谈判的简短讲话。

八点左右，主席站在机仓门口，面带笑容，挥动着帽子向欢送的人们告别。

飞机起飞了，向重庆方向飞去，渐渐在天空中消逝了。

自从毛主席离开延安去重庆那天起，我们警备团的全体指战员每时每刻无不为主席的安全担心。战士们每天早晨不约而同来到连部、营部、团部门口，等着看解放日报，争着看毛主席在重庆谈判的消息。

每天有不少干部战士问我，毛主席到重庆后有没有危险？什么时候能回来？

我的心情和大家一样，为主席的安全担心，但是情况到底如何，只能按上级的指示向大家解释。

枣园、侯家沟一带的群众，对主席的安危同样十分的关心，每天都有很多老乡，到我们团部里来打听毛主席的消息。一天、两天，成千上万的人一直等到十月十日，我党代表和国民党经过一场激烈的斗争，取得了谈判的胜利，才同国民党签订了《政府与中共代表会谈纪要》，也就是著名的《双十协定》。

十月十一日，毛主席顺利、平安地回到了延安。

这时，大家才松了一口气，那种不安的心情才平静下来，使我们更加充满了取得革命胜利的信心。

党中央曾计划离开延安

中国人民在中国共产党的领导下，以英勇顽强的斗争，终于打败了侵略中国的日本帝国主义。日本侵略者宣告无条件投降，取得了抗日战争的伟大胜利。

抗战胜利后，党中央曾计划离开延安，迁移到承德，把承德作为中央所在地。

党中央决定：由中央副秘书长李富春同志先行到承德，为党中央迁移承德做好各方面的准备工作。

同时决定：把中央警备团分为两个团。从中央警备团抽调第二营的五、六两个连和团机关的一部分干部将近三百人，从中央社会部办的培养公安干部的西北公学抽调一个连（这个连一百多人均系干部），共四百多人。配给我们一部电台（台长、报务员、机要员、摇机员共六人），以便同中央保持通讯联络。组成一个先行中央警备团，任命我为团长，西北公校副校长李逸民同志为团政委，樊学文同志任供给处主任，带领中央警备团随李富春同志先行到冀察热辽地区为党中央迁移承德做准备工作。

延安中央机关和学校有几十名干部，分批去东北工作，也随我们中央警备团一起行动。

接受任务后，我早就想去前方的愿望变成了现实，为党中央搬迁做准备工作，心里非常高兴。

但是，安排到前方去的同志，情绪非常高涨，留下的同志，纷纷要求到前方去。

根据这一情况，我们在全团进行了思想教育，稳定大家的情绪。

我耐心地对他们说："大家的心情是可以理解的，到前方去，是革命的需要，留在延安，同样是革命的需要。一个革命战士，要以革命工作为重，要服从组织决定。"

同时，我还讲了保卫好党中央和延安的重要性，使一些同志改变了不愿留在延安，要求到前方去的想法。表示留在延安，安心工作，完成好警卫任务，保证党中央的安全。

我们在做好留下同志思想工作的同时，积极做好出发前的各项准备工作。对干部战士进行了思想动员，明确了任务，讲了行军途中注意事项。准备了行军宿营所需要的武器装备和冬季被服等物品。李富春副秘书长还批给我们一部分陕甘宁边区的钱和粮票，作为路费。

中央警备团分为两个团后，留在延安的团，由原参谋长兼一营营长刘辉山任团长，原政治处主任张廷祯任政委，原二营教导员张耀祠任政治处主任，原团部参谋兼警卫队队长古远兴任副参谋长，原军需股长郭海瀛任供给处主任。

从接受任务那天起，大约过了一个星期，也就是一九四五年十月一日上午，在延安枣园一片茂密树林下，朱总司令、刘少奇、任弼时、陈云、李富春、张闻天等中央领导同志和中央社会部李克农副部长接见了我们。

朱总司令和刘少奇同志分别讲了话，作了重要指示。他们讲话的大意是：为了党中央更好地领导全国人民的革命斗争，夺取全国革命的胜利，中央准备搬迁到承德去，抽出你们这些同志先行一步，到承德去给中央做安家准备。要发扬不怕疲劳，连续作战的优良作风，抢时间，争速度，克服困难，尽快到达目的地。

日夜兼程赶奔承德

一九四五年十月二日拂晓，按预定计划，从延安出发，经清涧、绥德县到碛口东渡黄河。

过河后，经三交、临县到兴县，在兴县休整了一天。

这时，我们是在老解放区行军，每到一地，人民群众对我们非常热情，行动也较方便。

尔后，我们继续向晋西北岢岚前进，就开始进入新解放区，敌情、地形等各方面我们都不熟悉，有的县城还驻有国民党阎锡山的部队，在主要道路上还设了据点，铁路沿线设有封锁区。我们既要走路，又要防止敌人袭击，给我们的行动带来了一定困难。

在这种情况下，我们避开敌人据点行进。在穿越晋西北行军宿营途中，我们接到中央的电报，通知我们毛主席由重庆和蒋介石谈判胜利回到了延安。

我立即把这一振奋人心的消息告诉了全团指战员。大家听后，欣喜若狂，非常高兴。有的说，毛主席平安地回来了，也就放心了。

这时，我们继续向目的地前进，经岢岚、五寨、神池，到达离同蒲路不远的前寨村附近，隐蔽待机，侦察敌情，做晚饭吃，准备夜行军。

黄昏后，在前寨以南地段顺利穿过同蒲铁路敌人的封锁线。

我们开始行军时，每天走七八十里，过了几天后，每天行程百余里，穿过敌人封锁线之后，为防遭敌袭击，我们加快了行军速度，一个晚上和一个大半天，走了一百六十里。

第二天下午到广武镇附近宿营。

　　接着，从广武镇翻过一座大山，出雁门关经浑源、阳原县到天镇。

　　从天镇坐火车到张家口，在张家口休整了两天，晋察冀中央局秘书长姚依林同志对我们非常关心，给我们补充了部分给养和物资，批给了我们一批蒙疆票子（当时在这一带地区都使用这种伪满票子），作为路费。晋察冀军区给我们补充了一些大衣。

　　第三天，我们从张家口随罗瑞卿同志乘火车到怀来县，他带了部分干部，在怀来设了一个前线指挥部。

　　到怀来后，罗瑞卿同志热情招待了我们，当天下午慰问了我团部队。并告诉了我们去承德的路线。

　　第二天早晨，我们由怀来出发，经延庆、四海、汤河口、鞍匠营、滦河到达了承德。

　　到承德后，冀察热辽中央分局和军区住在承德离宫内，中央分局也安排我们住在离宫里面。

　　一天晚上，离宫正门城门楼上的大殿被坏人放火烧着了，我带部队立即赶到现场，将大火扑灭，保护了文物。

　　离宫内有许多池塘，日本侵略者投降后，扔在里头很多枪支弹药，我们发现后，组织部队捞了三百多支步枪和轻机枪，还有几十箱子弹，交给了冀察热辽军区。

　　我们想到延安生活比较困难，就把行军中节省下来的钱，在承德买了一些布匹和生活用品，选派了十几名同志用我们从延安带出来的十几匹骡子和马，驮着这些东西，由我们团的生产股长王烈夫（王立）和团部指导员冉法耕同志负责，返回延安，送给了中央办公厅和中央社会部，受到了中央领导同志的赞扬。

记得过了同蒲路后的一个晚上，我们突然接到中央发来的电报，命令我部昼夜兼程，以最快的速度赶到承德。

看完电报后，我和李逸民政委讲："看来情况有变化，我们还要加快行军速度。"李逸民政委说："党中央突然发电报给我们，可能有新情况，就按你的意见办，抓紧时间，赶往承德。"

一连数日，我们全团指战员发扬不怕苦，不怕累，不怕疲劳的革命精神，克服种种困难，连续行军，每天行程在一百二十里左右，于一九四五年十一月中旬赶到了承德。

到承德后我们才明白，原来是卖国贼蒋介石勾结美帝国主义，利用美国的飞机和军舰正向东北运送他的反动军队，占领交通要道和城市，抢占抗日战争胜利的果实，东北形势发生了急剧变化，内战随时都有爆发的可能。党中央和毛主席根据这一变化了的情况，果断决定，改变原定计划，党中央不迁移承德了。

并决定：李富春同志到东北西满中央分局任书记。

同时电令我们团就地隶属冀察热辽中央分局书记兼军区司令员、政委程子华同志指挥，将电台和工作人员交给了中央分局。

我们在承德住了一个星期，根据当时形势和工作的需要，一九四五年十一月，李逸民同志调到冀察热辽军区政治部任宣传部长，冀察热辽军区任命我为热东军分区副司令员、军分区常委、地委委员，樊学文任军分区副政委。我们团的干部战士，有的干部被留在军区工作。热河的平泉、凌源、朝阳县，每县留一个排，由一部分干部分别带领，负责改编组建三个县支队。热东军分区独立团是刚由地方保安部队收编过来的，成份复杂，急需整顿，由营长罗滋淮、教导员莫异明同志带一个连和一部分干部去整顿该团，加强各级领导，建立政治机构，配备了政治干部和团营连三级副职军事干部。莫异明同志任该团政委，罗滋淮同志任副团长，安庆胜任参谋长，周原礼任政治处主任。还有部分干部，分配到地委、专署和各县县委工作。在解放战争中，我们团的同志都成了干部、优秀的指挥员、政治工作人员和地方工作的负责干部，为建设地方政权和人民武装，做了大量工作，为消灭国民党反动派和中国人民的解放事业，做出了一定贡献。有的同志在解放战争中献出了自己宝贵生命，我至今深深怀念他们。

第　六　章

战斗在热河

朝阳城脱险

一九四五年十一月，我任热东军分区副司令员时，司令员是刘兴隆，政委段德彰，副政委樊学文，参谋长李国章，政治部主任武振刚。热东地委（十八地委）书记由段德彰兼任，副书记徐以新，专员农康、副专员鲁良（张兆仁）。军分区住朝阳县城。辖朝阳、平泉、凌源、建昌、建平、北票等县。

热东军分区机构比较精干，下设司令部、政治部、后勤部，有一个热东独立团，一个警卫营，六个县支队，全分区约有兵力四千多人。

警卫营是我到职后组建的，有三个连，三百多人，张海龙任营长、教导员张明。

我们热东军分区的主要任务是：发动群众，筹粮筹款，扩大县支队，清剿残匪，建立地方政权和党的各级组织，开展对敌斗争，利用有利时机打击敌人，配合主力部队作战。

我到了朝阳以后，由于当地土匪猖獗，司令员刘兴隆同志带领独立团和警卫营的一个连，到朝阳以南羊山一带剿匪去了。朝阳县城兵力只有一个县支队，警卫营的两个连和一个侦察通信连。

卖国贼蒋介石为保其战略通道北宁线，无视国共双方签订的停战令，以承德为主要目标，于一九四六年一月调集国民党十三军的四师、五十四师和五十二军的二师、一九五师，兵分三路向热河解放区大举进犯。一路由绥中经建昌，向凌源、平泉、承德进犯；一路由锦州进犯朝阳、叶柏寿（今建平县）、赤峰；一路由锦州进犯义县、北票。

我们侦知敌人由锦州向朝阳进攻时，敌离我们仅有几十里路了，在我们前面又无其他兄弟部队，只有我们军分区的一个侦察排，在朝阳前面侦察警戒。地委、专署和军分区及全部物资都在朝阳。由保安队改编的朝阳县支队，见敌来势凶猛，加之内部有坏人挑拨离间，大部分叛变了。当时情况异常严重，我们的处境非常危险，警卫营的两个连在城里同叛变的朝阳县支队打了一阵。大敌当前，不能久战，我们即决定，撤出朝阳城，将机关人员和物资集中到朝阳火车站，准备向叶柏寿方向转移，一面派出侦察分队侦察敌人向我朝阳进攻的情况。军分区警卫营立即在朝阳火车站构筑工事，作好战斗准备，一面派人准备好了一个火车头，找来司机，挂上几节车厢，当时机车上没有煤烧，只好烧车站上存放的枕木。我组织地委、专署、军分区机关人员和家属孩子三百多人及警卫营两个连、侦察连上了火车。

这时，敌人凶猛地向我朝阳火车站打炮，叛变投敌的朝阳县支队也向我们开枪。敌人的炮弹打到我们火车上，车厢里有棉花、布匹都燃着了。火车刚向叶柏寿方向开动，机车和车厢就脱钩了。车厢不时向后滑退，我赶紧组织大家往车厢下边塞石头，以防车厢继续向后滑到朝阳车站。我们发现司机是坏人，就立即让侦察科长曾绍东，警卫班长王来音，用手枪逼着司机去挂车厢。当时有人对我说，咱们是不是下车边打边走呀？我说，敌人离我们这么近了，只有把车厢挂上，开着火车向叶柏寿方向走，才能摆脱敌人，现在是不能下车的。如果我们走不了，就和敌人拼一场，在火车上同敌人战斗到底。

敌人离我们越来越近了，土匪骑兵向我们火车迂回过来，我们六百多人的生命安全受到严重威胁，恰在这时，挂上了车厢。火车开动，边走边打，敌人占领了朝阳，我们撤到了朝阳以西的平房车站。这个火车站较小，有两三间房子，两股火车道，为了加水，火车停了一下。来到这里，已听不到敌人的枪声了，我这才松了一口气。大家的心情非常激动，都说，好险呀，要不是有这辆火车，我们很可能撤不出来了。

火车在平房车站加上水后，当晚开到了叶柏寿。第二天，我们到了凌源。

敌人占领朝阳后，即向凌源逼进。为了阻止敌军进犯，我们组织小部队，抓住时机，出其不意，破袭朝阳至凌源间铁路。在破路中，我们开始是夜间破路。后来，把破路部队分成若干个小分队，不分昼夜，轮流进行。时间不长，我们很快就把公营子至波罗赤和叶柏寿至凌源之间路段的大部桥梁、隧道炸毁，截断了敌军的运输线。

一九四六年一月，国民党十三军、九十三军由朝阳进占凌源。我们即由凌源撤到山嘴子、三家子、汤道河、要路沟一带，发动群众，搞土改，剿土匪，筹粮筹款，扩军备战，同敌人开展了游击战争。并于一九四六年三月间，配合热河主力部队在梓罗树地区，进行了围歼国民党九十四军第五师的战斗，狠狠打击了敌人，取得了这次战斗的胜利。

组建热南军分区

一九四六年六月二十六日，国民党反动派无视国共两党签订的停战协议，悍然向我各个解放区发动了全面进攻。

冀察热辽军区根据党中央关于"让开大路，占领两厢"的指示精神，为了把热河地区建设成巩固的革命根据地，并能及时动员与组织广大人民群众积极参加自卫战争，彻底击退国民党反动派的进攻，争取和平民主团结方针的实现，决定将热东和热南分为两个军分区，由我带热东军分区一部分干部和热东独立团，组建成立热南十七军分区，以加强该地区的对敌斗争，沟通冀东和热南的联系，发动组织人民群众，筹粮筹款，开展对敌斗争，打击和消灭敌人。

一九四六年六月底，遵照上级指示，热南军分区在青西县的宽城正式成立。冀察热辽军区任命我为热南军分区司令员，政委由热南地委（十七地委）书记刘君达同志兼任，副政委王文，参谋长黄立功，政治部主任樊学文。

热南军分区辖承德、兴隆、青西、平泉、青龙等县。

军分区有两个独立团，五个县支队和司政后领导机关，全军分区约有兵力四千二百多人。

独立团是原热东军分区独立团调归热南军分区建制的，团长罗志淮、政委莫异明、参谋长安庆胜、政治处主任周原礼。一九四六年十一月又新成立一个独立团，是从各县支队抽调了一部分连队，又从地方征集了一些民兵组建起来的。原独立团改为独立一团，团长罗志淮、政委何晓初、参谋长安庆胜、政治处主任周原礼。新成立的团为独立二团，团长莫异明、政委蔡子民、参谋长曾绍东、政治处主任赵佛山。

当时，热南军分区驻在青西县宽城。这些地区刚解放不久，粮食非常缺乏，当地人民群众的生活很苦，部队也面临着十分严峻的考验。

一九四六年八月，国民党军队占领了承德。同年八月，平泉之敌保安团一千多人进攻热南的宽城时，我们军分区独立一团和青西、平泉两个县支队在宽城和敌人打了一仗，消灭敌人二百多，残敌逃回了平泉县城。在这次战斗中，我伤亡十余人，团长罗志淮同志负重伤。我们热南军分区、地委和专署机关随即转移到宽城东南边之峪耳崖。根据当时的情况，我们决定在热南各县，发动群众，进行土改，组织各群众团体，建立党的各级组织和人民政权，以站稳脚跟，立足于不败之地。在军事上暂以游击战为主，不放弃有利条件下的运动战，破坏敌人交通和袭击敌人的据点，消灭和驱逐敌人，以收复失地。

在热南兴隆县境内，有一座大山，因山的形状好像似人的五指，故名为五指山。这一带山区群峰连绵，山高路陡，地势险要，是打游击的好地方。敌人由遵化向喜峰口、宽城、峪耳崖进攻时，我们在五指山以北的大杖子开了一个地委会议，研究了对敌作战方案，决定在承德以南，兴隆以东，青龙以西，五指山一带，滦河两岸，同敌人进行游击战。为了便于同敌人作战，地委和专署机关，军分区后方和医院隐蔽在五指山地区，我们指挥机关带领独立一团在五指山周围的兴隆、承德、宽城、青龙地区结合县支队，和敌人周旋，利用有利时机，在游击战中寻机打击和消灭敌人。经过半年时间，给了敌人以沉重打击。并建立了地方党的各级组织，发动了群众，扩大了县支队，巩固了热南革命根据地。

一九四六年十二月，由于斗争形势的需要，冀察热辽军区调我到乌丹二十二军分区任司令员。承德失守后，冀察热辽中央分局和军区机关经隆化、乌丹转移到热河以北的林西，将原赤峰警备区扩建，成立乌丹二十二军分区，以对付赤峰之敌，阻击敌人越过四道沟梁，保卫新生的革命政权，巩固热北地区。

坚守四道沟梁

一九四六年八月，承德失守后，冀察热辽中央分局和军区机关经隆化、乌丹转移到林西。这时我在热南十七军分区任司令员。

当时，整个热河省的铁路沿线城镇已被敌人占领，形势给我军造成了联络上的困难。为了沟通热中和热北两个军分区的联系，保证中央分局和军区机关的安全，加强乌丹以南的军事力量，对付赤峰之敌，阻击敌人越过四道沟梁，中央分局决定，将原赤峰警备区扩建，在乌丹成立二十二军分区，并准备成立骑兵旅，即朱德骑兵旅。一九四六年十二月，冀察热辽军区来电报，调我到热北乌丹二十二军分区任司令员。

一九四七年元旦刚过，十七（热南）军分区派两个步兵连送我和热河省政府李子光同志，及省政府的干部三十余人去乌丹和林西（我离开热南十七军分区之后，由赵文进同志接替我的工作）。从宽城出发，头一天住茶棚。第二天住柴禾栏子，这是个偏僻的小山村，前边有一道平川。我们还没有进村，看见前边有几个骑马的，他们一见我们便打马就跑，使我们提高了警惕，加强了驻地警戒。村里住着一些土匪家属，不向我们讲实话，说附近很太平，一个土匪也没有。为防遭敌袭击，天刚亮，我们就离开了柴禾栏子。第三天住到一个大庄子，离乌丹约有五六十里路。元月七日，我们到了乌丹。我任二十二军分区司令员，副司令员任廷一，参谋长夏新民，政治部副主任刘克。

二十二军分区是热河的主要分区之一，军分区的主要领导干部除政治部副主任刘克同志是抗日初期参加革命的以外，其他的都是红军干部，都是从延安去的，又都在中央机关和军委机关工作过。副司令员何廷一，是原军委作战部科长，参谋长夏新民是原军委作战部副科长，后任朱德骑兵团参谋长。当时组织上为什么这样配备干部呢？原来党中央考虑，在北平没有打下之前，第一步先将中央迁到热河承德，等北平打下来之后，再迁到北平。后承德被敌人占领，党中央根据变化了的形势，暂驻河北省平山县西柏坡。所以，冀察热辽军区才将这些干部调来加强乌丹分区的领导，保卫中央分局、军区和热北的南大门。

军分区有三个骑兵团、一个步兵团（即警备第四团），五个县支队。

骑兵团，每团有四个骑兵连，五百多人。骑兵一团团长邱会圩，政委穆榕瑞，骑兵二团团长黄道充，政委曾志刚，骑兵三团团长黄振斌，政委刘生春。

警备四团编制三个营，九个步兵连，一个炮兵连，一个警通连，一个卫生队，一千五百多人。团长是王中军、政委王挥、副团长兼参谋长李树墉，政治处主任汪纪石、供给处长蒋君。

五个县支队一千多人。乌丹县支队长何扬文、政委胡焕文，赤峰县支队政委马青年，赤西县支队长胡三义、政委刘建章、副政委田夫，围北县支队政委张桂南，翁敖联合旗支队长李兴、政委邓英。

领导机关和直属队五百多人。全军分区共有兵力四千五百多人。

二十二地委、专署驻在乌丹。地委副书记宋成、危拱之，主要抓地方工作。专员是刘正、副专员张立文。

我到乌丹后，接连开了几个会，研究了工作，分析了敌情，确定了军分区主要任务，一是乌丹正面的防务，一是乌丹西南方向清剿土匪。加强乌丹通往赤峰四道沟梁阵地工事构筑等防御设施，不让敌人越过四道沟梁。同时侦察敌情，清剿残匪，建立各级政权，发动群众，进行土地改革，发展生产，动员群众参军支前，扩建县支队，开展对敌斗争，阻击赤峰的国民党九十三军向热北进犯和袭扰。

当时我们军分区的兵力部署是：警备四团驻在四道沟梁、羊草沟地区，阻敌北进，寻机歼敌。主要作战方向，是被国民党九十三军占领的赤峰和兴隆庄。四道沟梁，上下羊草沟、官地以南地区为对敌斗争第一线。

骑兵一团、二团、三团在赤西、围北、经棚以南地区清剿土匪。配合工作队，发动群众，开展减租减息，削弱封建势力，发动剿匪反霸斗争。

我们二十二军分区所辖地区大部分是土匪占领区和土匪骚扰区。分散在境内的骑匪约二十余股，大股约有三百人左右，小股的也有三四十人。这些土匪经常袭扰乌丹至林西的交通，抢劫我军车辆物资。有一股土匪号称"保安团"，经常抢劫群众财物，杀人放火，扰乱社会治安，袭击我县机关和地方工作队，破坏土地改革。我们了解到这一情况后，立即召集会议，确定了剿匪部署。我带了三个骑兵团，活动在围场以北、经棚以南、乌丹以西地区，进行剿匪，前后有一个多月的时间，狠狠打击了土匪的气焰，部分骑匪缩到围场城里面去了。

有一次，"保安团"这伙土匪，从围场跑到北边和乌丹西边来活动，被我们狠狠地揍了一顿，毙伤数十人，残敌狼狈逃回围场。我们抓住战机，紧追不放，将围场包围起来。因围场守敌城墙工事坚固，我骑兵团缺少火炮，攻打了几次没有打下来。因赤峰之敌有北进的企图，三个骑兵团就调到乌丹以南的桥头、官地一带待机。

四道沟梁地势险要，南坡陡峭，紧扼公路，北坡平缓，易守难攻，是乌丹的南大门。我同侦察科长、作战科长和四个团及几个县支队的领导干部多次去看过地形，对那一带的地形至今印象很深。

我们把警备四团部署在四道沟梁正面，赤峰、赤西两个县支队部署在西侧，同时活动于赤峰以西地区，骑兵团放在东边和桥头、官地一带，作预备队。东边较平坦，正对谷口，便于骑兵展开。在四道沟梁前沿公路上，我们挖了深沟，阻止敌人汽车通过。指挥所设在羊草沟，群众腾出几间房子给我们住。村里还设有一个包扎所。该地群众对我们很好，积极帮助部队搞运输，探敌情，抬担架，救护伤员。

国民党军队曾多次妄图打开通往乌丹的南大门，向四道沟梁进攻，占领该地区后，向北推进。在四道沟梁，我们同敌人打过两次仗。一次是一九四六年冬天，国民党九十三军暂编二十二师，出动约一个营的兵力，五百余人，沿公路向北进犯，企图占领我军四道沟梁防线，威胁乌丹，遭到我警备四团的有力阻击。加之天气异常寒冷，敌军又多是南方人，衣不防寒，被毙伤、冻死许多人，造成严重伤亡，丢下尸体，狼狈逃回了赤峰。

还有一次是一九四七年的春天，赤峰之敌纠集驻扎在兴隆庄约一个团的兵力，向我四道沟梁再次进犯。战斗从拂晓开始，打了一整天。警备四团和赤峰、赤西县支队全体指战员不怕流血牺牲，英勇作战。地方政府组织民兵积极参战，组织了担架队，救护伤员，送饭送水，运送弹药，有力地支援了这次战斗。下午，我们的骑兵部队从四道沟梁东边出击敌人侧后，配合警备四团作战。黄昏后，敌人在我军的沉重打击下，狼狈溃逃，缩回兴隆庄、赤峰去了。在这次战斗中，我们毙伤俘敌二百多人。

二十二军分区从成立到撤销，前后不到一年时间。为什么在这样短的时间内就撤销了呢？因为我军已开始全面战略反攻，占领赤峰的国民党九十三军退到了古北口以南地区。冀察热辽中央分局和军区从林西南移到赤峰东南的望甘池地区。这样，我们已胜利完成了阻击敌人北进、保卫中央分局、军区和热北的任务。二十二军分区撤销后，恢复了赤峰警备区。

调任八纵二十二师师长

一九四七年八月一日，党中央根据东北的形势，为了集中优势兵力，抓住有利时机，歼敌有生力量，将冀察热辽部队改编为东北民主联军，成立第八、第九两个纵队、八个独立师和两个骑兵师。

第八纵队下辖二十二、二十三、二十四三个师。同年八月初，我奉冀察热辽军区命令由乌丹二十二军分区调东北野战军八纵二十二师任师长，政委是陈仁麒，副政委鲍启祥，参谋长李荣顺，政治部主任钟池。

我二十二师是一九四七年八月初，在赤峰附近由冀察热辽军区第十三、十四两个旅合并组成的，下辖六十四、六十五、六十六三个团和司令部、政治部、后勤部，及师直属炮兵、工兵、侦察、通信部队。

第六十四团，团长王振东，政委韩仰山，副团长曾冠民，参谋长刘益民（原名秦川），政治处主任张连仲。

第六十五团，团长郑寿才，政委李柯平（又名米家农），副团长蔚彰，副政委官克非，参谋长唐元亨，政治处主任长征。

第六十六团，团长白斌，政委肖泽西，副政委焦红光，参谋长钱仁普，政治处主任陈仁德。

司令部下设六个科。作训科长刘春海，侦察科长李建民，通信科长董崇仁，队列科长邢绍华，机要科长向光，管理科长吴珍明，侦察队长刘建。

政治部设有五个科一个宣传队。组织科长刘彬，宣传科长何警新，保卫科长黄忠，秘书科长何子伦，民运科副科长张勇，宣传队长阎柏松。

除司令部、政治部、后勤部设有科外，卫生部长杨衍宗，政委江彦。全师约有兵力九千多人。

二十二师组建成立不久，奉命由赤峰以南地区开赴热东、辽西，参加了一九四七年对敌秋季攻势作战。

梨树沟门战斗

一九四七年九月，我东北战场的夏季攻势作战歼敌八万余人，收复县城四十余座，粉碎了敌人妄图分割我东北各解放区的阴谋。

卖国贼蒋介石为了挽救败局，收缩在北宁路的狭长走廊地带，采取了所谓"重点防御"战术。并派陈诚任东北剿共总司令。陈诚上任后，第一个狂妄计划是：图谋打通锦州至承德线，确保北宁路。为达此目的，敌人于一九四七年九月六日，派兵从锦州、绥中分两路向我辽西、热东解放区进犯。

敌九十三军暂编二十二师由锦州经虹螺岘、江家屯窜至新台边门一带。敌暂编五十师第一、二两个团由绥中向西窜犯梨树沟门一线。第八纵队决定：我二十二师六十六团和二十四师担负歼灭该敌的任务。

九月九日，我二十二师跨越锦州承德路，星夜兼程，于九月十四日拂晓前，我师指挥所由平庄出发进至作战指挥位置。我师之六十六团因走错了路，在梨树沟门附近与敌五十师之第二团遭遇。我六十六团第一营和三营占领梨树沟门西北山头阵地，与敌展开激战。敌以两个连到一个营的兵力连续向我发起冲击，均被我六十六团击退。经四个小时激战，敌弃尸遍野，溃不成军，狼狈逃窜。

我们从审讯俘虏中得知，敌五十师第一团部署在三二二高地白石嘴边门及梨树沟门一带。根据这一情况，八纵决定我二十二师六十四、六十五两个团进至建昌以北玲珑塔、十八台线集结待命。我六十六团一部箝制敌五十师第二团，尔后歼敌第一团。经我各路部队猛烈攻击，很快攻占了三二二高地及梨树沟门，歼敌五十师第二团全部和第一团大部。残敌向建昌以东的大屯方向溃逃，我猛追至大屯一带，战至十四日十七时，结束战斗，首战告捷。

梨树沟门一战，我军共歼敌一千零二十八人，其中我二十二师毙俘敌五百余人。

第一次杨杖子战斗

一九四七年九月十四日，敌五十师在梨树沟门被我军重创后，敌暂编二十二师见势不妙，由新台边门逃至杨杖子及锦西一矿区。这个矿区自一九四六年我撤离锦州后，为敌所占，筑有坚固防御工事。为了歼灭该敌，第八纵队以我二十二师配属纵队炮兵营，攻夺杨杖子北山及毛祁屯西北高地。二十三师负责杨杖子公路以南山地，然后向杨杖子进击。二十四师于上下杂木林子一线准备打敌援兵。

同年九月十五日拂晓，我二十二师六十四、六十五两个团，由玲珑塔、十八台东进，六十六团由梨树沟门向新台边门守敌逼近。

十六日十四时，我师向杨杖子之敌暂编二十二师开始攻击，我师山炮营首先对杨杖子北山之敌工事实施破坏射击。接着，我六十四团向敌发起勇猛攻击，仅用十分钟，将敌堡炸毁，攻占了敌北山阵地。随后，向毛祁屯敌暂编二十二师师部攻击。我师六十五团攻占杨杖子东北山后，即向白杨木沟、高和尚沟迂回，围歼杨杖子之敌人。

我师六十四团在毛祁屯同敌人激战约一小时，连续攻占了敌几个主要阵地后，敌即全线崩溃，夺路东逃。我们即令各团追击。因下雨路滑，有的同志跑掉了鞋，就光着脚追歼敌人。

在我师勇猛追击下，残敌被我二十四师在杨杖子东南的旧门附近堵住，进退不得。经我前后夹击，敌大部被歼。战斗至当日黄昏结束。

此次战斗，共毙俘敌暂编二十二师少将副师长苏景泰、少将参谋长宁坚以下官兵二千五百多名。我二十二师毙伤敌五百多名，俘敌一千七百多名，缴获各种火炮二十二门，轻重机枪二十挺，各种步马枪七百八十多支，骡马九十多匹。

第二次杨杖子战斗

一九四七年九月十六日，敌暂编二十二师大部在杨杖子被我歼灭后，敌陈诚恼羞成怒，于九月十七日急令其刚开到东北的四十九军军长王铁汗率七十九师、一〇五师，共一万两千余人，由锦州向西第二次进占江家屯、杨杖子。

为诱敌深入，冀察热辽军区命令第八纵队向新台边门西北地区转移。同时电令第九纵队急速向杨杖子以东地区前进，参加围歼该敌的战斗。

同年九月二十日，敌四十九军全部进至杨杖子、毛祁屯地区。我八纵决定，乘敌立足未稳，予以全歼，以我二十二师、二十三师、独立一师担任主攻，二十四师七十一团在江家屯打援，二十四师主力集结于兰家沟为纵队预备队。此时，九纵也从冀东赶来，在上、下杂木沟、前家店一带，担任阻击锦州援敌和堵歼杨杖子溃逃之敌的任务。

我二十二师的主攻方向，是向敌占领的杨杖子北山至上下富儿沟以西地区进攻，尔后由西向东攻击，歼灭杨杖子之敌。

我师以六十四团箝制上下富儿沟之敌，攻占榆树沟北山，夺取杨杖子以南高地，配合六十六团攻击村内。六十六团占领杨杖子北平顶山和西北大山后，向杨杖子突击。

六十五团夺取笔架山和南山碉堡。

九月二十一日上午，我军将敌包围在杨杖子、毛祁屯一带。下午，我师各团开始向敌发起攻击。

六十四团在江家屯，以一个营的兵力，同敌经过一阵激战，占领了江家屯附近的牡牛山，相继攻占了榆树沟北山，夺取了杨杖子以南高地。

六十五团夺取了笔架山和南山碉堡后，一鼓作气，攻入杨杖子街内，敌以两个营的兵力反扑，均被我击退。

六十六团于二十二日以勇猛的动作，占领了杨杖子北大碉堡，将守敌歼灭，控制了杨杖子北山后，向街内突击。这时，我们接到八纵命令：务于当日黄昏结束战斗。

我们即令各团向敌发起猛攻，速战速决。我六十四团和六十五团以勇猛的动作，夺取了富山后，六十四团又配合六十六团向杨杖子街内突击成功。

在我四面攻击下，敌整个防御被打乱，敌趁黑夜，狼狈溃逃。我师各团不顾疲劳和黑夜泥泞，追击残敌。我师直和六十五团追至榆树沟附近和残敌遭遇，将敌千余人缴械。余敌窜至杂木林子附近，被我第九纵队堵住，将敌聚歼。至此，战斗全部结束。

此战斗，我二十二师毙俘敌二千八百多人，缴获各种火炮四十六门，轻重机枪一百三十三挺，步马枪九百二十五支，骡马四十七匹，电台两部。

我自秋季战役以来，获得三战三捷。

敌陈诚为了挽回败局，急忙将敌新六军、九十三军暂十八师由阜新、义县调来锦州，企图用挖肉补疮的方法，巩固其交通线。

为了彻底粉碎敌人的图谋，我师奉命于一九四七年九月二十八日至十月十八日先后切断绥中至兴城、锦西至营盘、锦州至义县、义县至金岭寺等段铁路。广大干部战士在铁路线上，炸桥梁，翻铁轨，拆枕木，拔电杆，弄得北宁路支离破碎，使得敌人穷于应付，美蒋反动派惊呼："事态在严重发展之中"。搞得敌人惊慌失措。

九关台门战斗

一九四七年十月二十二日，我八纵将辽西北票包围。北票为我夏季攻势所占，我为便于集中兵力，歼敌有生力量，不死守城镇据点，遂主动放弃北票，复为敌所占。攻击北票尚未开始，即获悉敌九十二军军长侯镜如率二十一师、四十三师由义县前来支援，企图解北票之围。

冀察热辽军区令八纵留少数部队佯攻北票，主力转移至北票以东金岭寺附近，与九纵独立一师一起待机打援。

同年十月二十九日，当敌四十三师、二十一师由义县进至朝阳寺、九关台门一线，与我军前哨稍有接触，敌慑于被歼遂停止前进，原地构筑工事，控制三五〇高地、夹山、六台东南山等主要制高点。

八纵决定：我二十二师先歼六台之敌，并协同二十四师攻占五台，而后向夹山、九关台门进攻。

十一月一日九时，战斗打响后，我师第六十四团集中火力，以勇猛的动作，一举攻克了敌六台东山。

随后，按八纵命令，我师又以六十四团转攻夹山。以六十六团协同独立一师进攻敌三五〇高地。

六十四团接受任务后，向夹山之敌发起攻击，很快将敌防线突破，攻克了夹山，形成了攻打与之相连的三五〇高地的有利条件。

我六十六团分三个梯队向三五〇高地攻击。该团二营投入战斗后，连续占领了敌前沿两个山头。敌投入数倍于我的兵力疯狂向二营四连阵地反扑。该营六连即投入战斗，同四连一起动作迅速，英勇顽强，同敌展开激战，敌多次反冲击均被我击退。六连副连长杨灵拴带领突击组猛插猛打，很快攻占了敌腹心阵地。

这时，我六十六团和兄弟部队一起，协同作战，经过一场激烈战斗，我全部占领了敌三五〇高地。敌人阵地被我占领，部署被我们打乱，敌见大势已去，人心浮动，怆惶向义县逃窜。我第六十五团一部即迅速向义县方向追歼溃逃之敌。战至十一月二日结束战斗。

九关台门一战，我师缴敌步马枪四百三十六支，轻重机枪十七挺，火炮三门，电台两部，战马二十九匹，各种枪弹五万余发，炮弹八百多发，击毙敌二十一师副师长李亦宗，毙伤俘敌官兵七百九十多人。

　　我师第六十六团受到冀察热辽军区通令嘉奖。八纵党委授予该团二营"英雄顽强营"锦旗一面，给二营四连记集体一大功，十九名同志荣立了一大功。

第 七 章

进军东北转战华北

新立屯战斗

敌人在我秋季攻势打击下，东北战场国民党军队处境更为困难。为挽回败局，卖国贼蒋介石重新调整部署，采取"围点、连线、扩面"的新战略，妄图稳定对东北几个主要城市和铁路干线的控制，尔后企图大举"反攻"。为了粉碎敌人的阴谋，尽早解放东北，东总决定，在一九四七年间继续发动更大规模的冬季攻势，不给敌人以喘息之机。

一九四七年十一月四日，对敌秋季攻势结束后，我二十二师进驻热河朝阳以南的杜家屯、药王庙、荣家屯一带，进行整训。

同年十二月十日，冬季攻势开始，我师由朝阳出发，越过锦承路，跨过大凌河，翻越高山陡坡，大雪封路的老爷岭，向辽宁北镇、黑山、新立屯、彰武一带前进。

十二月十五日，我八纵二十四师解放了北镇，我东北野战军第二、七两个纵队包围了彰武之敌四十九军七十九师。为防止新立屯守敌四十九军二十六师增援彰武或逃跑，我们师奉命迅速包围新立屯之敌。当时正值隆冬，我师部队冒着零下三十多度的严寒，踏着膝盖深的积雪，星夜兼程，战胜饥饿和疲劳，克服一切困难，连续行军，一昼夜行程一百二十里，以奔袭方式，于十二月十七日拂晓前，赶到了新立屯。我二十三师和二十四师亦先后赶到，将敌四十九军的二十六师包围。

新立屯、彰武等据点被我包围后，敌人惧怕被歼，不敢出援。十二月十八日，我第二、七两纵队攻克彰武，歼敌七十九师，敌仍按兵不动，不敢出来增援。为诱敌出援，扩大战果，我东北野战军第二、七纵队在彰武休整。第三、六、十纵三个纵队在沈阳西北待机，我八纵展开捕歼分散孤立之敌。

我二十二师将新立屯守敌包围之后，我们师、团干部即详细察看了新立屯城周围地形，城南地形开阔，城西有高地老母猪山，敌以此山为依托，城北和城东敌工事较强，该城难攻易守。为了不致使敌逃跑，歼敌于城内，冀察热辽军区前指确定城东为攻城突破口，并确定先扫清外围据点，尔后发起总攻。

一九四八年一月二十四日，扫清敌外围据点的战斗打响，我二十三师六十九团早七时在炮火掩护下，攻击新立屯东大八家子，多次强攻，均未奏效。

一月二十五日二十二时，我师奉纵队命令，扫除主攻方向敌外围据点后，即转入攻城。我们师的攻城部署是：以六十四团为第一梯队，六十六团为第二梯队，六十五团于阿木土营子集结待命。

一月二十六日四时五十分，我六十四团一营首先从大八家子东北角向敌猛攻，仅用十分钟将敌防线突破。该团二、三营迅速跟进。尔后，向城内攻击。敌支持不住，逃入屯内。

与此同时，我第一纵队二师先后攻占兴隆台、小黄金台大地堡。独立二师攻占寡妇山制高点。一月二十六日四时许，敌见势不妙，向城东北方向落荒而逃。我师六十六团紧追不放，堵截追击，战斗至二十六日七时，新立屯之敌除敌二十六师师长带三四百人逃窜阜新外，其余守敌全部被我军歼灭。

此次战斗，我师歼敌五百多名，缴获马枪三百九十多支，轻重机枪十一挺和一大批军用物资。

八面城整训

一九四七年末至一九四八年春，我东北人民解放军对敌实施冬季攻势后，东北战场的形势对我军十分有利。为了适应形势的发展，从思想上、物质上做好同敌人进行战略决战的准备，我们二十二师于一九四八年三月奉命进至四平以西之八面城地区的喇嘛甸子、大和屯一带，进行了空前规模的政治整军和军事大练兵。

我们师根据纵队党委的指示，以毛泽东同志写的《评西北大捷兼论解放军的新式整军运动》一文为指针，首先在干部中进行了"五整一查"运动。即"整思想、整作风、整关系、整纪律、整组织和查阶级"。

整顿方法，共分三步，第一步，进行思想动员，提高认识，统一思想。第二步，查找问题，作自我批评。第三步，认清危害，找出根源，定出措施。

整顿中，我们全师各单位层层进行了思想动员，要求全师干部战士树立为了人民解放事业，准备打大仗，打恶仗，同敌人血战到底，打出一个穷人当家作主的新中国的思想；搞好军政、军民关系，树立明确的群众观念；加强军队内部团结，树立团结一致，共同对敌的观念。

在整顿干部队伍的同时，对战士进行了"一教五运动"。就是对战士进行土地改革教育，使战士懂得土改政策，及围绕土改教育进行的控诉运动，不忘本运动，尊干爱兵运动，评论干部和党员运动和查功运动。

经过政治整军运动，进一步提高了全师干部战士的政治思想觉悟，树立了高度的自我献身精神，振奋了革命斗志，改善了官兵、军政、军民关系，增强了内部团结，部队精神面貌为之一新。

政治整军运动结束后，我们全师部队转入了为期五个月的军事大练兵。鉴于当时东北敌军采取重兵孤守几个大城市，依托坚固工事负隅顽抗的特点，我师主要以演练攻坚战的战术技术为重点，同时演练打纵深战。我们针对当时炮兵数量少的弱点，各级还狠抓了爆破训练。

由于进行了政治整军，全师部队练兵情绪非常高涨。干部战士普遍订立了练兵计划，个人与个人、班与班、排与排、连与连、营与营、团与团开展练兵竞赛，官教兵、兵教官、评教评学，蔚然成风。

训练中，干部以身作则，言传身教，带头练，亲自做示范，组织战士反复进行爆破演习和登城训练，使战士学会了爆破和登城技术。对步炮协同，破坏敌防御工事，实施突破以及纵深战斗等也进行了实兵演习，使干部战士掌握了攻坚作战的本领。

与此同时，我师还对参谋人员、后勤干部和各级技术人员进行了专业训练。通过训练，使全师所有部队在战术技术上都提高了一步，班排能担任突击队，连队能担任尖刀连，营、团能攻打突破口，为我们师参加辽沈战役作了充分准备。

攻打锦州

一九四八年九月十二月，辽沈战役揭开了序幕。我二十二师为八纵主攻师，参加了这次战役中的锦州攻坚战。

锦州，位于辽西走廊，是北宁线上联结东北与华北的战略要地，也是一座敌设防坚固的军事、交通重镇和重要的补给基地。攻下锦州就可以控制北宁线，把蒋军封闭在东北，各个歼灭。因此，攻克锦州是取得辽沈战役胜利的关键。

敌人自一九四六年占据锦州后，环城构筑了一道深约三米、宽约四米的外壕，壕外布设了各种铁丝网、电网、地雷等障碍物。外壕内侧筑有高约四米多、宽约三米多的围墙，沿围墙设置了密集的火力点。城内大街小巷设有街垒，每二十至三十米筑有碉堡，地上地下组成交叉火网，封锁着各个交通要道。设在中央大街与宜昌路交叉点东侧的敌第六兵团司令部周围，还挖有深六米、宽十米的壕沟，院内有大小交通沟和地堡群。在白云公园、师范学校等地，设有炮兵阵地，形成了一个完整的防御体系，敌企图借坚固的防御工事，把我攻城部队阻击城外。

在这次攻锦作战中，我们第八纵队担任由城东向城西的突击任务。纵队确定我二十二师为主攻师，任务是由瓦斯会社东北角突破敌人的防线，尔后围攻敌第六兵团司令部。

我师的攻城部署是：六十四团为师主攻团，担任瓦斯会社东北角主要突破任务。六十六团为师第二梯队，在六十四团后面跟进。六十五团为师预备队，随时准备投入战斗。师指挥所在主攻团六十四团后面跟进。

为了孤立锦州之敌，我和师政委陈仁麒同志指挥六十六团，协同我二十四师，于九月二十四日，首先歼灭了葛王碑、薛家屯之敌。十月六日，陈仁麒同志调到东北野战军第十一纵队任政委，由谢明同志接任二十二师政委。十月九日，我攻锦各部队开始对敌外围实施攻击。至十三日下午，锦州城东外围据点被我全部扫清。尔后，我二十二师转入了紧张的攻城准备。在此期间，我们师里几位领导同志详细分析敌我形势，研究作战方案，进行战斗动员，鼓励部队敢打敢拼，坚定必胜信心。

我全师指战员冒着敌人炮火和敌机轰炸，昼夜奋战，构成了一条从部队进攻出发阵地到冲锋出发阵地，全长约十余公里的交通壕、隐蔽部和弹药库、炮兵阵地及掩体。同时，准备了足够的攻城器材，如登城用的梯子等。

与此同时，我们组织部队针对敌人的城防工事，进行了战前突击攻坚训练，干部身先士卒，言传身教，深入实地，熟悉地形，研究攻城方案。战士不怕苦、不怕累，勤学苦练，人人都会爬城墙，炸碉堡，熟悉自己的攻击目标和所担负的具体任务。

十月十三日黄昏，我六十四团尖刀部队进入进攻出发阵地。

十月十四日十一时，我各攻城部队向锦州守敌发起总攻。十一时四十分我师对敌进行破坏射击。十三时十五分，担任我师主攻任务的六十四团一营向瓦斯会社之敌发起攻击，当一营"尖刀连"一连冲至距离突破口约一百米左右的地方，突遭突破口两侧敌暗堡内火力的猛烈射击，因缺乏炮火有效支援，屡遭敌前沿和纵深火力压制，伤亡较大，被迫停止攻击，未能突破敌前沿阵地。在这紧急情况下，我立即赶到六十四团指挥所，重新组织突破。改由该团二营继续攻击，并将炮兵阵地前移，进行抵近射击。

十九时十五分，我六十四团二营四连在炮火掩护下，实施连续爆破，突破成功。至二十时二十分，四连在二营兄弟连队支援下，迅速扩大和巩固了宽约二百米，纵深三百米的突破口。此时，该团二营全部突进城内，并利用敌工事英勇抗击了敌军多次反扑，完成了突破任务，为后续部队向纵深进攻创造了有利条件。

在此情况下，我们抓住战机，于二十一时许，师主力即成三路，急速向敌纵深穿插。六十四团直插瓦斯会社和中纺公司，利用既得阵地，集中火力向敌猛攻，迅速攻占了中纺公司和面粉厂，歼敌五十四师一团主力。

二十三时左右，我六十六团和六十五团加入战斗。六十六团在六十四团右翼，沿富士街、中央大街，向敌纵深穿插，猛打猛攻，很快包围了伪中央银行守敌。在六十四团的配合下，歼灭敌第六兵团直属队一部。

六十五团加入战斗后，沿富士街、忠烈祠以南向敌纵深攻击，战至十五日二时，该团一营插到敌第六兵团司令部附近。三时五十分，该团一、四连突破围墙，进入院内，歼敌一部。四时左右，六十五团第三营和六十六团一部随后赶到，相机对敌合围。敌第六兵团司令部以一座白色大楼作为核心工事，楼外筑有围墙、外壕，院内有交通沟和地堡群，到处是射孔、暗火力点。敌人居高临下，利用坚固工事，负隅顽抗，从楼内疯狂地向我投弹、射击，作最后挣扎。

为了减少部队伤亡，我们决定采用爆破手段，炸开敌工事，打开通道。六十五团九连战士张顺修，置生死于度外，挺身而出，在火力掩护下，把大包炸药送到爆破点，炸开一个大缺口，部队蜂涌而入，冲进楼去。六十五团七连三班在班长带领下，一边冲击，一边喊话，首先攻上大楼，控制了制高点。

敌人在我沉重打击和强大的政治攻势下，见逃跑无望，为求得一条生路，纷纷举手投降。

锦州攻坚战，我师毙俘敌五千多人，缴获各种火炮三十余门，轻重机枪二百多挺，步枪二千多支，汽车三十多辆，击落敌机一架，及大批弹药和军用物资，完成了上级赋予我师攻打锦州的作战任务。

大虎山阻击战

一九四八年十月，当我军正在攻打锦州时，国民党蒋介石卖国贼，为解锦州之围，挽救东北战场败局，于十月二日亲自飞抵沈阳，作出东、西对进解围锦州的作战部署，从华北战场傅作义系统抽调五个师，从烟台抽出两个师，海运葫芦岛，会同锦西的四个师，共十一个师的兵力支援锦州。另从沈阳抽出十二个师三个骑兵旅约十二万人，由敌第九兵团司令廖耀湘率领，前出新民、彰武、新立屯地区，企图切断我攻锦州部队后方交通，以解锦州之围。锦州、长春解放后，南路敌人十一个师被我阻陷于锦西至葫芦岛之狭窄滩头地区；北路敌人十二个师三个骑兵旅则徘徊于彰武、新民、新立屯地区。此时，蒋介石错误地认为我刚攻克锦州，不能再战，遂令卫立煌从沈阳抽调二〇七师第三旅及大部重炮、坦克部队，加入廖耀湘兵团序列，由东北向西南攻击前进；令杜聿明指挥锦西、葫芦岛集团由南向北攻击，妄图重占锦州。

为围歼廖耀湘兵团，全歼敌人于东北地区，我第十纵队移至黑山、大虎山地区组织防御，阻敌西进。我攻锦州部队全部回师东进，围歼廖耀湘兵团于新民、大虎山、新立屯、彰武地区。我第二十二师在八纵首长指挥下，完成攻锦作战任务后，于十月二十日即奉命挥师东进。黄昏时分，我师按照纵队作战命令于锦州以东的甸子附近，徒涉大凌河直向黑山、大虎山方向开进。经过两天急行军，二十二日进至沟帮子东北之青堆子、姚家窝棚、八家子一线隐蔽集结。二十三日十八时，奉命以一个团的兵力控制高山子。师主力集结于蛇山子地区，准备同第十纵队一起参加阻击向大虎山地区进攻之敌西进。

黑山与大虎山地区，为沈阳通往锦州的一狭长走廊，西面和西北方向是高达千余米的医巫闾山脉，南接连绵九十余公里的沼泽地区，只有中间二十五公里宽的狭长丘陵地带，北宁铁路和大虎山、郑家屯铁路穿行而过。黑山、大虎山正是这条走廊的闸门。正面之敌，为国民党嫡系"王牌"新一军、新六军和新三军，七十一军、四十九军、二〇七师第三旅正不断向我黑山、大虎山涌来。十月二十一日战斗开始，激战两日，敌毫无进展。二十三日敌开始增大兵力，至二十四日，约五个师的兵力，在飞机二百余架次，炮兵五个团（火炮二百余门）的支援下，向黑山、大虎山约二十公里弧形正面发起猛烈进攻，企图以绝对优势兵力，一举突破黑山、大虎山咽喉地带，夺路西进。

十月二十四日十二时半，东总电令我第八纵队立即派一个师，进至大虎山以南，五、四、六、七台子、羊圈子地区组织防御，保障十纵队右侧安全。十六时，我二十二师奉纵队命令，立即出发进至四台子、五台子、羊圈子一带，抢占有利地形，与我十纵第三十师于大虎山地区并肩作战，堵敌西进。此时，敌已先我占领了五台子、羊圈子、庞家窝棚、七台子之线，正向我三十师大虎山实行迂回。二十二时，我二十二师六十四团进至官营子、穆家沟；六十五团进至大小王家窝棚、赵家窝棚；六十六团进至羊圈子；师直进至老太窝棚地区。我们决定在赵家窝棚、大王家窝棚、腰万子屯一线布防堵敌。根据敌情、地形和受领的任务，更鉴于战场情况紧迫危急，我和谢明政委亲赴六十五团当面向该团政委李柯平、副团长蔚彰交待了任务。要求该团一定要在二十五日拂晓前迅速进至赵家窝棚、庞家窝棚、大王家窝棚地区占领阵地，阻击从侧翼攻击大虎山之敌，确保我十纵侧翼安全。

十月的辽西大地，已是寒风刺骨，而我师全体指战员仍穿着单衣，在攻锦州作战的胜利的鼓舞下，在坚决完成阻击任务保障主力围歼廖耀湘兵团的号召下，我军在茫茫的深夜，快步加小跑，分别向指定的地区展开，准备给来犯之敌迎头痛击。此时，全师整个部署已确定，各团部队表示坚决完成任务，为东北的解放作出贡献。然而我们师领导的心情并不轻松，因为我们知道，西进援锦之敌，大部是敌之精锐，在装备上优于我军。锦州失守后，虽已处于即将被围歼的不利态势，士气已经不振，但却还未遭受过沉重打击。他们困兽犹斗，还会作垂死挣扎。我们是胜利之师，士气旺盛，求战心切。但部队连续作战，减员较多，尤其是时间紧迫，仓促上阵，部队打进攻仗经得住考验，打防御仗很少，加之大虎山南侧地形平坦，无依托，敌人侧翼迂回又是必然采取的战斗手段。从地形上看，易攻不易守，一旦遭到敌重兵强攻，能否守住阵地，保障我十纵侧翼安全，制止住敌人西进是我们当时比较牵心挂肺的问题。

　　我师六十五团受领任务后，由团的领导立即召集各营干部传达了当前的敌情和师的命令，先在图上初步研究了战斗部署，区分了各营担负的任务和开进序列，于二十四日二十一时许，由蛇山子出发，约在二十三时前卫第三营进至于坨子，从友邻骑兵部队获悉，敌已进至四台子、羊圈子，庞家窝棚昨日也被敌占领，敌人正向西开进中。根据情况变化，该团一面向师报告情况，一面令部队原地停止前进，决定立即在赵家窝棚一线构筑阵地，阻敌西进。

　　赵家窝棚位于大虎山西南约五公里处，是一个小村庄。村四周地形开阔、平坦，村东三百米处有一百米长的坟地，村东南有一个干水塘，坟地东面约六七百米处有一条由北向南高出地面的水渠大堤。整个地势，东高西低，对我防御作战极为不利。六十五团领导，根据地形，重新调整了部署，进一步明确了各营具体任务。决定以战斗力较强的第一营配置在赵家窝棚，担任主要方向上的阻击任务；第三营配置在大王家窝棚组织防御；第二营为团的预备队，配置在于坨子西南侧，随时准备支援第一、三营战斗。该团指挥所设在于坨子西南侧小土坡上。该团防御部署确定后，各营都表示要坚决完成任务，打好这一仗。团政委李柯平、副团长蔚彰都再三要求部队："到达指定位置后，要迅速派出侦察，勘好地形，部队展开后要不顾疲劳，加紧构筑工事，争取时间，做好准备工作。要树立顽强固守，敢打硬拼的精神，把敌人消灭在我阵地前沿，决不后退一步，把我团锤炼成能攻善守的部队，不辜负上级对我们的期望。"部队随即乘夜进入指定位置。

二十五日约九时许，敌人突然以猛烈的炮火，向我六十五团赵家窝棚第一营阵地进行疯狂的轰击。炮声隆隆，浓烟滚滚，遮头盖脑地向我打来。此时，六十五团参谋长唐元亨同志要求去主要防御方向的第一营指挥战斗。他对李柯平政委和蔚彰副团长说："看来敌人不等我们准备好就先下手了。一营那里部队刚到几小时，也不知道准备怎么样？全团战斗行动有你们指挥，我去一营同他们一起组织抗击敌人。"蔚副团长说："那很好，不管敌人来势多凶，付出多大代价，也要坚守住阵地，寸土不能丢，有什么困难和要求及时报告我们。"唐元亨同志到达赵家窝棚村中心找到一营指挥所，营长杨金秀同志刚从前沿回来，汇报了情况。据侦察得知，正面向我进攻之敌是新六军第二十二师六十五团，早晨曾发现庞家窝棚敌人在大堤上看地形，但没想到来得这么快。部队昨夜到达后，迅速区分了任务。但因当时天黑，有些阵地选择不当，天亮刚作了调整，工事还没构筑好，敌人就开始进攻了。真也巧，原来号称虎师的敌新二十二师六十五团和我们师、团的番号一样，野司早想干掉它，今日狭路相逢，一定要狠狠地揍它。九时许，敌人以猛烈的炮火轰击了约二十分钟，就逐渐向我阵地纵深射击。顿时，激烈的枪声随之而起。敌约有四个连的兵力，一个连向我六十五团二营王家窝棚攻击，另三个连由土堤向我六十五团一营一连阵地冲来。这时，一连连长赵显贵命令全连：放近一点打，没有我的命令，谁也不能开枪。战士们沉着应战，当敌人越过小沟距阵地前二十米处时，连长一声令下："打"！所有火器一起开火，手榴弹在敌群里爆炸，敌人遭到突然的打击，连滚带爬地溃退下去。

敌人第一次冲击失败后，又以密集的炮火向我六十五团一营阵地打来，房屋被炸毁，树枝树干布满街心，村边的高粱秆、柴堆被打着，燃着熊熊烈火，英勇顽强的战士们忍受着震耳欲聋的轰击和灼热的大火烘烤，坚守阵地，准备再次痛击来敌。此时，一营副营长肖荣悦同志已负重伤，教导员李志勤同志双耳被震聋，仍坚守阵地。炮击稍缓，机枪、步枪又响成一片。原来第一次被我们打退到小沟东面去的敌人，就在土坎后面隐蔽，与我对峙着，敌人经过调整部署后，以一个多连的兵力，又向我六十五团一营一连一排阵地冲来。在我一、二连阵地上的火力支援下，一顿猛打，又被击退了。这时，我一连一排的伤亡很大，阵地上只剩下十七个人，两挺机枪，四百余发子弹，但全排同志坚决表示：人在阵地在，誓与阵地共存亡，只要还有一个人，也要战斗到底。

敌人两次攻击被我击退后，枪声逐渐稀疏下来，约有半个小时暂时沉寂。十一时左右，敌人又开始猛烈的炮击，当敌炮火转向纵深时，敌人又以四个连的兵力，在密集的机枪、步枪火力掩护下，接连向我一连和二连阵地冲来。二连地形稍好，火力打得很猛，先给敌人以猛烈杀伤，结合小分队阵前出击，击退了敌人。一连待敌人靠近后，突然猛烈开火，打得敌人晕头转向。但由于敌众我寡，前面的打掉了，后面的又冲上来，经几次反复，一排伤亡过大，阵地终被敌人突破，在这十分危急的时刻，副连长蒋林布同志带领一排立即跳出工事，与敌人进行白刃格斗，他首先冲上去刺倒一个敌人，刚拔出刺刀，另一个敌人一刀刺来，蒋林布同志头部负重伤，在昏迷中还喊着：同志们冲啊！他一清醒，就用全力滚进四个敌人中拉响了最后一个手榴弹，与敌人同归于尽。排长刘振国同志左手负伤，仍奋不顾身率领十七名勇士，象猛虎似地冲向敌群。他刺倒了一个敌军官后，三个敌人向他围攻过来，他刚打掉了一个敌人的枪托，另一个敌人的刺刀却刺到他的身上。战士们英勇顽强地同敌人拼杀、撕打。战士郭清与敌人扭成一团撕打，郑玉林同志狠狠咬掉敌人一个手指头，郑连泉同志负伤后，在自己子弹已打完的情况下，立即拿起敌人冲锋枪对敌人扫射，援救了战友。一排的同志就是这样英勇的抗击敌人，阵地始终为我控制。激战之后，全排除唐升旺、吴忠诚、刘福山三名同志外，其余不是负伤，就是壮烈牺牲。该排的黄化召、刘春甫、刘海洲、邵才、徐志远、杨宝珍、王振宽、周化清、贾贵、张彬、冯振奎、张德顺、王勤禄、周玉超等十四位烈士，在阵地上留下了十四把寒光闪闪，带着敌人鲜血的刺刀，显示了革命战士为中国人民的解放事业，英勇顽强，不怕流血牺牲，敢于刺刀见红的大无畏精神。

正在我六十五团一营阵地上枪声、炮声稍稀疏之时，左翼我三营大王家窝棚方向紧密的枪声已经听得清清楚楚。原来敌人以主要兵力向我一营发起攻击的同时，也向三营阵地突然攻击。企图箝制三营，保障其主力攻击赵家窝棚。副团长蔚彰同志及时令三营以猛烈火力击退敌人进攻后，又令三营九连迅速前出到大王家窝棚以南约五百公尺地段上，占领有利地形，向进攻赵家窝棚之敌侧翼突然猛烈的火力袭击。该连在副营长赵存志同志率领下，急一营所急，冒着敌密集的火力封锁，在接敌运动中，通过开阔地，虽伤亡过半，副营长赵存志同志亦光荣牺牲，但终于按时到达指定位置，及时有力地配合一营，击退了敌人的进攻。

约在十三时许，一营二连阵地上，突然响起激烈的枪声和手榴弹爆炸声，打破了阵地上一时的沉寂。原来是狡猾的敌人用两个连的兵力，利用沟渠、地坎、隐蔽地向我接近。当敌人进到距二连阵地一百多米处时被我发觉。二连迅速占领阵地，作好了准备。当敌人在机枪火力掩护下，蜂涌向我冲来时，我先以猛烈火力撂倒敌人一批，冲到阵地上来的也挨了手榴弹的轰击。乘敌混乱之际，二连二排在正、副排长已牺牲的情况下由四班长张风桐同志率领，机智勇敢地向敌实施阵前反击，击退了敌人，我出击分队无一伤亡。

敌人从正面几次攻击未成，仍不死心，经过调整部署后，于十五时左右，又以两个多连的兵力，在炮火掩护下，从我一营一、二连之间再次发起冲击。此时，一、二连阵地逐渐加固，战士们的战斗情绪越打越高。向敢于同敌人刺刀见红的一排学习，为死难烈士报仇；要让敌人有来无回；坚守到底就是胜利；是不是好汉比一比看等战斗口号传遍各阵地。这次进攻之敌，在一、二连猛烈火力射击和该团三营九连积极策应下，敌人锐气已较前大减，冲到距我阵地前约七八米处，面对着他们遗弃在阵地前那些横七竖八的尸体，就再也不敢前进了。一直对峙到十七时许，敌又以一部分兵力，在军官呐喊督战下再次发起冲击，企图作垂死挣扎，又被我打下去了，敌人只好停止了进攻。

经过十小时激战，敌人使用其王牌师部队在其副师长直接指挥下，在我六十五团防御阵地上，投下炮弹数千发，连续六次冲击，均未得逞。给敌人以沉重的打击，杀得敌人遗体遍地，而我阵地寸土未丢，保障了黑山、大虎山侧翼的安全，有力地阻止了敌人的西进。

入夜，我经过苦战一天的指战员，在阵地上吃了顿饭，就又积极地投入整修堑壕，加固掩体，联通交通壕的紧张作业，并将射界一些障碍物扫清，补充了弹药，加强了接合部的火力控制。还在阵地上开展了战评活动，表扬了好的单位和个人，及时总结研究了保存力量，减少伤亡，节省弹药，适时出击等经验和打法，以便给来犯之敌更加沉重的打击。部队除了严密的阵地警戒外，还由该团三连派出一个排，对敌进行侦察袭扰，监视疲惫敌人。约在二十六日四时左右，我潜入敌阵的侦察分队，捉到敌人两个哨兵，发现狡猾的敌人在我六十五团阵地前沿，丢下数百具尸体，仓惶向后撤退。我和谢明政委命令全师部队立即整装出发，沿着敌人逃跑方向迅猛追击。二十六日十一时许，当我师向台安以北开至兴隆岗子附近，发现贺家窝棚有敌人一个团（四十九军一〇五师三一三团），我师六十四团进行围歼。经激烈战斗，歼敌二千八百余人，缴获全部重武器。

敌人西进的企图失败后，即转向沿白旗堡向台安、盘山方向逃窜。我师担任大虎山南侧阻击战的同时，我第八纵队主力已赶到台安以北，位于辽西战场的南翼。根据东总电令，我八纵全力向台安东北的东西獾子洞急进，担任战役穿插任务，封闭敌人回窜沈阳、营口之退路。

二十六日拂晓，敌廖耀湘兵团主力九个师，已被我合围于黑山以东、半拉门以西沿公路两侧地域；其另三个师被我合围于大虎山以东之义合庄、康家屯和九间房地域。此时，我军由锦州兼程东进的各部队，以雷霆万钧之势赶了过来，在辽西的饶阳河以西、大虎山以东、无梁殿以南、魏家窝棚以北约二十平方公里的地域内，开始了巨大的围歼战。

十月的辽西平原上，到处响起了胜利围歼敌廖耀湘兵团的号声。指战员们忘却了疲劳、寒冷、伤痛、饥饿，哪里有枪声，就冲到哪里。在我各路大军四面猛打、猛冲之下，敌人犹如乱竿下的鸭群，惶惶然东窜西奔。在我围歼战的关键时刻，东总二十二时半电令我八纵派部队炸毁盘山大桥，断敌南逃营口退路。纵队令我师执行此任务。经研究决定，我们派侦察科长张慎同志率部分侦察人员乘汽车去炸桥。张慎同志圆满地完成了任务后，在返回部队途中，不幸遭敌机扫射中弹牺牲。他是我师在辽西战场上唯一牺牲的团级干部，至今我们都很怀念他。

十月二十七日十一时许，敌新编第二十二师之六十六团和六十五团一部，经卧牛岗子向东突围。我师六十五团正经过尤家窝棚、三家子北进，与这股向东突围之敌遭遇。我六十五团在卧牛岗子以东、后尖岗子以西地区，迅速展开战斗队形，占领有利阵地，集中火力先敌猛烈射击。顿时，将敌队形打乱，乘敌混乱之际，我猛插猛打，分割歼敌。约经一小时激战，一举歼敌三千五百余人。同日，我六十六团向东追击穿插，又于马岗子和康家屯以南遇敌四十九军一〇五师一部向东突围，该团迅速将敌分割包围，猛插猛打。经激烈战斗，毙伤俘敌二千三百多人。

十月二十八日拂晓，东方已朦胧发白，辽西围歼战胜利结束。部队从辽西战场收拢起来，顾不得休息整顿，也来不及收拾遍地的溃兵和物资，便以每小时十六七里的速度昼夜兼程，向海城、鞍山疾进。此时，困守沈阳的敌人慑于被歼，急欲夺路南下向海城、营口方向撤退，企图从海上逃命。二十九日我二十二师奉命向营口追歼溃敌，于满都户渡过了辽河。三十日，我和政委谢明同志亲自率领先头团第六十六团，昼夜兼程，自辽中向海城、鞍山方向疾进，作战役性穿插。于十一月二日我六十六团到达营口近郊石桥、九庙坨一线。参谋长韩仰山同志率领六十五团、六十四团抵达二道边、杨屯、曹屯一带。此时，营口及沈阳已为我兄弟部队攻占，东北全境至此宣告解放。

在此次战斗中，我师毙伤俘敌八千多人，缴获各种枪五千五百多支，轻重机枪二百多挺，各种火炮四十余门及大量军用物资。战后总结，我师六十五团受到纵队和师的表扬，该团一连荣获"刺刀见红"锦旗一面，第一连一排荣获"英雄排"的光荣称号。

夺杨村

　　一九四八年十月二十九日，我们切断了敌人由沈阳向营口逃跑的退路之后，接着，又挥师华北，进军天津，攻打杨村，切断天津至北平的铁路、公路交通线。

　　同年十一月十八日，我们遵照上级关于"入关配合华北人民解放军，全歼华北蒋军，解放全华北"的号令，深入进行了思想动员和组织准备。

　　十一月二十四日，我全师部队自辽宁海城附近的牛庄镇、四台子地区出发，发扬我军不怕疲劳，连续作战的革命精神，在行军路上，边走边换冬装，跨过了辽河、大凌河，经盘山、锦州、新台门、梨树沟门等地，向华北挺进。

　　一九四八年十一月二十七日，我师进至闾阳驿时，中央军委命令，统一全国各战场我军番号，东北人民解放军改为第四野战军，第八纵队改为中国人民解放军第四十五军，我二十二师改为一三三师。我任一三三师师长，政委谢明，副师长郑寿财，副政委鲍启祥，参谋长韩仰山，政治部主任钟池，副参谋长王振东，副主任肖泽西。

　　我师所属六十四团改为三九七团，团长曾冠民，政委焦红光，副团长秦川，副政委张连仲，参谋长邢绍华，主任李立。

六十五团改为三九八团，团长蔚彰，政委李柯平，副团长申霖普，参谋长唐元亨，主任刘文清。

六十六团改为三九九团，团长白斌，政委刘彬，副团长钱仁普，参谋长郭福田，主任陈仁德。

十二月初，我师自冷口跨越长城入关。进入冀东，经玉田，于十二月十六日进至平津前线的宝坻地区，完成了入关作战进军平津的任务。

我师在宝坻休整了两天后，于十二月十八日受领了攻打天津外围杨村的任务。为了斩断守敌铁路、公路交通线，保障大部队顺利逼进天津城郊，我师连夜从宝坻出发，经崔黄口，向杨村逼进。

杨村位于天津西北二十五公里处的平津铁路、公路线上，是天津守敌西北的门户和重要通道，地理位置十分重要，由敌新编一〇五军三三三师师部及九九七团和九九九团防守。

一九四八年十二月十九日五时，我师先头部队三九九团二营到达杨村时，发现该敌大部已登上火车，正准备向天津逃跑，二营即迅速占领铁路南侧有利地形，先敌开火，猛烈射击，炸断了通往天津的铁轨，将敌机车击毁。敌遭我突然袭击，惊慌失措，乱作一团，纷纷跳下车来，像无头的苍蝇，东碰西撞，胡乱放枪。趁敌大乱之机，我三九九团二营第五连一排副排长李庆春同志，抓住战机，带领全排直插敌群。敌人组织了两个多连的兵力，先后五次向一排阵地实施反扑，均被击退。我三九九团主力听到枪声疾速赶到投入战斗。一营首先占领杨村车站，自西向东横扫溃敌。二营由正面猛打猛攻。三营迂回敌后，切断敌东逃退路，敌兵力亦无法展开。我三九七团迅速投入战斗，同三九九团一起，围歼该敌。三九八团即向天津以北的汉沟、北仓攻击前进。围歼杨村之敌，经三小时激战，我毙伤俘敌二千二百零七名，将守敌聚歼。敌少将师长宋海潮被我生擒。

我一三三师奔袭杨村，歼灭了守敌，打响了东北野战军第四十五军入关后的第一仗。

接着，我师迅速向天津近郊攻击，先后占领了汉沟、北仓、南仓和天齐庙等据点，消灭敌交警二纵队一部，向天津城下逼进，准备攻打天津。

打天津

一九四八年十二月十九日，我们攻占杨村后，为了防止天津守敌突围，遵上级命令，我一三三师全体指战员不顾疲劳，连续作战，又于十二月二十日晨迅速向天津近郊攻击，一鼓作气，相继攻占了汉沟、北仓、南仓、天齐庙等据点，直抵天津城下。

同年十二月二十二日，东总前指决心先打塘沽之敌，令我四十五军在天津至军粮城之间堵击可能由天津增援之敌，尔后再攻取天津。

十二月二十六日，我军发现北平守敌有东逃企图，即令我师于十二月二十七日重返杨村，准备围歼东逃之敌。后华北兵团自张家口迅速南下，将北平之敌重重包围，打破了敌人的计划，我师又奉命移至天津以东之范各庄、荒草坨、北于家堡、东堤头附近，进行攻城准备。

一九四九年一月一日，我四十五军在天津城郊的刘快庄召开了党委会，根据我军"东西对进，拦腰斩断，先南后北，先分割后围歼"的作战方针，讨论攻克天津的作战部署。

一月三日，军党委决定：以一三五师为主攻师，担任突破天津民权门的任务。我一三三师为助攻师，担任对铁路工人宿舍东南角实施突破任务。而后，向城内金汤桥、胜利桥攻击前进，直至与兄弟部队会合。

我们受领任务后，针对天津守敌的特点和我师所担负的任务，首先对部队进行了思想动员，激发全师指战员的战斗积极性，树立必胜信心。同时，还进行了城市政策和保护民族工商业政策及遵守城市群众纪律的教育，增强部队政策和纪律观念。

为了不打无把握之仗，做到知己知彼，攻城必克，战前，我们召开了团以上干部会议，专门研究敌情，确定攻城方案，带领担任突击任务的营连干部以至战斗小组长，采取白天看，夜间摸的方法，反复勘察地形，熟悉运动道路。对每一个攻击点如何打法，都进行了认真细致的研究。

向敌发起攻击时，为了减少伤亡，我们从突击部队集结位置到敌人防御前沿，利用夜间挖了交通壕，构筑了进攻阵地。

与此同时，我师各攻城部队还准备了大量爆破与渡河器材（篱笆、草垫、连环木桥等）捆绑了许多捆柴草，为坦克过护城河铺路。针对敌防御特点，组织部队进行了攻城演练，进一步提高了干部战士的战术技术水平。

在我一三三师突破点正面铁路工人宿舍外，敌人设有一个坚固据点，叫刘家场坊。这个据点对我突击部队攻城极为不利，军里决定，由我们师将其拔掉。

一月十二日十六时三十分，我们先以三九九团使用小部分兵力对刘家场坊进佯攻，接着又以三九九团三连配属师山炮营对敌工事实施猛烈破坏射击。经过一场激战，刘家场坊被我攻占。

一月十四日十时，我军对天津守敌发起总攻。十二时四十分，我师三九七团向铁路工人宿舍东北角突击。该团一连因在敌火力网下强行架梯子受阻，攻击未能奏效。该团即组织一、三营从刘家场坊并肩突击，给敌人以重创。

十四日黄昏，我师三九八团由赵顾李庄向民权门突击前进，冲破敌火力严密封锁，快速进入民权门，投入纵深战斗。

十五日零时三十分，当我三九八团进至王串场时，发现长江造纸厂之敌正向我一三五师部队反击。三九八团第二营迅速抢占有利地形，参加阻击，将敌击退，歼敌一部。

此时，我三九八团主力已从左翼向敌纵深穿插，当进至铁路工人宿舍时，突遭敌暗堡火力点射击，封锁了我穿插部队的去路。见此情景，该团三连战士许海基不顾个人安危，置生死于度外，把手榴弹捆在一起，迅速滚到敌暗堡前，将敌堡炸毁，为部队打开了通路。

我三九八团与三九七团密切配合，内外夹击，很快攻占了敌占据的铁路工人宿舍。接着，又对中纺七厂守敌发起攻击，经四十分钟激战，全歼守敌二十六师七十八团第三营。

而后，我三九八团继续向纵深发展，当进至姚台大街时，发现东站意租界、铁路合作社、市党部等有敌五百余人，又发现郭庄大街有敌两个营，激战四小时，歼灭两处守敌一千余人。

我三九七团沿新亚村、沈庄大街向胜利桥攻击前进。

该团第一营进至旧意租界歼敌二九三师一部和歼敌八十六军搜索营一百八十余人。

第二营进至电信二分局时，和敌宪兵四个连相遇，一举歼敌九百余人。

第三营进至铁路东站附近，和敌二九三师及二十六师一部交火，将敌击溃，歼敌三百余人。

该团警卫连和三营两个排在新开路担任阻击任务，利用有利地形，毙俘敌二九三师一部八百余人。

我师三九九团突击至建国道，遇敌保二旅第二团，即组织第一、二两个营向敌发起攻击，歼敌千余人。

该团第三营迂回穿插敌二九三师腹地，歼敌师直属队及该敌一团各一部八百余人。

战至一月十五日十四时，我一三三师完成了攻打天津的任务，天津战斗胜利结束。

此次攻打天津，由于战前考虑周密，准备充分，细致分工，严明了纪律，我师毙伤俘敌一万一千一百八十名，缴获各种火炮三百五十八门，各种枪七万零一百六十七支（包括敌人军火仓库内的枪支），通讯器材八十八件，战马二百八十六匹，汽车二十九辆和一批弹药及大量军用物资，取得了重大胜利。

我三九八团受到军通令嘉奖。嘉奖令中指出：该团于此次天津战斗中，表现积极迅速勇敢，能克服一切困难，进入民权门突破口之后，迅速而有组织地攻夺长江造纸厂、铁路工人宿舍、中纺七厂，对全军向前发展起了应有作用。该团干部战士能自觉遵守城市纪律，全团二十二个单位，有二十个单位确实做到秋毫无犯，值得全军学习，予以通令嘉奖。该团一营荣获军授予的"秋毫无犯"锦旗。一营三连荣获军授予的"智勇结合"锦旗和师授予的

"智勇双全"奖旗。

第三九七团一营三连荣获军授予的"英勇机智"锦旗。师授予该团二营五连、六连"秋毫无犯"锦旗各一面。

第三九九团一营二连、三连和二营五连分别荣获军授予的"遵纪模范连"锦旗。该团二营机枪连荣获师"秋毫无犯"锦旗。

师炮兵营一连荣获师"战斗积极"锦旗。

全师荣立一大功以上的有一百四十七人,其中林春和、龚章金一次荣立三大功,并各获毛泽东奖章一枚。

第　八　章

组建中国人民公安中央纵队

调往京城

一九四九年一月十五日，我中国人民解放军第四野战军四十五军一三三师，胜利完成攻打天津任务后，正在天津以南的叉沽港地区整训，积极准备南下渡江作战。一月下旬，第四野战军和四十五军接到中央的电报，决定调我到北京担负保卫党中央和北京的卫戍警卫任务。同时决定第四野战军四十七军一六〇师留北京担负卫戍警卫任务。

据我所知，党中央和四野之所以留一六〇师担负北京的卫戍警卫任务，主要考虑一六〇师的干部战士绝大部分是来自佳木斯和牡丹江一带的翻身贫民，全师一万五千多人，俘虏和解放过来的战士很少，成份好，部队纯。

在我由四十五军一三三师师长调一六○师任师长前，第四野战军和四十五军的领导同志分别找我谈了话。谈话内容是，上级考虑到我做保卫工作时间较长，调我到驻京郊地区一六○师任师长的目的，主要是清剿京郊地区的游勇散兵，肃清敌特分子，打击匪盗流氓，稳定社会秩序，担负北京卫戍警卫任务，为迎接党中央迁移北京做好各方面的准备工作。

一九四九年一月底，我奉命由四十五军一三三师调四十七军一六○师任师长时，一六○师政委是邹衍，副师长蔡久，参谋长章申，政治部主任桂生方、副主任刘路明。师部驻在北京市南郊大红门，以后移驻北郊颐和园附近的大有庄地区。

那时，一六○师下辖三个团和师直属警卫营、炮兵营、通信营、工兵营、侦察连。

当时，一六○师的兵力部署是：师司令部驻颐和园北面的大有庄；政治部驻颐和园东宫门；后勤部驻清华园和北京大学。一团部队分别驻海淀、植物园、动物园至西直门一线地区；二团驻八大处、磨石口、田村、黄村地区；三团驻清河兵营；师直属部队驻青龙桥、东北旺、西北旺等地区；师警卫营驻香山。

一九四九年三月初，中央军委决定：一六○师番号改为二○七师（部队部署未变），隶属京津卫戍司令部和华北军区指挥，警卫工作归中央社会部和公安部领导。

接护毛主席到香山双清别墅

一九四九年三月二十五日，毛主席等中央领导同志由河北平山县西柏坡到石家庄，然后由石家庄乘火车安全到达北平北郊清华园火车站。下车后，为了安全起见，我们布置了警卫，由我负责接护毛主席和其他中央领导同志到颐和园内的"益寿堂"短暂休息了一会儿，于当天下午，毛主席不顾旅途疲劳，同朱总司令、周恩来、刘少奇等中央领导同志，由颐和园经海淀到西郊机场，检阅了第四野战军的炮兵、坦克部队、四十一军和我们师的部队。尔后，住进香山双清别墅。颐和园至西郊机场到香山沿途，我们布置了严密警戒，保证了中央领导同志的行动安全。

中央各部委、军委各局室的大批机要文件、通信器材、供应物资等先后由我们师全部安全转移到香山地区。

香山及其附近地区，系包括西至平绥路，东至北平城墙，南至宛平县，北到昌平县地区，社会治安情况比较复杂，隐匿国民党匪特散兵等约有三千余人。

西郊治安会议

为了确保毛主席和中央领导同志的安全，一九四九年四月七日，中央社会部李克农部长在颐和园主持召开了由北平警备司令部、中央办公厅、中央社会部、北平公安总队、纠察总队、中央警备团、华北军区、北平市政府等单位的领导同志参加的"西郊治安会议",我和邹衍同志参加了会议。

会上,就党中央和中央军委住地的安全保卫工作和任务,如警卫任务的分工,香山地区的防空,武装警卫,颐和园是否开放等四个问题研究商定了具体实施办法,并确定成立了"西郊治安委员会"。汪东兴同志为主任,我为副主任。

一九四九年四月九日,"西郊治安委员会"在香山召开了成立后的第一次会议。参加这次会议的有汪东兴、邹衍、刘辉山、张廷祯、王范、李树槐、张峰等。会议由我和汪东兴同志主持。这次会议对武装警戒区域的划分及兵力部署,地方治安情况的掌握,防空和联络等问题进行了详细研究。

与此同时,这次会议对任务作了分工:

一是中央领导同志的随身警卫、卫士选派仍由中央办公厅行政处警卫科负责。

二是香山公园的控制和内部警卫由中央警备团负责。

三是由二〇七师(后改为公安中央纵队第一师)派出两个团六个营的兵力,负责从香山经青龙桥、海淀、西直门到城内和中南海的路线警卫,保证中央领导同志行车途中安全。

四是华北军区高炮二团一营三个连十二门高炮和十二挺高射机枪，保卫香山上空，以防敌机袭扰。

五是北平市公安局负责香山周围的控制和香山至颐和园、西直门的便衣警卫。

当时，保卫香山是中央社会部和警卫部队的头等大事。我们根据"西郊治安委员会"香山第一次会议精神，首先在香山地区开展了全面深入细致的社会调查，很快掌握了居民情况和匪特活动规律。接着，对警卫区域进行了大规模检查，清除了许多炸药、手榴弹和各种武器弹药及危险品。

同时，我们还在警卫区域内修补了香山围墙，修筑了岗楼，挖了防空工事，修补了公路等有关设施，以保证毛主席和其他中央领导同志的绝对安全。

周总理急电：主席在车上吗？

一九四九年七八月份，在召开中国人民政治协商会议第一届全体会议前夕，毛主席和党中央才陆续由香山搬到中南海办公。我二〇七师所辖的第二、三两个团也先后随之奉命调进城里，接替了四十一军的城内防务，担负了毛主席等中央领导同志的安全警卫任务和维护北平市的社会治安及卫戍工作。

在一九四九年九月间，毛主席由中南海返回香山的住处，出发后大约有一个多小时了，恰巧周恩来副主席有要事打电话向主席请示汇报。香山的同志却说毛主席没有回来，周副主席不放心，因为按主席出发的时间估计早该到香山了，是中途车子出了毛病还是发生了什么情况？周副主席打电话给我，要我立即查询沿途警戒情况，搞清在中途的情形后，立即向他报告。

这时，在西直门到香山这段公路就像一条反应极其敏锐的神经线。在通播电话里，动物园至海淀的警戒分队都说："主席的轿车过去多时了。"而香山至颐和园的警戒分队却说："没有见到主席的轿车过来。"

主席的轿车究竟在哪里呢？

突然，担任西苑地段警戒任务的三连打来电话，说主席的轿车停在北京大学到西苑之间的那段弯路上。

我忙问："是车子出了毛病吗？"

三连指导员丁长春回答："车子没出毛病。"

"那是怎么回事，主席在车上吗？"

"毛主席不在车上，到路旁稻田里去了。"

为了主席的安全，我紧接着以命令的口气说："加强警戒，随时向我报告情况。"

和丁长春通完电话后，我立即把上述情况向周副主席作了详细汇报。

周副主席指示我们："一定要保证主席的绝对安全。"

我即亲自打电话给三连，要他们立即派出警戒分队，奔赴警戒现场，保证主席的人身安全和协助司机看守好汽车。随后，我即刻乘车前往主席停车地点，了解情况，保卫主席的安全。

警戒分队分别站在距毛主席三四十米远的左右两条田埂上，警惕地观察着周围的动静，直到保卫着毛主席安全地离开稻田回到香山住地。

成立公安中央纵队

北平由于是和平解放，又是国民党反动派统治华北的中心，敌伪人员基本未动。由华北战场上退下来的大批游勇散兵和从敌军中逃散的人员，分散隐藏在城内和近郊。围城时，还有部分敌人的宪兵特务，潜伏于城外，伺机进行反革命破坏活动。

城市附近原有的许多匪盗、流氓和部分游民、散兵，趁我军入城初期，社会治安工作尚未就绪之际，乘机进行抢劫、偷盗、骚扰和破坏活动，给北京解放初期城市的卫戍警卫、治安等工作，带来了一系列新情况和新问题。

除此之外，由于中国革命即将取得全国胜利，新的国家政权即将产生，我党将成为全国执政的党，党中央将成为新的国家政权的领导核心。因此，保卫好党中央的任务更加重大和艰巨。要承担起这样重大的任务，我原有警卫部队的力量是极其不够的。为了加强北京市的卫戍警卫工作，维护北京的社会治安，保证中央和军委领导同志及中央机关的安全，我和邹衍同志经过反复考虑，认真研究，深入部队调查摸底，广泛征求和听取各方面意见后，在我和邹衍同志提议下，原二〇七师改为公安中央纵队第一师，担负中央领导、机关、使馆及其他目标的警卫任务。以中央警备团为基础，扩编为公安中央纵队第二师，担负中央书记处及中央各部委办的安全警卫工作；公安一师和公安二师的两个警卫营合编为中央警卫团，主要负担毛主席、党中央所在地——中南海和其他中央领导同志的警卫任务。

一九四九年九月五日，中央军委发布命令，组建中国人民公安中央纵队（军级单位），任命我为司令员，邹衍同志为政治委员。

一九四九年十一月八日，在京郊西苑兵营举行了隆重的公安中央纵队成立大会。大会由中央公安部罗瑞卿部长主持，朱德总司令亲临大会，检阅了部队，作了重要指示。中央社会部李克农部长和公安部杨奇清副部长参加了大会。

朱德总司令在讲话中说："今天我来参加公安中央纵队成立大会，非常高兴。中央迁移进住北京，有了你们这支政治上可靠，军事技术过硬，熟悉警卫业务的精干的部队，北京的社会治安定会日趋好转，中央领导同志和中央机关的安全就更加有了保障。党是信任你们的。你们既要同拿枪的敌人作斗争，又要同隐藏的敌人作斗争，任务是极其艰巨的，也是无尚光荣的。"

朱总司令说："公安部队是人民解放军的一个组成部分，它依据国家的总任务，和陆军、海军、空军一起，各有分工而又互相配合的，共同担负着巩固国防、保卫祖国的光荣任务"。

朱总司令接着说："你们公安中央纵队是具有光荣革命传统的部队，延安时期，中央警备团的警卫任务是非常繁重的，在人少任务重的情况下，由于全团指战员的共同努力，克服了种种困难，不仅圆满完成了警卫任务，部队生产也搞得很好，做到了自给有余，在陕甘宁边区是很有影响的。我希望大家继承发扬中央警备团的光荣传统，把各方面的工作做好。"

朱总司令在讲话中还对我们说："你们的工作任务由乡村转移到了城市，乡村和城市的情况就不同了，希望你们尽快熟悉北京地区的情况，适应城市警卫工作的要求，保证中央领导同志和中央机关的安全，这是公安中央纵队目前的首要任务。"

朱总司令在讲话中还指示说："你们公安中央纵队的同志都是经过严格选调来的，但大家不要放松思想改造，还应努力学习政治，学习文化，思想要保持稳定，警卫业务技术水平还要进一步提高，军事技术要过得硬，要严守纪律，保守秘密，警惕性要高，工作要扎实，兢兢业业，一丝不苟，经得住来自各方面的考验。"

最后，朱总司令进一步强调说："希望大家在完成警卫任务的前提下，也要把生产搞好，改善部队生活，支援国家建设，减轻人民群众负担。"

在一片热烈的掌声中，朱总司令结束了他那鼓舞人心的讲话。

朱总司令作完指示后，罗瑞卿部长说："刚才朱总司令对你们今后如何做好安全警卫等各项工作，作了重要指示，讲得很具体，也很明了，给你们提出了很高的要求，希望大家严格按照朱总司令的指示去办，不要辜负党和人民对你们的信任和重托，做一名让党和人民放心的警卫战士。"

罗瑞卿部长还号召我们要树立长期做保卫工作的思想，为祖国的社会主义建设，为保卫好中央的安全而长期战斗。

朱总司令和罗瑞卿部长的重要指示，对部队起了很大的动员和教育作用，使全体指战员深受教育和鼓舞，为我们做好各项工作奠定了良好的思想基础。

当时，公安中央纵队各级领导班子由以下成员组成：我任公安中央纵队司令员兼第一师师长，邹衍同志任公安中央纵队政委兼第一师政委，第一师副师长蔡久，参谋长章申，政治部主任桂生方，副主任刘路明；第二师师长刘辉山，政委张廷祯，副政委张耀祠，参谋长魏传连，副参谋长古远兴、蒋秦峰，政治部副主任向前。

公安中央纵队党委成员有我、邹衍、刘辉山、张廷祯、蔡久。我为书记，邹衍为副书记。

按公安中央纵队建制顺序，第一师下辖三个团编为第一、二、三团；第二师下辖三个团，编为四、五、六团。第一团团长周俭廉，政委苏鉴，参谋长侯树生，政治处主任时政军；第二团团长涂宗德，政委武衡阳，副团长李夫华，副政委朱明轩，参谋长侯克，政治处主任赵远明；第三团团长郭季芳，政委宿灿，副团长肖永志，政治处主任苏苏；第四团团长惠金贤，政委杜泽洲，参谋长王国初，副参谋长邱佛养，政治处副主任赵沈幽；第五团团长聂成龙，政委欧本文，副团长杨起荣，参谋长陈祖江，政治处副主任孙授光、何子厚；第六团团长杨书明，政委刘国英，副团长崔金川，参谋长李光武，政治处主任邱炳文，副主任徐清。

公安中央纵队和各师设有司令部、政治部、后勤部和直属部队工兵营、警卫营、通信连等。每团编有三个营，一个直属机炮连，一个直属警通连。每营编有四个连，每连三个排，十二个班，一百四十二人，全纵队约有兵力两万五千余人。

当时，公安中央纵队的兵力部署是：一师所辖的一团住全国政协礼堂，二团住府学胡同，三团住铁狮子胡同一带。二师所辖的四团住月坛，五团住半壁店，六团住新华门。中央警卫团住中南海，担负内卫任务。

公安中央纵队成立后，为了适应警卫工作的要求，确保警卫任务的完成，我们根据部队刚刚组建，干部战士来自各方，部分同志对保卫中央的任务尚缺乏正确的认识，对公安部队的性质、任务，认识模糊，认为公安部队不如野战军，不安心公安部队工作；另一方面，由于部队多在城市执行任务，受到资产阶级生活方式的影响，滋长了居功骄傲，和平麻痹，贪图享受的个人主义思想等情况。针对这些问题，纵队党委即在部队中广泛进行了艰苦奋斗，遵守纪律，密切军民关系，忠实勇敢，献身于党的警卫事业，甘当人民勤务员的思想教育。同时，整顿了各级组织，稳定了干部战士的思想情绪，提高了大家的思想觉悟，树立了做保卫工作无尚光荣，甘当无名英雄的思想，从而制止了某些不良思想倾向的发生，以保证部队对敌斗争的顺利进行和警卫任务的完成。

在做好干部战士政治思想工作的同时，我们根据一些同志缺乏警卫业务知识的情况，狠抓了部队的军事技术和警卫业务训练，采取了官教兵、兵教官、兵教兵、互帮互学、课堂与野外训练相结合的方法。除进行射击、刺杀、投弹、格斗训练外，还进行了驻地警卫、内外卫兵守则、护送、各种警戒、搜索、看守、巡逻、拘捕等教育和训练，使干部战士掌握了警卫业务知识，提高了警卫技术水平，为完成警卫任务奠定了良好的基础。

警卫政治协商会议

北平解放后，西郊的门头沟、八宝山、老山、妙峰山、昌平、大兴县等地区的残匪，进行各种破坏活动比较猖獗，严重扰乱了北京的社会治安。为了狠狠地打击这些地区的犯罪分子，我们先后组织兵力，以营为单位或连为单位，对这几处地区残匪进行了全面清剿，使这些地区的社会治安很快安定下来。

一九四九年九月二十一日至三十日，中国人民政治协商会议第一届全体会议在中南海怀仁堂隆重召开。参加这次会议的代表共六百三十五人。为保卫全国人民政治协商会议的安全，公安中央纵队担负了这次重要会议的安全警卫工作。从大会会场周围的警戒和内部警卫均由我们负责。为确保会议安全，我们除加强原有警戒外，还在重要的和复杂的区域，增加了游动哨和固定哨。

同时，我们还开展了普遍巡逻工作，以防止各种漏洞的发生。工兵部队每天进行会场内外的安全检查。并派出部队在指定的防空地带挖了防空壕，以防意外事件的发生。

我们在执行此次大会的警卫工作中，还特别注意明确各个哨兵职责，严格执行各种警卫制度，特别是出入证件的检查制度，从而避免了各种漏洞的发生，保证了警卫任务的完成。

保卫开国大典

一九四九年十月一日，中华人民共和国宣布成立，首都北京三十万军民在天安门广场集会，隆重举行开国大典。为了保证中央领导同志和会场的安全，我们公安中央纵队奉命担负安全警卫工作。其中第二师警卫营担负了天安门城楼上下及周围的警卫任务。

同时，此次开国大典阅兵，我们根据部队素质，公安中央纵队第一师奉命组织了四个方队，每个方队四百人，代表公安部队参加受阅。为了完成受阅任务，我们从一师部队中抽调骨干，组成了一个受阅团。该团成立后，自一九四九年八月二十四日至九月下旬，进行了约一个月的专门训练。全体受阅同志虽原来基础较差，经过一个多月的勤学苦练，终于圆满完成了阅兵任务，受到了中央领导同志的好评。

此次部队参加受阅，不仅大大提高了受阅部队的军事素质，在军姿、军容和技术动作上也有明显的提高，克服了过去动作不一致，忽视日常军事生活修养等缺点，提高了干部训练部队的能力，等于开办了一次军事训练班，为部队正规化培养了骨干，奠定了基础。

护送毛主席访苏、回国

　　一九四九年十二月六日，毛主席率中共中央和中华人民共和国政府代表团由北京乘火车访问苏联。为确保毛主席的安全，我们在北京至杨村、天津段沿途铁路线上，布置了严密的警戒哨。我和中央公安部杨奇清副部长亲自乘压道车护送毛主席到天津。

　　一九五○年三月四日晚，毛主席访苏回国，我又和公安部杨奇清副部长提前赶到天津，从天津接护毛主席安全回到北京。我们在执行毛主席访苏出国、回国时的护路警卫任务中，对所有参加护路任务的人员，进行了深入细致的思想动员和关于铁路护路警戒方案的业务技术教育。并对铁路沿线的兵力布置和任务的分工进行了周密的研究和安排。在任务的分工上，实行了"包干制"，从师、团、营、连到班、排至每个人，都明确地划分了警戒线区域。各级领导干部分别深入到具体岗位，进行督导检查。在干部力量配备上，除各级主要领导干部外，其余人员及所有参加执勤的机关干部，一律深入到班，做到每个班有一至两名排以上干部。

　　在警戒布置上，我们采取了重点地段设立固定哨，分散地段设游动哨的办法。每个哨位，都是根据周围的地形和社会情况确定的，以使每个岗哨都起着应有的作用。

为顺利进行护路工作，我们还与地方公安部门取得了密切联系与配合，并组织了临时管理委员会，对铁路上的桥梁、道岔、道钉、枕木等作了反复的检查，搜索路基及其两侧的危险物品。有的哨兵连续执勤十二小时，不叫苦，不喊累，不抱怨，不松懈，一心一意，确保完成好任务。

在护路期间，由于广大干部战士和地方公安部门的严密警戒，工作细致认真，使毛主席的专车在往返途中未发生任何问题，圆满完成了护路任务。

疏浚中南海

一九四九年十二月，我们完成了护路任务后，中央军委和毛主席颁发了"关于一九五〇年军队参加生产建设工作"的指示。公安中央纵队积极拥护中央军委和毛主席的指示精神，在做好警卫工作的同时，即派出部队参加生产建设。

中南海是闻名全国的名胜古迹，又是党中央和中央人民政府所在地，历经满清王朝、北洋军阀和国民党的反动统治，五十余年未曾疏浚，淤泥腐臭，有碍环境卫生和观瞻。为了中央领导同志的身体健康，我们公安中央纵队接受疏浚中南海这一任务后，各级都召开了动员大会，使干部战士明确认识到，疏浚中南海不仅直接关系着中央领导同志的身体健康和北京市的环境卫生，也将会扩大我军的政治影响，具有重大的现实意义和深远的历史意义。

通过深入的思想动员，干部战士的认识提高了，荣誉心和责任感增强了。一致认为，上级把疏浚中南海的任务交给公安中央纵队，是对我们最大的信任。大家决心要以最快的速度，最高的质量，完成好这项光荣而重大的任务。

疏浚部队到中南海施工，既无现成的部队营房，也没有可供住人的闲房。中南海外面是密集的居民区，里面是中央首长所在地和办公机关。

施工部队为了不给首都人民添麻烦，也不影响中央首长休息和办公，部队挤住在仓库、棚子、过道、走廊和地下室里，还有的住在破庙里。面对如此居住条件，干部战士毫无怨言。

中南海分为中海、南海、北海三个部分。当时的分工是：公安中央纵队一师挖中海，二师挖南海，北京公安总队挖北海。

一九五〇年四月上旬，我们调整了警卫部署，在保证完成任务的前提下，组成了一万多人的浚海队伍。从纵队到师、团都成立了浚海工程指挥部，指挥挖海工程。

四月六日，纵队首先令一师二团四连进行试挖，并组织参加施工的连以上干部到现场参观，以便总结经验，指导部队顺利施工。

　　四月八日，浚海工程动工后，首先将湖水抽干，湖底淤泥平均深一米左右。清除全部淤泥，是我们的主要任务。全部工程直接用人力，基本劳动工具是：担子、筐子、铁锹。用铁锹从海底挖出淤泥，然后用筐子挑运到二三百米以外的围墙外面，工程是相当艰巨的。但是，干部战士以高度的忘我劳动热情，饱满的精神状态，冲天的革命干劲，不怕艰难困苦，始终坚持了每日八小时的劳动。按全部工程计算，每人每天挖土达一立方米以上，挑土行走路程五六十华里。

　　在浚海过程中，我们通过各种会议、现场鼓动和各种文艺活动，对部队进行爱国主义的劳动教育。还在工地上专门办起了《疏海快报》，不断总结和交流劳动经验，鼓舞了大家的劳动积极性和创造精神。

　　最使指战员们高兴和鼓舞的是中央首长对施工部队的关怀。疏海开始不久，敬爱的周恩来总理虽日理万机，仍时刻关怀着疏海的部队。他曾多次来到疏海工地，接见公安中央纵队的领导和各级干部，询问施工情况，嘱咐大家一定要吃好睡好，不要把身体累坏。中南海有时演文艺节目，周总理指示有关部门，给疏海施工的部队发一些入场券，让施工部队轮流派代表进去观看，干部战士很受感动。

　　一九五〇年四月十三日，是疏海干部战士终身难忘的日子，伟大领袖毛主席亲赴中南海工地看望挖海部队，和战士李宪本、谭法钦、吕同庆等部分同志亲切交谈，问寒问暖，十分关心部队的劳动条件和生活情况。毛主席的亲切关怀，极大地鼓舞了部队的劳动热情。消息传开后，疏浚中南海的全体干部战士一致表示：克服一切困难，提前完成挖海任务，以保证毛主席等中央领导同志的身体健康。在排水时，污泥没膝，水凉刺骨，指战员们挖沟排水，腿被泥水冻麻，手被铁锹磨破，肩被扁担压肿，丝毫没有影响劳动情绪。全纵队参加挖海工程的同志平均每人出土超过原计划的五倍，最高记录超过原计划的二十七倍。

疏海中，我们还挖出许多贵重物品，如金银、玉器、铜器、陶器、手表、玩物、武器、弹药等等，指战员们秋毫无犯，如数上交，办了一个小型展览，受到了中央办公厅领导同志的表扬。由于全纵队的干部战士齐心协力，忘我劳动，挖海工程进度很快，比原计划缩短了一半时间，完成了浚海任务。

公安中央纵队除了疏浚中南海以外，我们二师的直属工兵营还执行了十分重要的、直接关系到中央领导同志安全的住宅修建工程。主要修建新六所中央领导同志住宅大楼六幢，修建中南海内中央领导同志办公大楼一幢，安装玉泉山中央领导同志住地电网及修建中央军委通信部电讯工作人员大楼两幢。

朱总司令对修建这些工程非常重视，对执行修建任务的工兵营的干部战士十分关怀，几乎每周都要到工地进行视察慰问，并曾亲切地与战士一起交谈、进餐。朱总司令的关怀，对部队起了很大的鼓舞作用，成了动员部队的巨大力量。工兵营的干部战士在坚持每天十个小时的繁重劳动下，毫无怨言，提前保质保量完成了修建工程，受到了中央领导同志的表扬。

朱总司令邀我进中南海

我们在完成疏浚中南海和修建新六所等工程后，一天上午，朱总司令邀我和邹衍同志到中南海去一趟，说有事情同我们商量。我和邹衍同志迅速赶到中南海朱总司令的办公室。

朱总司令见到我们进屋来，起身离开座位，面带笑容上前和我们握手，请我们坐下，给我和邹衍同志各倒了一杯水。朱总司令的热情接待，使我们很受感动。我们连声说："谢谢总司令，谢谢总司令。"

接着，朱总司令和蔼地对我们说："今天把你们二位请来，主要是和你们商量一下如何搞好部队的生产问题。由于国内外反动派发动的长期反革命战争，给我国人民带来了严重的灾难，为了医治战争创伤，恢复国民经济，减轻人民负担，我们部队必须担负一部分生产任务，支援国家建设，和全国人民一道，共同克服国家的困难。"

朱总司令面带微笑地对我说："在延安时期你是中央警备团团长兼政委，中央警备团的警卫工作和生产都是搞得很出色的嘛！那时，经过你们全团干部战士的艰苦奋斗，凭着一双勤劳的手，对党和人民赤诚的心，克服了物质生活的极度困难，打破了国民党反动派对我们的经济封锁，取得了抗日战争的胜利。今天，虽然我们取得了中国革命的胜利，但国家经济还十分困难，只要我们发扬延安精神，也一定能度过难关。在这方面希望你们中央纵队也带一个好头，发扬延安那种大无畏的革命精神，把警卫工作搞好，把生产搞好。你们在中央身边，把生产搞好了对全军影响很大。这样，既可以改善部队生活，也减轻了人民群众负担，又能支援国家建设。"

朱总司令问我和邹衍有什么困难，我们向朱总司令表示决心说："请总司令放心，在完成好警卫任务的同时，一定把生产搞好，有困难我们能克服。"

那天，朱总司令显得特别高兴，还特意让炊事员做了几个菜，请我和邹衍同志吃了午饭。

就如何搞好生产问题，我们遵照朱总司令的指示，专门开会进行了研究，并召开了搞好生产动员大会，传达了朱总司令的指示，全纵队干部战士深受教育，很受启发，积极响应。为了把生产任务落到实处，全纵队各级都成立了生产委员会。从此，一个轰轰烈烈的生产热潮，在我们公安中央纵队很快开展起来。

　　在企业生产方面，我们在门头沟开了一个煤矿，还在近郊区县和市区办了木材厂、砖窑厂、电磨厂、石灰厂、植物油厂、油房、供销社等。

　　在农业生产方面，为了改善部队生活，我们全纵队各伙食单位都种有菜地，做到了蔬菜自给有余。

　　此外，各单位都有养猪场，开办了小作坊。这些小规模的生产，不仅改善了部队生活，也有力地支援了国家建设。

第　九　章

在公安部队的日子里

组建公安部队

一九四九年十月一日，中华人民共和国宣告成立后，随着各级人民政权的相继建立，原有的警卫力量难以担负起保卫首都北京的卫戍警卫和维护全国的社会治安任务。为此，中央军委根据中国人民政治协商会议第一届全体会议通过的《中国人民政治协商会议共同纲领》中提出的，中华人民共和国要建立统一的军队，即人民解放军和人民公安部队的规定，于一九五〇年九月二十二日作出决定：以中国人民公安中央纵队、地方公安武装和部分野战部队为基础，组建成立中央军委公安部队，任命罗瑞卿为司令员兼政委，程世才为副司令员，李天焕为副政委，我为参谋长、熊伯涛为副参谋长，欧阳毅为政治部主任、李逸民为副主任，查国桢为后勤部部长。

一九五〇年十月八日，罗瑞卿同志在天津市津中里五号楼，召集程世才、李天焕和我，还有熊伯涛、欧阳毅、李逸民、查国桢等同志，传达了中央军委的决定，确定组建公安部队领导机构有关事宜。

一九五〇年十二月十九日，中共中央和中央军委批准《中央公安部、军委公安司令部关于整编各级人民公安机关、各地人民警察、人民公安部队的决定》。决定规定：省、市、专、县各级公安武装及消防机构，统一整编为人民解放军公安部队，编为若干个师、团、及总队、支队、大队、中队。地方公安武装减少十万人。经济及财务部门的武装警察（盐警、税警、厂警、矿警等约有十万人），其军事、政工由公安部队管理，各级公安部队同时接受同级军区的指挥。全国公安武装部队，由六十四万二千一百六十二人（正规公安部队十八万八千八百一十六人，边防部队三万零六百零三人，地方公安武装三十二万二千七百四十三人，看押劳改犯的武装人员十万人），精简整编为五十三万四千五百三十三人。

公安部队整编后的建制单位为：军委公安部队司令部，西北公安部队司令部，西南公安部队司令部，中南公安部队司令部，华东公安部队司令部，东北公安部队司令部，一个铁道公安部队司令部（下辖三个师，后增至四个师），十七个师，四十四个独立团，九个市公安总队，三十六个省（行署）公安总队部，三十四个省、市公安大队，一百九十二个专区公安大队，一百九十四个专区公安队，一百三十二个市公安队，二千零五十八个县公安队，六个矿区公安队，十一个海防巡逻队，六十个边防（机场）检查站。

公安部队整编后，部队担负任务的兵力分布为：十一个师另二十个团担负内卫任务；五个师另二十一个团担负边防任务；一个师另三个团在朝鲜战场执行任务。

一九五一年十二月，中央公安部和军委公安部队司令部决定原边防机关、部队与公安部队合编。原边防保卫局局长邓少东任公安部队副司令员。

公安部队的思想建设

对于公安部队的建设，中央领导同志曾作过许多重要指示。毛主席指示："公安部队数量不要大，但政治质量要精。"周恩来总理指示："国家安危你们担负了一半的责任，军队是备而不用，你们是天天要用的。"刘少奇同志指示："公安部队在组织上、成份上应该是很好的，非常纯洁的。"朱德总司令指示："为了更好地完成捍卫边疆，巩固内防的任务，要把公安部队建设成为一支具有高度的政治觉悟，严格的纪律，纯洁的组织，优良的军事素养与熟练的业务水平，现代化装备的，充满爱国主义与国际主义精神的钢铁般的部队。"

根据中央领导的指示精神，公安部队党委在一九五〇年的政工会议上提出：公安部队要建设成为一支具有高度政治觉悟，严密纯洁的组织，熟练的战术技术及业务技能的部队。

为了把公安部队建设成为让党中央、中央军委和人民放心的队伍，做到部队内部纯洁、可靠，公安部队的各级领导和党的各级组织及业务部门，严把了政治质量关。凡是调到公安部队的干部战士，都是经过严格的政治审查，精心挑选的，其中百分之六十是共产党员，部分是共青团员，有的经过长征艰苦斗争的考验；有的在国民党统治区与敌人作过斗争；有的作过战；有的担负过警卫任务，具有一定的警卫工作经验，部队的政治质量是较高的，足以担负起公安部队所担负的任务。

但是，由于部队扩编后，部队成员来自不同的单位，思想水平不一，有的认为公安部队不如野战军，思想不够稳定。

此外，有的党组织由于长期处于紧张的战斗环境中，对党员缺乏系统的党的教育，加之全国解放后，部分部队生活在相对的安定环境中，某些党员特别是干部党员，程度不同地滋长了和平麻痹、斗志涣散、贪图享受等不良倾向。这些问题如不及时解决，势必会影响警卫任务的完成。

对此，公安部队党的各级组织在部队中大力进行了热爱党、热爱人民、热爱公安警卫工作，严守党的纪律，保守党的秘密，忠诚勇敢，不怕流血牺牲，献身于党的公安警卫事业的思想教育。

在对干部战士进行思想教育中，各级领导主要向大家讲清：保卫好党中央、毛主席等中央领导同志和各级领导机关的安全，维护好社会治安，直接关系着我党、我军的前途和命运，关系着能否巩固革命政权，建设社会主义新中国繁荣昌盛的伟大事业。

针对党员存在的问题，在党内普遍深入地进行了共产主义和怎样做一个合格的共产党员的教育，并整顿了党的各级组织。从而有效地解决了部队中存在的各种非无产阶级思想和不良倾向，澄清了模糊认识，稳定了部队情绪，增强了党员的党性观念。

与此同时，对部队深入进行爱国主义教育，始终把爱国主义教育作为部队的一门主课，一项重要内容，常抓不懈。新战士入伍后，从第一课开始，就对他们进行系统的爱国主义教育。通过"伟大祖国"的教育，使干部战士了解我国辽阔的疆土，富饶的资源，悠久的历史，灿烂的文化；了解中华民族是以勤劳勇敢著称于世的民族；是富有光荣斗争传统的英雄民族；了解中国是世界文明最早的国家之一，指南针、造纸、印刷术和火药的发明，对世界文化发展的重大贡献，从而树立起民族自尊心、民族自信心和民族自豪感。通过中国近代史和中国革命史常识的教育，使干部战士了解近百年来帝国主义发动鸦片战争、中法战争、甲午战争、八国联军侵华战争等侵华罪行；了解中华儿女在抗击外来侵略中不屈服于内外压力的顽强精神和英雄事迹；了解革命先烈和革命前辈为争取中华民族的独立、自由和民主，经过北伐战争、十年内战、八年抗日战争和三年解放战争，英勇奋战，前赴后继，终于建立了独立自主的新中国的丰功伟绩，从而树立起祖国利益高于一切的思想和为祖国为人民勇于献身的精神。通过热爱本职工作的教育，使干部战士了解公安部队的性质、任务和在巩固无产阶级专政中的地位和作用；了解保卫祖国，就必须同国内外阶级敌人的复辟阴谋和各种破坏活动作坚决的斗争；了解自己所担负的内卫、边防任务，关系到祖国的安危和社会的安定，从而提高了干部战士的思想认识、政治觉悟和对公安警卫工作的荣誉感、责任心，使热爱党，热爱人民，保卫好党中央、毛主席和中央领导同志的安全，维护好社会治安，成为每个指战员的自觉行动，保证了对敌斗争的顺利进行。

公安部队的军事建设

　　公安部队是执行国家公安保卫任务的武装力量，警卫的目标是党和国家的要害部门，守护的目标是尖端厂矿，是国家政治经济的命脉，是同国内外公开和隐蔽的敌人进行战斗。公安部队的上述特点告诉我们，要完成好党中央、中央军委所赋予公安部队的各项任务，就必须把部队建设成为一支技术精，作风硬，熟悉公安部队业务，具有良好军事素质的精干队伍。

为此，公安部队领导机关根据中央军委总的训练方针和公安部队高度分散的特点，召开了军教会议，认真讨论制定了训练计划，采取分散与集训相结合的办法，在公安部队中广泛开展了适合公安部队任务的大练兵活动。

在军事训练中，我们鉴于部队执勤任务重，兵力不足，在绝对保证完成各项任务的前提下，组织部队训练，使训练与执勤紧密结合起来。并根据部队特点，实行三三轮训制和执勤半日训练制的方法，以师为单位组织训练，全年分三期轮训完毕。除了狠抓部队的射击、投弹、刺杀三大军事技术外，还着重抓了警卫勤务的训练。训练中，我们从基础课目抓起，干部以身作则，言传身教，采取从易到难，从简到繁，循序渐进，官教兵、兵教兵、官兵互教，组织典型示范，课堂教与野外实际演练相结合的办法，使干部战士比较系统地了解和掌握内卫、边防、警卫勤务的业务范围，进一步领会了内卫、边防和警卫的任务以及在各项任务中应遵循的有关政策，学会了各种科目的组织与实施方法，提高了大家组织勤务的能力和教练能力。

加强公安部队业务建设的关键，在于提高干部的业务水平。对此，我们公安部队司令部先后举办了内卫、边防业务集训。训练了全国公安部队师、团、营级干部。同时，在上海还开办了海上巡逻干部集训队，进行了军事、政治和业务训练。

此外，我们还集训了直属部队后勤干部五百二十余名，实施了在职后勤干部业务训练及后勤技术训练，学习了师、团防御战斗中的物资保障业务，进一步提高了现代战争中后勤工作的科学性。

同时，我们公安部队司令部还和各大军区公安部队司令部一起，根据军委和公安部队党委的决定，为提高各级干部的军政素质和业务水平，在一九五一年前后，公安部队领导机关、华东、中南军区公安部队司令部先后筹备开办了军政干部学校，训练了营、连、排级干部十四万三千余人，青年学生一千四百余名，进一步提高了干部的管理能力和警卫业务水平。

为了提高班长的指挥能力，我们通过单个和班的攻防战斗训练，使班长更加明确了班长在攻防战斗中的职责及对主要情况处置的方法与原则。根据敌情和地形条件，适时动作和适时射击的方法。

通过业务集训，使干部战士进一步了解了公安部队的任务、性质和特点，明确了公安部队对敌斗争的方针和政策，懂得了内卫、边防的基本业务和各种勤务的组织实施方法，以及在分散情况下如何组织实施部队的训练，提高了业务、政策和技术水平。

为了提高部队的值勤效率，我们公安部队司令部在深入调查研究的基础上，根据部队执勤特点，在内卫、边防部队中进行了改进部队执勤方法的试点工作。总结出了在三种不同情况地域，组织和执行勤务的方法：

一种是在山多林密、交通不便或沟渠交织、村庄稠密、渔民聚集的地区，采取武装工作组和观察、巡逻等警卫方式，组织民兵协助执勤。

另一种是在警卫地段长、空隙较大、交接班走路时间较长的地区，采取武装警卫和武装工作组并重的派遣方法。

再一种是在警卫地段较短、情况复杂、对敌斗争尖锐的地区，采取武装警卫为主，组织民兵群众，进行多层的有纵深的勤务组织。

同时，我召集公安部队司令部的有关人员，负责组织编写了公安部队《警卫机关首长》、《守卫厂库》、《守卫铁道桥梁隧道》、《清剿土匪》、《看守罪犯》、《围歼空降特务》等六种业务教材和内卫、守护、守卫、看押四大勤务条例，使部队做到了有章可循，有法可依，对部队建设起到了重大作用。

担负内卫任务

公安部队成立后，遵照中央军委一九五〇年十二月十五日的命令，公安部队开始接替全国内卫任务。

在卫戍、警卫、警备方面。内卫部队警卫的范围是：党中央、中央军委、中央机关和中央所属的主要部、委、办；各省、中央直辖市的主要党政军领导；中央各主要部和各省、中央直辖市委人民委员会的主要办公机关；各国主要使馆和重要外宾；全国性的重要会议及首都北京、省、市的盛大集会；城市警备、治安纠察巡逻及其它的临时任务。

在守护方面。主要守护机密的国防设施及飞机、坦克、火炮、军舰、鱼雷、雷达制造厂；规模巨大的炮弹装药厂；引信、火工、化工制造厂；规模巨大的修配厂；存放上述产品的仓库；守护规模巨大的有色金属联合工厂和个别重要的化学工厂；国家极重要的战备物资储备仓库；十万千瓦以上及个别五万千瓦的火力、水力发电厂；重要的石油厂、库。

同时，守护全国及国防通信的大型收发信台；中央直属大型广播电台；民航局单独使用的二等以上的机场；守护国防线主要干线上的重要桥梁、隧道；国防线内地干线上的重要桥梁、隧道和支线较重要的桥和隧道。

守护上述目标的具体部署是：两个师警卫党中央、中央人民政府和首都北京；十个师担任天津、南京、上海、广州、武汉、重庆、旅大、沈阳等城市的警备任务；三个师守护关内八千六百五十多公里铁道线上五十米以上桥梁三百多座，隧道四十余个，重要仓库、车站等三百多处；一个师担任上海地区的一段海防线。

在看押罪犯方面。内卫部队还担负了繁重的看押省（市）以上监狱和劳改犯等项任务。

当时，由于新中国刚刚成立，社会秩序还不够稳定，暗藏的特务、散匪、反革命分子及地痞流氓对我进行反革命破坏活动，严重扰乱社会治安。为了保障人民生命财产的安全，仅公安部队在执勤中，捕获纵火、抢劫及其它犯罪分子三万多人，并负责看押。中南公安部队看押各类罪犯四十余万人，西南公安部队看押罪犯三十余万。一九五三年看押罪犯多达一百三十七万人。

在当时，罪犯数目虽然惊人，而监狱和劳改场的设施却十分简陋，生产场地也非常分散，给看押罪犯的工作带来了一定的困难。

在这种情况下，为了完成看押任务，公安部队各级领导深入部队，对执行看押任务的干部战士进行教育，讲清看押罪犯任务的重要性和罪犯一旦逃跑的危害性及可能带来的严重后果，使广大干部战士进一步认识到，执行看押罪犯任务，是党和人民及各级领导对自己的极大信任，身上的担子既光荣又艰巨。

在看押罪犯的过程中，由于干部战士高度警惕，吃苦耐劳，兢兢业业，一丝不苟，防止了犯人的暴乱、逃跑、自杀及其它破坏活动，较好地完成了看押罪犯的任务。

据不完全统计，公安部队负责警卫中央和各级党政机关、各国使馆、外宾等三百五十余处；守卫一千六百多个重要的工厂、仓库、广播电台、机场、兵站基地和其它机密设施；守护全国铁路线上的重要桥梁、隧道九百余座，还有其它一些目标，没有发生任何事故，圆满完成了警卫任务。

剿匪平叛

中国共产党带领中国人民，经过浴血奋战和艰苦卓绝斗争，打败了美帝国主义侵略者和国民党反动派，取得了人民解放战争的伟大胜利，建立了人民当家作主的新中国。但是，由于中华人民共和国刚刚诞生，新解放区尚未进行民主改革，封建势力还未来得及肃清。国民党军队溃逃台湾前夕，潜伏下了大批间谍、特务、游勇散兵、土匪等反动组织和地下反动武装。

根据公安部队司令部一九五〇年十一月份的初步统计，全国约有大股土匪两千余股，残匪约二十万人。在美帝国主义和蒋匪帮的指使下，隐藏潜伏在城市中的间谍、特务，乘我接管城市的时机，勾结土匪、流氓，组织游勇散兵，疯狂进行爆炸、抢劫、凶杀等反革命破坏活动。潜伏在农村的敌特匪徒，勾结反动势力，欺骗、威胁落后群众，煽动武装暴乱。

平息匪患，巩固刚刚建立起来的各级政权，保证人民生命财产安全和民主改革的顺利进行，稳定社会秩序，是公安部队当时的一项重要任务。

为了完成上述任务，公安部队的干部战士对公开的和隐蔽的敌人展开了针锋相对的斗争。

一九五〇年七月上旬，驻防川西北的国民党七十二军军长傅秉勋的部队在靖化被我军打败后，所剩残兵败将溃逃四川黑水地区，改装隐蔽，进入"地下"活动，勾结该地区反动头人苏永和，秘密组织了四千多人的反动武装，煽动群众图谋暴乱。

我公安部队得知这一情况后，即向中央军委作了报告。中央和军委指示："黑水问题解决得好，与整个川西北，甚至川康、青、甘边问题的解决，均有重要意义。"

同时，中央和军委命令："务将匪在预定的地区内歼灭，不使逃脱。如匪远逃，应穷追，务求不使匪有喘息之机，而全歼之。否则，傅匪逃窜，将不易收拾，将功亏一篑。"

此次对傅匪进行围剿，不单纯是剿匪，主要是解决民族问题。打击的主要是傅匪，对少数民族参与暴乱的人员，认真贯彻执行争取、团结的政策，是这次剿匪的基本原则。

参加此次剿匪任务的西南公安部队三个团另一个营，有川南、川北、川西、西康、贵州和西南军区直属部队，共七个步兵团、两个炮兵营，两万一千余人，另有少数空军部队配合，围剿黑水地区傅匪。

七月中旬，我剿匪部队先后到达指定位置。参加这次剿匪任务的我公安部队十六团和二十团担任东线的主攻任务。公安十八团的第三营和二十四团位于西线和北线，担任堵击和维护交通运输任务。

黑水剿匪战役一切准备就绪后，我公安部队于七月十日对傅匪展开了全面围剿。

当时，根据黑水地区傅匪的兵力部署和地形，七月二十三日，我公安部队东、西两翼主攻部队和北侧助攻部队，从三个方向，以猛烈的炮火，勇猛的动作，向敌木疏和麻窝的指挥中心发起猛攻。

七月二十四日，我东、西两路主攻部队一举打垮了傅匪的指挥机构，挫败了敌人的锐气。俘歼敌主力五百余人，傅秉勋、苏永和带领残敌狼狈逃窜。

敌指挥中心被我攻占后，傅匪与反动头目苏永和失去了联络，我公安部队即向残匪展开了政治攻势，分化瓦解敌人。

为了全歼残敌，我公安部队二十团的全体指战员，不顾疲劳，连续作战，和西线部队共七个营的兵力，将残匪团团围住，将其歼灭。

八月四日，匪首傅秉勋带残兵败将三十余人，窜到寡骨以南贡山区，被我公安部队二十四团发现，除傅秉勋一人化名漏网逃跑外，其余的被我全部俘歼。

黑水剿匪战役，我军共歼匪三千六百三十五人，其中公安部队消灭匪徒二千四百七十多名，部队在技术、战术、执行民族政策等方面得到了全面锻炼和提高。

在这次剿匪战斗中，公安部队指战员充分表现了大无畏的革命精神，公安十六团三连六班和二百多名敌人战斗了一天，在弹尽粮绝的情况下，用刺刀、石头与敌拼杀，消灭了大量敌人。全班同志为了新中国的安定，稳定川西北局面，最后全部壮烈牺牲，献出了宝贵的生命。

一九五〇年下半年，热河省公安部队消灭土匪七十多股，毙俘匪一千三百多人。同时，破获了敌人所谓的"国防部地下工作队"、"晋、冀、热、察挺进纵队"等反动武装组织，捕捉敌特分子三百多名，从而稳定了该地区的社会治安，保证了人民生命财产的安全。

一九五〇年八、九月间，川西北的懋功、靖化地区先后被我军解放。潜伏在该地区的国民党军统特务头子周迅予等反动分子，煽动当地群众，操纵当地土司，于一九五一年初，发动了"靖懋"暴乱。

为迅速平息暴乱，一九五一年三月中旬，川西行署公安部队抽调五三三团，川西军区抽调野战军第五四三团，到该地区进行平叛剿匪。经半月连续战斗，歼匪一千余名。战至六月中旬，"靖懋暴乱"基本平息，共歼匪三千余人，狠狠打击了匪徒的嚣张气焰，使这一地区的形势很快稳定下来。

一九五三年春天，根据中央军委的指示，我军在川、甘、青边地带组织了规模较大的清剿土匪头子马良股匪的草地战役。

草地纵横千余里，匪特活动猖獗，到处可见，能打易窜，将其歼灭，困难甚多。

按照中央军委部署，甘肃、青海两省的公安部队和西北军区参加战斗的三个步兵团、五个骑兵团，其中有一个公安团，担任围堵截击土匪任务。西南军区抽调十一个步兵营和两个骑兵团，其中公安部队一个团另一个营，负责歼灭散匪任务。

三月二十八日，围歼马良匪部战役全面打响。

二十九日，西北公安部队在唐柯地区消灭马匪主力三百多人。

马匪见势不妙，狼狈向阿坝方向逃窜。

阿坝是川西北少数民族地区居住人数最多、实力最强的最大部落，其举止对整个草地起着举足轻重的作用。

为了争取阿坝部落大头人大士官华尔功臣烈帮我剿匪，我军采取了既团结又斗争的原则，对其进行耐心说服教育，并在一定场合揭露其通匪、窝匪、纵匪将会带来的严重后果，促其内心自我展开斗争。

在我军的努力下，经多方做大士官华尔功臣烈的工作，终于使其断绝了与马匪的关系。

于是，我军抓住这一有利时机，于五月中旬，集中兵力，围剿马匪。

在剿匪作战中，我公安部队采取了秘密侦察与搜捕缉拿相结合，军事打击与政治瓦解相结合，公开斗争与隐蔽斗争相结合的方针。实行牵线掏窝，在匪特经常出没地方设伏侦察，诱匪钻网。对溃逃隐蔽在深山老林中的散匪，跟踪行迹，抓住时机，予以歼灭。

此外，全国各地的公安部队还组织了相当数量的精干剿匪小组，对隐蔽分散，时隐时现的散匪进行了侦剿。据不完全统计，我公安部队在配合国防军剿灭了大股土匪之后，侦剿散匪近三万名；平息较大规模的反革命暴乱和少数民族地区武装叛乱三百四十余起，捕歼反革命分子和武装叛乱分子近十万人，为维护社会治安，保证人民生命财产安全，做出了重大贡献。

保卫祖国疆界

我国的疆界防御有着悠久的历史。远在两千多年以前，为防御外来侵略，捕捉偷越国境的奸细，就曾建立过边防守卫制度。

近百年来，特别是清王朝时期，由于清王朝的腐败，一味卖国求荣，丧权辱国，加之军阀混战，国民党反动政府的腐败无能，解放前的中国基本上是"有边无防"，有些地区是"无边无防"。

我国国境线全长约三万四千五百余公里，另有四千二百多个大小岛屿分布在沿海地带。

我国的国境线，一部分与蒙古、前苏联、越南、朝鲜接壤，一部分与印度、巴基斯坦、尼泊尔、锡金接壤。菲律宾、泰国、韩国、日本等国，虽不与我们直接毗邻，却陆地相间或隔海与我国相望。

此外，香港、澳门仍被英国、葡萄牙所占据。

新中国成立后，帝国主义特别是美帝国主义和盘踞在台湾及沿海岛屿的国民党，侵占我国领土的野心并未改变，不断派遣飞机、军舰侵袭我国海域和领空，唆使国民党残余匪特，对我国边境地区进行武装骚扰。同时，派遣相当数量的间谍和特务混入我国内地，进行破坏活动。

再就是我国边境有不少地区偏僻、人烟稀少、地理条件复杂、交通不便，渔民出海捕鱼有和敌人接触的机会，易被间谍、特务诱惑或利用，走私现象相当严重。

上述情况表明，我国边防的情况是十分复杂的，对敌斗争是非常尖锐的。

因此，党中央和中央军委对边防工作极为重视，为了保卫国家边界不受侵犯，与侵略中国领土的敌人作斗争；扣捕非法越境分子；与特务、间谍作斗争；与走私及其它非法越境分子作斗争；检查出入国境人员、交通运输工具及行李物品；保护边境地带和领海内的国家财富；维护边境地带治安；配合人民解放军巩固边疆；打击潜入或潜出的敌特；截断敌人的内外联系；粉碎敌特袭扰，保卫边疆安全。

遵照党中央和中央军委的指示，公安部队于一九四九年十一月十五日组建成立了边防局和边防部队。

一九五〇年三月至五月，军委公安部队司令部和边防局带领机关业务部门的同志，组成工作组，分赴云南、广东、广西三省，考察边防情况，并于六月协助等建成立了云南省边防局，组成了三个边防公安团。八月，广东省边防局成立，建立了五个公安边防分局，二十个边防派出所和三个边防检查站。十月，广西省（今广西壮族自治区）边防局成立，先后组建了两个公安边防分局，四个边防派出所和三个公安边防大队。

同年七、八月间，浙江省海防处，山东省海防处和海防大队，苏南和苏北的海防局相继成立。十月，东北公安部队边防科，吉林、旅大、辽东、辽西先后组建成立了边防保卫处。

在图门江至鸭绿江的沿江地带，分别成立了十三个公安边防分局和十一个公安边防检查站。其它各边疆省也相继组建成立了边防组织和边防机构及守边公安部队。

公安边防部队成立后，即担负了我国两万余公里沿海和陆地边境线的守卫任务。

边防部队的指战员，从千里冰封的北部边疆到烈日炎炎的南部海岸，从大漠戈壁的内蒙草原到人迹罕至的西南丛林，从冰峰林立的喀喇昆仑到星罗棋布的东南海岛，冒着酷暑严寒，迎着风沙巨浪，以英勇顽强的拼搏精神，坚韧不拨的革命毅力，战胜一切艰难险阻，日夜守卫着祖国的边防。他们以自己的血肉之躯，倾注着对共和国的无限忠诚，筑起了守边卫国的屏障。

一九五二年七月间，我广东公安部队十师第二十九团，对葡萄牙帝国主义对我澳门关闸口地区的武装挑衅给予了沉重打击。

这年七月中旬，葡军曾四次向我公安边防部队开枪射击，三次有意越界，五次放警犬过界，对我进行挑衅。

七月二十五日，葡军十人先后侵入中立区和越过我边境线。对于葡军的挑衅行为，我公安边防部队曾多次提出严正警告，葡军不仅不听警告，三名越境葡军反而用刺刀刺伤我值勤巡逻人员。我方为了自卫，即予以还击。此时，关闸口之葡军即以冲锋枪向我军扫射。

二十六日，葡军又以种种借口向我大举进犯。当夜澳门与英、法、台湾重要官员召开紧急会议，香港英方乘机劫去我留港航空公司财产。

同时，正在台湾演习后经香港去朝鲜的美国军舰也撤回香港，情况异常复杂紧张。

显然，关闸口事件并非单纯的军事冲突，而涉及到军事、政治、经济、外交等复杂的重大边境问题。对此事件的处理必须慎重。

为了保卫我国领土、主权不受侵犯，我边防公安部队二十九团一连接到上级指示后，对于葡军的武装挑衅给予坚决英勇的回击。飘扬在海关上空的中国国旗拉绳被打断，战士苏光照冒着激烈的炮火，爬上旗杆将拉绳接好，不幸被炮弹击中，他高喊着"毛主席万岁"、"新中国万岁"的口号光荣牺牲，显示了边防战士视死如归的英雄气概和崇高的爱国主义精神。

葡军遭我打击后，被迫于七月三十日向我要求和谈。我方在"有理、有利、有节"的条件下，避免事态扩大，保持边境平静，同意和谈。并向葡方提出向我赔偿、道歉、撤哨三个条件。葡方即予以答复，赔偿我人民币（旧币）四亿三千三百七十三万三千三百元，签送了道歉书，撤了哨。

关闸口事件的处理，不仅打击了帝国主义的挑衅气焰，也是我国在外交和政治上的一次胜利。

一九五三年七月十六日，在美帝国主义的支持下，国民党残余匪帮拼凑组织了一万二千多人的反动武装，配有坦克二十一辆，十三艘舰艇，一个伞兵大队，由国民党十九军军长陆静澄指挥，从金门出发，分三路向我公安部队八〇团守备的东山岛进犯。

十六日四时，敌主力第一梯队在湖尾至铜钵一线登陆。敌第二梯队随后跟进。

同时，敌伞兵四百八十多人在我后方林张两侧小高地着陆。

五时，敌第一、第二两个大队在赤涂登陆。

敌主力登陆后，为了切断我东山岛与大陆的联系，夹击我军，首先组织了一个营的兵力向我东山城进攻。随后又以两个团的兵力，在坦克的掩护下，向我守备的南山、张塘方向进犯。

我前沿部队为了阻击敌人，保卫国家领土，首先与在湖尾登陆的数倍于我的敌军展开激战。由于敌众我寡，兵力悬殊太大，为避免过多伤亡，在湖尾毙伤一部敌人后，即撤至张塘。在张塘我军凭借有利地形，阻敌两小时，打退了敌人多次冲击，迫敌退回东沈一带。

十时，敌在炮兵掩护下，攻占了我西港阵地。接着攻打我四号、五号阵地。我军即转入五号坑道，与敌展开短兵相接的激烈战斗，连续打退了敌人三次冲锋，将敌击溃，敌落荒而逃。

赤涂登陆之敌，分别向我二〇〇和四二五高地进攻，在我军的英勇打击下，敌伤亡惨重，寸步未进。

十七日上午，我增援部队到达东山岛后，即向敌发起全面进攻，经两昼夜激战，共歼敌三千四百余人，击伤敌舰一艘，击沉敌登陆舰三艘，击落敌机两架，残敌狼狈逃窜。

在东山岛战斗中，我公安部队八〇团俘敌二百多名，歼敌八百三十余人，有效地巩固了边疆，镇压了边境地区公开与隐蔽的反革命活动，打击和粉碎了帝国主义及国民党匪特的袭扰，受到了中央军委的通令嘉奖。

据不完全统计，我边防公安部队，在沿海和陆地边境线上，同侵犯、袭扰我边境的敌人进行了大小战斗一千六百余次，捕歼敌人三万六千五百余名，击落敌机四架，击伤、击沉和缴获敌船五十八艘；通过边境巡逻、侦察及出入国境检查，捕获各种非法越境分子九万六千八百余名和外逃及其它案犯两万二千五百余名，侦破和查获电台七十五部；协助公安机关和外事部门，处理了大量边境事务，维护了边境地区的社会秩序，打击了帝国主义的各种挑衅行为，捍卫了祖国的神圣领土主权。

歼敌空降特务

国民党反动派趁我新中国刚刚成立，社会治安还不够安定之机，在美帝国主义的支持下，一方面从陆地对我边境进行袭扰，另一方面对我国内地进行空降特务的破坏活动。为了及时捕歼美蒋空降特务，我公安部队以七千余人的兵力，从长白山到十万大山的广大地区，建立了一百五十四个反敌空降部队哨所，以捕歼空降特务分子。

一九五一年九月间，国民党残余匪帮先后在我境内的长白山、福建、云南、浙江、广东、甘肃、湖南、山东、江西、四川、河南等省及海南岛，空投特务四十余次，约有二百多人。

国民党匪帮向我境内空降特务预谋已久，早有计划。在一九五一年初，美帝国主义就在台湾建立了专门训练空降特务的机构，企图准备陆续在我内地国民党残匪活动区域空降特务，进行破坏活动。

空投特务被指定的空降区域，大都和当地反动分子有着密切关系，都是极其反动的分子，他们化装成农民、商人和我政府工作人员或我军公安人员等，携带有伪造的证件、电台、报话机、手枪、匕首等凶器和爆炸物品，进行破坏活动。

敌人为了迷惑我军和人民群众，敌机在空投特务前，时常在预定空投地点较大的区域内空投毒物和传单作为掩护。

敌人空投特务的方式，多为单机降落或多组飞机连续空投，时间多在月夜。

敌机空投特务的规律，大都选在人烟稀少，交通不便，深山密林的偏僻地带或残匪活跃和我军力量薄弱的地区。

　　敌机空投的特务着陆后，即消迹隐蔽，搜集我情报，发展"地下反动组织"，建立"游击根据地"，进行暗杀、爆炸等破坏活动。打击围歼敌空投特务，在当时是我公安部队一项重要的任务。

　　为了粉碎敌空投特务对我进行破坏活动的阴谋，我公安部队遵照毛主席关于"对可能空降特务的山区，设武装便衣据点，专门对付敌空降特务，没事进行生产和学习，有事报信捉特务"的指示，军委公安部队司令部于一九五二年十二月十八日召开了由各大军区公安部队司令员参加的会议，认真细致地研究了反敌空降特务斗争的策略和战备问题及具体实施方案。明确规定了在反空降斗争中"依靠当地党委、军区的领导，广泛发动群众与重点建立据点相结合，发动群众为主"的方针。通过了"关于反空降斗争的决议"。经报党中央、中央军委批准，分别由各中央局、各军区贯彻执行。

　　全国公安部队根据反空降斗争方针和决议的精神，分别在西南的大巴山、西康甘孜；西北的祁连山、秦岭；华东的武夷山、天目山；中南的大别山、罗霄山；内蒙的大兴安岭、锡林郭勒盟的草原地带；东北的长白山区等地，建立了一百五十四个武装据点，使用兵力七千余人。

　　我公安部队在对敌反空降斗争中，采取与公安机关、森林警察、民兵、猎人、牧民、渔民等密切联防的形式，布置侦察耳目，形成较为严密的对空反降监视网。发现敌空降后，做到一处有敌，四面堵截，围剿捕歼。实行跟踪行迹，普遍搜山，严密封锁隘窄路口，内线搜捕与外线围堵截歼相结合的方法。同时，教育干部战士发扬吃苦耐劳，不畏敌，不怕难，机智、灵活、沉着、勇敢、迅速战斗的作风，做到空降特务随降随歼。

我公安部队在反空降特务斗争中，先后捕歼美蒋特务二百一十六名，缴获电台六十三部，长短枪三百多支，以及其它军用物资一部，彻底粉碎了国民党反动派企图从空中派遣特务对我进行破坏活动的阴谋。

赴朝参战

一九五○年六月二十五日朝鲜战争爆发，美帝国主义不顾我国政府的严正声明和警告，武装干涉朝鲜内政，扩大朝鲜战争，把战火烧到我国东北边境，对我安全造成严重威胁。

为了国家领土完整，保障人民生活安定，根据毛主席"抗美援朝、保家卫国"的指示，我公安部队同兄弟部队一道，按照党中央和中央军委的统一部署，于一九五○年十月十九日组成中国人民志愿军公安部队，跨过鸭绿江，同朝鲜人民军并肩作战，抗击美国侵略者。

当时，为了保证赴朝参战部队圆满完成上级赋予的各项任务，公安部队党委针对某些干部战士暴露出来的一些问题，如有的同志害怕战争，有的盲目乐观，存在麻痹思想等倾向，在部队中普遍深入地进行了以抗美援朝、保家卫国为主要内容的政治教育，扭转了部队中存在的一些问题，使干部战士树立了国际主义、爱国主义；仇视、蔑视、鄙视美帝国主义的思想，为完成赴朝参战任务，奠定了良好的思想基础。

一九五〇年十月份，我公安部队十八师之五十四团首批赴朝参战，配属中国人民志愿军后勤部，担负战地后方仓库、兵站的警戒、作战物资的押运、装卸等任务。

十一月中旬，根据朝鲜战场的变化情况，公安部队对参战部队又作了一些调整，将公安十八师之五十二、五十三两个团守备沈阳的任务移交给公安一师，五十二、五十三两个团改为配属东北空军司令部，担负抗美援朝战地空军基地沈阳、辽阳、吉林、四平等机场、仓库的警戒任务。公安一师将担负警卫北京的任务移交给公安二师和北京公安总队。

一九五一年二月，我中国人民志愿军和朝鲜人民军经过浴血奋战，把侵朝美军由鸭绿江边赶回了"三八"线以南。

随着对美军的攻击迅速向南推进，战果不断扩大，战线逐渐延长，兵站大量增多，补给线越来越长，战地后方秩序尚未恢复，加之美军飞机空中封锁，地面特务极力扰乱、破坏我后方秩序，阻击我后方供应。在这种情况下，担任战地后方的防空、警戒、肃特、押运、收容等勤务的部队也相应地予以加强。

一九五一年二月间，我公安部队十八师之五十、五十二两个团，奉命移交警卫机场、仓库的任务，先后入朝抗美作战。随后，我公安部队装甲团、高射机枪团、纠察团、抚顺公安总队一个营，亦先后赴朝参战。

一九五一年秋，经我志愿军和朝鲜人民军的英勇奋战，粉碎了美军局部进攻后，敌人为了挽回败局，投入了大量的航空兵对我实施"绞杀战"，妄想分割、切断我前后方的联络和交通运输补给线，窒息我作战力量。

为了粉碎敌人的图谋，保证我军运输线畅通，在敌人有制空权的情况下，我志愿军公安部队奉命组织了对空监视哨。公安部队的十八师三个团即担负了朝鲜战地西线和中线长达三千五百华里的对空监视任务，设置了八百二十四个防空监视哨。根据当时战场情况，防空哨以六人为一组，相距二至三公里，分散在漫长的公路线上，执行防空任务。

我执行防空任务的公安部队的全体指战员，在执行任务中，以高度的责任感，高度警惕着匪特的袭扰和破坏，奋勇抢救遭受敌机袭击的车辆、人员、物资等。高射机枪排排长高维宽，一次带领十二名战士携带三挺高射机枪，护送一列满载坦克、汽油和炮弹的列车开往前线，途中遭到三十多架敌机的轰炸。他沉着指挥，英勇战斗，以七发子弹打落敌机一架，其他战士击落敌机两架、击伤一架，保证了军用物资和枪支弹药等及时运往前线。

一九五二年十二月份，为了使公安部队得到朝鲜战争的实际锻炼，由公安部队一师师直和第一、第二两个团，公安二师的五团，公安十一师的三十二团，公安十五师的四十三团，组成赴朝公安部队，将在朝鲜参战的公安十八师、高射机枪团、纠察团替换回国，担负起以对空监视为主等项任务。

一九五三年二月十日，我公安部队第六十四团调赴朝鲜，担负了守护铁路的任务。

我赴朝参战的公安部队十八师之五十二、五十三、五十四团，公安一师师直及第一团、第二团，公安二师五团，公安十一师三十二团，公安十五师四十三团，高射机枪团，装甲团，纠察团，抚顺公安总队等赴朝参战部队，在朝鲜战场上，发扬了高度的爱国主义和国际主义精神，机智灵活，高度警惕，英勇作战，共击伤击落敌机一百五十四架，捕获敌特分子三百四十七名，排除定时炸弹五十余枚，冒着敌机扫射、轰炸，抢救伤员三千八百八十余名、汽车一千一百二十余辆及大量军用物资，修复桥梁一千五百七十余座、公路九千七百五十余米，为抗美援朝战争的胜利作出了重要贡献。

抢险救灾

一九五四年夏季，我国大部分地区连降大雨，个别地区洪水成灾，人民群众的生命财产受到严重威胁。在自然灾害面前，公安部队广大指战员牢记我军宗旨，发扬拥政爱民的光荣传统，积极投入抗洪抢险救灾工作，与洪水展开了英勇顽强的搏斗。

这年八月五日，湖北省由于连降暴雨，凶猛咆哮的洪水像脱缰的野马，一泻千里，直逼武汉市的防洪大堤，人民群众生命财产的安全受到了严重威胁。大堤一旦决口，后果将不堪设想。武汉市公安总队接到设在汉阳防汛指挥部下达的保堤防洪的命令后，即选调了六个连队，迅速投入了紧张的防汛护堤抢险斗争。

在防洪抢险斗争中，参加抢险的部队，发扬不怕疲劳、连续作战的优良传统，冒着生命危险，经过七个多小时的紧张奋战，抢救险情一百多处，堵塞漏洞八百余处，装卸石土二千六百多立方米，修筑堤防和防浪设施一百多公里，抢救大小船一百余只和大部分防汛器材，保证了武汉堤段安全。

为表彰干部战士在防洪抢险斗争中的模范事迹，经防汛指挥部和武汉公安总队批准，给二百二十六人记功，一百九十名同志通令嘉奖，四个连获二等红旗奖，九个班、排获三等红旗奖。

安徽省公安总队在与洪水搏斗期间，干部战士齐心协力，奋力抗洪，克服了种种艰难险阻，顽强拼搏，堵住了十二个险口，抢救了九千三百八十一人脱险，将八千二百斤粮食和大批灾民、物资转移到了安全地带。

在与洪水搏斗中，安徽省公安大队五队战士、共产党员许功仁同志，为了人民群众生命财产的安全，献出了自己宝贵的生命。安徽省委、省政府和驻合肥的部队及人民群众数千人，为许功仁同志举行了隆重的追悼大会。

铁道公安部队为了保证铁路线的安全，抽调了一万八千六百多人投入防洪斗争，和铁路员工并肩战斗，抢修了被洪水冲垮的路基，抢救出一百四十多名遭洪水严重威胁的群众和大量民用物资，保护了铁路运输的安全，受到了铁道部的表彰和奖励。

全国公安部队在参加抗洪抢险救灾斗争中的英勇模范事迹，受到了广大人民群众的高度赞扬。

召开功模大会

为了表彰先进，树立榜样，总结交流经验，推动部队各项任务的完成，一九五三年八月十日至二十日，公安部队在北京召开了全国首届功臣模范代表会议。

出席这次会议的有汉、蒙、回、藏、苗、侗、朝鲜、维吾尔、景颇、布依等民族的代表。

毛主席和朱德总司令分别为大会题词。

毛主席的题词是："提高警惕，保卫祖国"。

朱总司令的题词是："更好地完成巩固边防、内防的光荣任务"。

大会开幕时，朱总司令亲自参加了大会并作了重要指示。他说："公安部队是人民解放军的一个组成部分，它根据国家武装力量的总任务，和陆军、海军、空军一起，各有分工而又互相配合地、共同担负着巩固国防、保卫祖国的光荣任务。"

朱总司令还指出："为了更好地完成捍卫边疆、巩固内防的任务，公安部队应该进一步地加强建设，学习先进的军事科学知识和军事建设经验，把人民公安部队建设成一支具有高度的政治觉悟，严格的纪律，纯洁的组织，优良的军事素养与熟练的业务水平、现代化的装备的、充满着爱国主义与国际主义精神的、钢铁般的部队。"

朱总司令号召功臣模范代表戒骄戒躁，虚心学习，联系群众，带动群众，继续发扬革命英雄主义，保持光荣传统，更好地完成党和国家赋予的任务。

会议上，总政治部甘泗淇副主任、公安部队司令员兼政委罗瑞卿同志分别讲了话，表扬了公安部队在执行各项任务中，涌现出来的功臣和模范。

在这些功臣和模范中，有在警卫战线上，赤胆忠心、机智勇敢的警卫英雄贺福祥；在看押劳改罪犯中，立场坚定、拒绝金钱美女多次引诱的人民功臣孙广起；在剿匪斗争中，正确执行党的政策，密切联系群众剿匪的工作模范张福全；在抗美援朝战斗中，不顾个人安危，掩护朝鲜高级将领安全脱险，获得朝鲜民主主义人民共和国三级国旗勋章的戴子和；战斗英雄王立和；一等功臣李金鱼；二等功臣曾萍；不顾个人生命危险，排除敌人定时炸弹而光荣牺牲的见习文化教员张景春；与三百多名敌人遭遇，两腿被炸断，咬着牙，投出两颗手榴弹，夺取了敌人重机枪的西南公安六十八团战士李秋生；圆满完成教学任务，全队涌现出二十名功臣的一等功臣扎巴；机警果断、勇追逃敌、击沉敌船的东北第八海防巡逻小组；高度警惕、看押劳改犯五百多名无一犯人逃亡的西南公安部队安顺中队的一等功臣班等英雄集体。

历时十一天的首届功臣、模范代表会议，特别是毛主席、朱总司令为公安部队的题词和朱总司令所作的重要指示，对公安部队全体指战员是一个极大的鼓舞和教育，推动了部队立功创模运动的开展，对部队建设和更好地完成上级赋予的各项任务，起到了重大的推动作用。

公安部队的经历

公安部队从成立到撤销，历时九年，在这九年间，可谓是功绩卓著。公安部队的全体指战员，热爱党，热爱人民，忠诚于党的公安保卫事业；纪律严明，技术过硬，机智灵活，英勇果断，不怕艰难困苦，不怕流血牺牲；负责保卫党中央、毛主席和其他中央领导同志、军委领导同志及各级党政军机关、各国使馆、外宾；守护重要的工厂、仓库、广播电台、机场、兵站基地、全国铁路线上的重要桥梁、隧道和其它机密设施，没有发生任何问题，保证了警卫目标的安全。

在看押罪犯的斗争中，公安部队捕获各类犯罪分子十万多人，并负责看押罪犯一百三十七万人，防止了犯人暴乱、逃跑及其它破坏活动，较好地完成了看押罪犯的任务。

在平叛剿匪斗争中，公安部队配合国防军平息较大规模的反革命暴乱和少数民族地区武装叛乱三百多起。侦剿散匪、捕歼反革命分子和武装叛乱分子十二万多人，维护了社会治安，保证了人民生命财产的安全。

在保卫祖国边界的任务中，公安部队在沿海和陆地边境线上，同侵犯、袭扰我国边界的敌特分子进行了大小战斗一千余次，歼灭了大批敌人，击伤击沉和缴获敌船多艘，捕获各类非法越境分子和外逃案犯十一万多人，维护了边境地区社会秩序，打击了帝国主义的各种挑衅行为，捍卫了祖国领土主权。

在捕歼敌空降特务斗争中，公安部队以七千余人的兵力，在全国各地建立了一百多个反空降点，及时捕歼了美蒋空降特务，粉碎了国民党反动派企图从空中空投特务对我进行破坏活动的阴谋。

在赴朝参战、保家卫国的战斗中，公安部队在朝鲜战场上，同朝鲜人民军并肩作战，击伤击落敌机一百多架，抢救了许多伤员和大批军用物资，为抗美援朝战争的胜利作出了重要贡献。

公安部队的广大指战员，牢记我军宗旨，发扬拥政爱民的光荣传统，想人民群众所想，急人民群众所急，当人民群众的生命财产受到严重威胁的时刻，不畏惧，不怕难，挺身而出，站在最前列。抢险救灾，助民劳动，铺路架桥，送医送药，救死扶伤。哪里有困难，公安部队就出现在哪里；哪里有危险，公安部队就战斗在哪里；为人民群众排忧解难，做了大量工作，深受人民群众的好评和爱戴。

实践证明，无产阶级在夺取政权之后，为了巩固无产阶级专政，进行社会主义革命和社会主义建设，战胜国内外敌人的颠覆和破坏，建立一支专门执行公安保卫任务的武装力量，是完全必要的。

第 十 章

北京卫戍区的由来及建设

组建北京卫戍区

一九四九年一月三十一日，在我军的强大军事压力下，北京获得了和平解放。

为了加强北京的城市警备，维护社会治安，中央军委决定，成立京津卫戍司令部。不久，京津卫戍司令部改称华北军区兼京津卫戍司令部，以后又改为北京军区兼京津卫戍司令部。

一九五九年一月二十二日，中央军委决定：撤销京津两个卫戍机关，成立北京卫戍区、天津警备区。

我记得在中央军委决定成立北京卫戍区之前，有一天，聂荣臻元帅把我叫到他的办公室，十分亲切和蔼地对我说："随着我们国家由战争时期转入和平时期，北京成了祖国的首都，党中央所在地，全国政治、经济、文化的中心，国际交往日益增多，北京的卫戍、警卫、司礼、阅兵、民兵建设等项工作逐渐加重，原来的机构已不适应新形势下首都卫戍和警卫工作的需要。为了加强党中央、中央军委和首脑机关及要害部门的警卫，中央军委决定，组建北京卫戍区。军委考虑到你从事警卫工作多年，对警卫工作熟悉，有丰富的经验，决定由你负责组建北京卫戍区。"

聂帅还和蔼地对我说："北京卫戍区的地理位置非常重要，直接担负保卫党、国家、军队、各界领导人和首脑机关的安全，维护首都的社会治安。党中央和中央军委把这一光荣而又艰巨的任务交给你，是党中央、中央军委对你的信任，希望你把这项工作完成好。"

聂帅语重心长的话语，使我深受鼓舞。我当即表示：请聂帅放心，我一定把组建北京卫戍区和保卫党中央、中央军委及首都北京的安全等项任务完成好，不辜负党中央和中央军委对我的信任。

聂帅听后，脸上露出了满意的笑容。

事隔不久，当时任总政治部副主任的徐立清同志找我谈了关于北京卫戍区领导班子的配备情况，他对我说："中央军委决定任命你为北京卫戍区司令员，北京市委书记刘仁同志兼任北京卫戍区政委，宋学飞任副司令员兼参谋长，张廷桢任副政委，岱忠信任政治部主任，景玉龙任后勤部长，何鸿业任后勤部政委，肖志化、封永藩任司令部副参谋长，张益三、杨杰任政治部副主任。"

随后，中央公安部罗瑞卿部长，北京军区司令员杨勇和政委廖汉生同志也先后找我谈了话。谈话的主要内容是要我把北京卫戍区组建好、建设好，把保卫党中央、中央军委和维护首都北京的社会治安任务完成好。并详细给我谈了中央军委制定的北京卫戍区的编制情况和干部配备的情况。

在我的记忆中，那时的北京卫戍区机关设有司令部、政治部、后勤部。

司令部编有办公室、卫戍警卫处、训练处、通信处、军务处、动员处、管理科。

政治部编有秘书处、组织处、干部处、宣传处、保卫处、民兵工作处。

后勤部编有组织计划科、财务科、军需给养科、车管油料科、军械科、营房管理科、卫生科。

另外，还编有军事检察院、军事法院。

北京卫戍区下辖首都警卫师，师长刘辉山、政委邓波；中央警卫团，团长张耀祠、政委杨德中；一个军乐团；一个仪仗营；十七个区县兵役局；一个医院。

北京卫戍区归北京军区建制，受北京军区和北京市双重领导，卫戍警卫业务由总参谋部直接领导。

为了尽快把北京卫戍区组建好，我召集卫戍区和有关部门的领导同志连续开了几个会，传达了聂荣臻元帅，总参谋部杨成武代总长，总政治部徐立清副主任，公安部罗瑞卿部长，北京军区司令员杨勇、政委廖汉生等领导同志关于组建北京卫戍区的有关指示精神。专门研究了组建北京卫戍区的具体实施方案、兵力部署及有关问题。进行了分工，明确了任务。

会议开过之后，我即带领卫戍区的有关领导和司令部、政治部、后勤部及各业务部门领导同志，走街串巷，加班加点，连续工作，几乎跑遍了北京市中央领导机关和中央军委驻地，城内和郊区需要警卫的目标、路线及交通要道等，边实地察看地形，边制定警卫方案，定哨位，定人员，进行了大量细致而卓有成效的工作。

由于各级领导对组建北京卫戍区的工作极为重视，高度负责，抓得紧，行动快，我们很快就圆满完成了组建北京卫戍区的任务，在北京市西城区教育部街三号院礼堂举行了隆重的庆祝北京卫戍区成立大会。中央军委、总参谋部、总政治部、总后勤部、中央公安部、中央社会部、北京军区、北京市和有关单位的领导同志到会祝贺。

一九五九年一月三十日，北京卫戍区在北京市西城区李阁老胡同二十四号院开始办公。

担负特殊任务

北京卫戍区成立后，所担负的任务是十分繁重和复杂的。概括起来，主要有四大任务。

一是警卫任务。警卫的目标有党、国家和军委领导人；国家首脑办公机关；各民主党派、群众团体和少数民族的负责人；各国驻华使节；应邀来我国参观、访问的国家元首和高级代表团等。有固定性的首长住地的警卫；有临时性的护送党和国家领导人出国访问及在国内视察工作期间乘坐飞机、火车、汽车、轮船的路线警卫；有群众集会、招待国内外高级官员的宴会和晚会的警卫；有党的重要和重大会议的警卫；有尖端科学研究机构和军事系统工厂的警卫；还有看守犯人及国家重要物资的押运等任务。

二是卫戍勤务。负责"五一"、"十一"和首都大集会的安全警卫任务；维护首都的社会治安；城市要道的巡逻警戒任务；检查军人的军容风纪和军车任务；负责战时防空和重要交通要道、通信枢纽及重要桥梁的守护。

三是司礼、阅兵任务。司礼任务主要包括仪仗勤务的派遣，军乐的演奏，标兵的派遣，施放礼炮和礼花。阅兵任务主要是负责对受阅部队的训练、装备等具体组织和实施。

四是抓好首都民兵队伍建设。对区县的民兵进行组织整顿、作风纪律整顿；抓好民兵的政治思想工作和军事训练；组织民兵积极参加首都北京的生产建设，维护首都社会治安和各项有益活动。

严把政治质量关

北京卫戌区担负着保卫首都的繁重任务，因而决定了这支警卫部队必须组织上纯洁，政治上可靠。只有这样，才能完成好保卫党中央等项警卫任务。

为此，卫戌区党委要求对所属部队的每一个成员，都要进行严格的政治审查，对政治上有劣迹的人员，坚决予以调换。经过层层把关，严格挑选，党团员和战斗骨干占卫戌区部队总人数的百分之九十左右。有的担负过警卫工作，具有一定的警卫工作经验；有的作过战，立过功；还有的在国民党统治区与敌人作过斗争，经受住了残酷斗争的考验，从而保证了卫戌区部队的政治质量。

卫戌区部队不仅组织上要纯洁，政治上要可靠，同时也必须具有铁的纪律，特别是担负警卫任务的人员在高度分散，远离领导，各自为战执行勤务的情况下，使部队具有高度自觉的纪律观念尤为重要。

对此，卫戌区党委针对部队刚刚组建，干部战士来自不同的单位，在思想作风，组织纪律等方面不一致的状况，在部队中广泛深入地进行了热爱党，热爱人民，热爱警卫工作，忠诚于党的警卫事业，献身于党的警卫事业，恪尽职守，全心全意为人民服务的教育。同时，对部队贯彻执行各种条例、条令情况进行深入细致的检查，发现问题，及时纠正，把各种不遵守纪律的迹象消灭在萌芽状态。增强了部队的纪律观念，提高了干部战士的政治思想觉悟，确保警卫目标的安全，成为了每个指战员的自觉行动。

国庆十周年警卫

一九五九年十月一日，是中华人民共和国建国十周年纪念日。

为纪念国庆十周年，首都北京将举行空前盛大的庆祝活动，前来参加庆祝活动的有八十七个国家的高级代表团。这些国家的代表团中，有国家元首和政府首脑。国内有近万名少数民族、华侨、劳动模范的代表聚集北京，观礼祝贺。不仅规模大，活动多，而且时间长。

由此可见，国庆期间的安全警卫任务是十分繁重和艰巨的。

为了确保参加国庆十周年庆祝活动我党、国家、军队、各民主党派、少数民族等领导人，各国元首、高级代表团，国内各方面代表的人身安全，党中央和中央军委决定，由北京卫戍区担负国庆十周年庆祝活动的安全警卫任务。并任命我为国庆十周年庆祝活动指挥部副总指挥。

受领任务后，根据中央军委、公安部领导的指示和公安部关于"建国十周年庆祝大会警卫工作计划"，我组织召开了卫戍区常委会，传达了上级领导同志的指示精神，明确了任务，进行了分工，制定了警卫方案。

卫戍区常委会开过之后，紧接着我又组织召开了由师团两级主管和有关部门领导参加的党委扩大会。在这次会议上，我代表卫戍区党委作了关于"北京卫戍区部队务必做到确保国庆十周年庆祝活动安全"的报告，明确了各单位和各部门所担负的任务，提出了具体要求，进行分工负责，保证完成任务。

按照卫戍区的统一部署，各单位在部队中广泛深入地进行了确保国庆安全重要性的教育，使干部战士认识到，国庆节的安全与否，不仅关系到与会人员的人身安全，而且还涉及到国内和国际的重大影响，使每个警卫人员深感自己肩负的责任重大，树立高度的警惕性和责任感。

部队内部政治上纯洁可靠，是完成警卫任务的关键。为此，从九月份开始，我们要求各单位对执行警卫任务的人员进行了全面政审，对不适宜担任国庆安全警卫任务的，及时作了调整，做到安全可靠，万无一失。

国庆十周年庆祝活动，除规模大，时间长，外宾多的特点外，国内外的敌特分子也伺机企图进行暗害、爆炸等破坏活动，制造事端。根据这些情况，我们在兵力部署上采取了周密布置，重点控制，照顾全局的原则，加强了对重点目标的警卫。为应付突发事件组织了应急部队，担负机动任务。并将机动部队调到适当的位置，明确了任务，制定了各种特殊情况下的处置方案，察看了地形，进行了演习。

为了圆满完成上级交给我们的天安门会场的安全警卫任务，我们多次开会进行研究，周密计划兵力，严密警卫部署，详细拟定了天安门会场警卫方案。并和国庆十周年首都群众指挥部、东城区委、西城区委、公安保卫等部门密切配合，协调行动。会前，民警总队协助清场。会议进行中，西城区公安分局派出民警在重点地段进行巡逻，维持秩序。晚会时，与群众指挥部互通情况，相互配合，保证晚会的安全。

国庆游行的安全警卫任务也由北京卫戍区负责。

仪仗营挑选了四百多人，以五十多人担负金水桥以北和国旗杆等二十余处的警卫；以一百二十多人执行武装标兵任务；以二百八十多人执行群众游行的标兵任务。

警卫师二团挑选了三百多人，担负会场东口、西口、南口、广场西侧、纪念碑、松树林等处的任务。另外挑选了几十名优秀干部担负西皮市、公安街南口和前府胡同等要害部位的便衣巡逻哨。同时还挑选了几十名精干的干部战士在南口松树林内，作为机动部队。

三团挑选了九百多人，以二百七十多人组成信号枪小组，以五百七十多人组成礼花筒小组，以一百多人组成连珠花小组，担负大会施放礼花任务。

四团挑选了一百八十多人，以六十多人担负会场东口、西口和金水桥北侧等处的便衣警卫任务。其余人员配置在会场东口、西口、人民大会堂南门、北门和公安部北门，担负机动任务。

在国庆活动中，由于各级高度重视，组织严密，指挥得力，密切配合，协调一致，避免了各种漏洞的发生，圆满地完成了国庆十周年的安全警卫任务。

灵活机动设岗布哨

党和国家领导人，是领导全国各族人民进行各项建设的核心，保证这些领导同志住地和办公地点的绝对安全，是卫戍区部队的首要任务。

为确保党和国家领导人的安全，我们根据所警卫的目标，采取了相应的警卫形式。通常情况下，在公开的国家机关设公开的武装岗哨，以示国家的尊严。党和国家领导人的住地对外保密，采取武装警戒设在门内或设带暗枪的半公开的武装哨。在民主人士、少数民族负责人等住地和中央一级群众团体办公所在地，设便衣哨，以收发和传达等形式进行安全警卫工作。

卫兵的派出，都是根据任务的性质和重要程度，相应地配备人员和兵力。

在卫兵派出之前，各级领导对执行警卫任务的同志讲清其任务的重要性，使干部战士明确自己所担负的任务和职责，提高大家观察、分析、判断和处置各种情况的能力。

机关警卫哨兵的选择，通常在机关的正门、后门、侧门、重要部位和便于观察的地方，分别设固定、游动和不定时预设哨。

中央领导同志外出，路线警卫是卫戍区部队一项既艰巨又复杂的任务。特别是在首都北京这样大的城市中，不论是在市区或郊区，来往车辆和行人较多，情况不易掌握。

针对上述问题，在执行任务前，预先将中央领导同志所要经过沿途路线的地形和社会治安情况，进行详细的调查了解，以此作为制定路线警卫方案，确定警卫形式，布置警戒的依据。

对路线警卫哨兵位置的选择，视情况，通常将哨兵设于桥梁、涵洞、十字路口、胡同口、公共汽车站和社会情况复杂的地方。并根据各哨位的不同情况，相应采取公开武装与秘密武装相结合，固定哨与游动哨相结合，常设哨与预备哨相结合等形式进行警卫。

在中央领导同志经常通行的路线上，固定哨之间还设了便衣巡逻哨，使游动哨与固定哨紧密配合。对中央领导同志通行较少的地段，虽不设固定哨，但都预先制定了警卫方案。在常设哨和预设哨警戒的路线和区域内，都严格地建立了路线值勤部队的值班制度，并配备了快速交通工具，以便加强各执勤点的通讯联络，确保在执行警卫任务时，哨兵能够迅速地到达预设区域和哨位。

中央领导同志为了体察民情，了解情况，掌握第一手材料，制定正确的路线、方针和政策，经常采用不同形式，外出参观、访问。

参观、访问的地点，有远离市区的重要厂矿、尖端技术科研机构、水利建设工地、农村乡镇，也有北京的名胜古迹、游览场所等。为确保中央领导同志的安全，在他们外出前，都事先与有关公安保卫部门取得联系，或提前派出部队，将中央领导同志参观、访问、游览所经过的路线和场所的地形、社会治安情况进行认真详细的调查，制定出预设警卫方案。通常采取便衣或半公开武装警卫形式，以参观、访问和游览者的身份出现，把哨兵设在参观、访问、游览场所的出入口、游人多、地形复杂等要害地点。

与此同时，加强中央领导同志的随身警卫。在上下汽车的地方，实施严密控制，防止坏人进行暗害活动，做到安全保卫工作万无一失。

党和国家领导人经常参加晚会、集会等各种会议，不仅会议的种类繁多，而且赴会人员也比较复杂。

针对上述情况，对会场的警卫大都采取便衣的形式，以引坐、观众、招待员和陪同人员的身份进行警卫工作。

在执行警卫各种会场任务之前，都事先与会议的主办单位和公安保卫部门取得联系，详细地了解会议的性质、程序、参加人员、时间、地点、出入会场使用的证件和会场内外的地形情况，制定出相应的警卫方案。对会场服务人员和职工逐个进行调查了解，以便监视不法分子。

对会场外围和车场的警卫，采取公开武装，并与交通警察紧密配合，监视周围特嫌的活动。

国际性的和统一战线性的会议，如政治协商会议，各民主党派会议等，出席会议的人员在政治思想和信仰等诸多方面都有所不同。因此，采取的警卫形式也相应的有所不同。均以便衣为主，并一律以工作人员、随员、招待员的身份出现。对警卫人员都事先进行了有关外交政策和统一战线政策的教育，以便在执行任务中能够正确地执行党的各项政策。

我党我军的高级干部会议，相对而言，人数较少，都是党内、军内的主要负责同志，容易识别，会议内容既重要又极为保密。对这样的会议，则采取半公开武装警卫，对外严密控制，以防泄密。在会场门口和领导同志上下车的地方，设得力干部负责警卫，确保领导同志的安全。

护卫外宾

北京卫戍区除了保卫党、国家和军队领导人、民主人士、少数民族负责人、首脑办公机关外，还担负着各国驻华使馆和高级外宾的安全警卫任务。

在执行警卫任务过程中，警卫战士和高级外宾接触的机会较多。因此，在执勤中处理问题的方式方法，每个同志的一言一行，一举一动，都直接关系着国家和军队的政治声誉，涉及到国家的外交政策。

由此可见，警卫工作的性质决定了警卫人员必须具有很强的原则性和较高的政策观念。如果忽视了对部队的政策教育，警卫人员在执勤中不能正确地贯彻执行党和国家的政策，就有可能给党和国家在政治上造成不良影响。

为此，卫戍区各级领导针对警卫人员和外宾接触较多的特点，在部队中广泛深入地进行了严格贯彻执行国家的法律法令和各项方针政策，特别是外交和统战等项政策的教育，使每个干部战士充分认识到对外国使馆和外宾警卫工作的好坏，直接关系到国家的政治声誉和我军的形象，不断提高警卫人员的法制观念和政策水平。

各国驻华使馆的警卫，按照国际惯例，采取的是武装警卫形式。

驻华使馆有的是社会主义国家，有的是资本主义国家。由于社会制度的不同，从政治角度来讲，警卫使馆哨兵的言谈举止和对每一个问题的处理，往往涉及到国际公法和外交政策。因此，对担负警卫使馆的干部战士都要经过严格的挑选，专门的培训。必须具备政治上可靠，立场坚定，思想稳定，熟悉警卫业务，军事技术过硬，同时具有较强的记忆和观察、分析、判断及灵活处理各种问题的能力。并告诫每一个执勤人员，对使馆进出人员都要进行严密监视，防止勾结潜伏在我国境内的敌特分子进行破坏活动。遇到情况或发现问题，及时向上级报告，哨兵对使馆人员不能阻拦，不能盘问，不能进入使馆内，不得擅自处理。

警卫使馆的干部战士牢记党和国家的外交政策，严格履行自己的职责，圆满完成了警卫使馆的任务，受到了各国驻华使节和我党政军领导的好评。

加强民兵建设

中华人民共和国成立后，北京成了祖国的首都，党中央所在地，全国政治和文化的中心。同时也成了国内外敌人破坏的重要目标。

因此，把首都民兵建设成为一支能协同卫戍区部队和地方公安部门，担负起保卫党中央和重点目标及人民生命财产安全，维护好首都的社会治安等项任务，具有重大意义。

为此，我们遵照党中央和中央军委的指示精神，结合首都民兵的实际情况，和北京市委密切配合，对全市一千一百二十八个工厂、企业，三百六十八个机关、团体，三百二十六所中等以上院校，十三个郊区县的七十七个人民公社，二百二十二万名民兵，进行了整顿。从中清退出不合格民兵七千九百九十九人，劝退身有残疾、超龄和有孩子的女民兵七万四千九百三十二人。由原来的一百五十六个师整编为七十二个师，使民兵队伍纯洁、可靠、精干，更有战斗力。

在民兵整顿的同时，对全市厂矿、企业、街道和公社的武装部配备了专职武装干部。农村的民兵连配备了专职民兵连长、指导员。各级的党委书记、党支部书记分别兼任民兵政治委员、政治指导员，有力地加强了党对民兵工作的组织领导，保证了民兵队伍置于党的领导之下。

我们在整顿民兵队伍的过程中，发现一些同志存有这样或那样的模糊认识。有的认为，战争打不起来，就是打起来，有几百万强大的解放军顶着，民兵不顶用。还有的认为，首都是保险柜，厂有公安人员保卫，重要目标和设施等有解放军把守，抓民兵练武耽误生产，劳民伤财。针对这些模糊认识，各级党委从思想教育入手，组织民兵学习毛主席关于人民战争和全民皆兵的论述。结合国内外斗争形势，进行阶级教育、战备教育和武装斗争传统教育。采取报告会的形式，请民兵战斗英雄结合他们的亲身经历和体会，讲毛主席人民战争思想的伟大作用和办好民兵的重要性及必要性。组织民兵参观京郊顺义县焦庄户村的民兵利用地道战消灭了大量敌人活生生的典型事例，认清民兵的重要地位和作用。

通过上述教育，使广大民兵充分认识到，只要帝国主义存在，战争的危险就存在，要对外防御帝国主义的侵略，对内实行人民民主专政，民兵是一支不可缺少的武装力量。较好地解决了一些民兵存在的和平麻痹思想，增强了国防观念和国防意识。

在提高民兵政治觉悟的基础上，我们从首都民兵所处的特殊地位出发，以保卫好首都安全为重点，着眼未来反侵略战争的需要，在北京市委的领导和上级有关军事部门的指导下，按照中央军委的要求和部署，对全市民兵分期分批进行了队列、刺杀、投弹、射击训练。利用地形地物站岗放哨执勤训练。以就近野营为主，区、县设营地，部队带训三种形式，组织了有一百五十一万八千名民兵参加的野营活动。在野营活动中，进行了通讯联络、战场救护、后勤保障、轻武器射击等战术动作演练和技术操作。

与此同时，针对城市特点，还进行了防化学、防原子、防生物武器训练。专门举办了五十八期防空袭教练员训练班，培训了一万多名防空教员。并建立了防空袭监视观察网。

在军事训练中，我们根据厂矿、企业、街道、公社民兵的分布和生产的不同情况，采取因地制宜，多批次，分散训练，集中合练，统一动作的方法，做到训练和生产两不误。

通过军事训练，广大民兵基本上掌握了所学兵种的武器构造、性能、操作和技能。掌握了军事知识和常识，提高了他们保卫好首都北京的作战能力。

广大民兵经过思想教育，组织整顿，军事训练，思想觉悟有了很大提高。他们把保卫首都，建设首都，维护好首都的社会治安，当作自己义不容辞的责任和一项光荣而重要的任务。

在当时，由民兵守护的广播电台、变电站、飞机场、大型厂矿、仓库和重要目标等一千余处；桥梁、隧道、涵洞三百多个；重要铁路和主要公路及通讯线路四百多公里；森林一千六百多亩；还有一些名胜古迹和适合民兵守护的目标。城区的民兵不管是平时，还是重大节日，组成执勤小组，进行巡逻，防止坏分子进行破坏活动。郊区县的民兵，以连为单位，分片包干，一边劳动，一边保护着人民生命财产安全。据不完全统计，仅一九五九年，民兵积极配合公安部门破获各类案件达四千六百多起，有力地打击了违法犯罪活动，维护了首都的社会治安。

特别值得一提的是，在一九五九年庆祝建国十周年时，首都二万多名经过严格挑选和训练的男女民兵，全副武装，分别组成步兵、炮兵、通讯兵、卫生兵十六个方队，代表全国的民兵参加了国庆大典，接受毛主席、党和国家领导人及外国来宾的检阅。当威武雄壮的民兵方队通过天安门时，受到了党和国家领导人及外宾的高度赞扬。

随着我国政府对外活动的日益增加，首都民兵还担负了迎送外宾活动。仅一九五九年至一九六一年，民兵参加了迎送外宾活动二十次。其中有十四个国家和地区的总统、首相、总理和内阁部长等。

民兵在迎送外宾活动中，那端正的仪表，整齐的动作，严格的纪律，昂扬的士气，受到了党和国家领导人及外宾的一致好评。充分显示了我国民兵具有很强的战斗力，是人民解放军强大的后备力量。

第 十 一 章

双重领导的人民武装警察部队

武装警察部队改为双重领导

中国人民武装警察部队是中华人民共和国武装力量的组成部分，是由中国共产党缔造和领导，用马克思列宁主义、毛泽东思想武装起来的一支具有光荣历史的革命队伍。

一九五九年一月，中央考虑到这支部队执行任务的地方性，决定由军队编制序列改归地方公安机关领导。

随着国际形势的不断变化和我国国内政治、经济发展的需要，一九六一年十一月二十三日，中央批准了公安部党组"关于改进人民武装警察部队领导体制的报告"。在这个报告中规定：人民武装警察部队番号可不变，建制仍属公安机关，领导体制改为由军事系统和公安机关双重领导。

中央之所以决定对武装警察部队实行双重领导，主要考虑到便于加强武装警察部队的领导和指挥；便于教育训练；便于管理培养干部；便于加强组织建设；便于调整兵力；便于物资供应；便于进行补退工作；便于完成各项任务。

一九六一年十二月六日，武装警察部队司令部、政治部、后勤部正式成立并开始办公。同时撤销了公安部四局。

一九六一年十二月十五日，国防部奉国务院周恩来总理一九六一年十二月八日的命令，任命李天焕为第二政委，我任第一副司令员兼参谋长，盛治华任副司令员，查国桢任副司令员兼后勤部部长，宋烈任副政委，欧阳平任政治部主任，严家安、郑惕任司令部副参谋长，马星五任政治部副主任。

一九六一年十二月十七日，中共中央批准中共中国人民武装警察部队委员会由李天焕、我和宋烈，还有盛治华、欧阳平、查国桢、严家安等人组成。李天焕为第二书记，我和宋烈为副书记，其余为委员。

在我任武装警察部队副司令员兼参谋长之前，一九五九年九月至一九六一年八月我在北京卫戍区任司令员。一九六一年九月至十二月在高等军事学院速成系四班学习并兼任班主任。学习集团军的进攻和防御战役课题，学习毛主席的军事著作和中央及军委的有关重要文件。学习尚未毕业，于一九六一年十二月调任中国人民武装警察部队副司令员兼参谋长，一直到一九六六年六月为止。

武装警察部队，负责首都的安全和担负全国的内卫、边防任务。在这个时期，我总结了多年来内卫、边防工作中的经验教训，负责组织编写了《中国人民解放军公安部队战史》，对执行任务和部队建设起了重要作用。

一九六一年十二月十八日，总参谋部、总政治部、总后勤部、公安部《关于对人民武装警察部队实行双重领导若干问题的规定》中又进一步明确规定："人民武装警察部队领导机关，在中央军委和公安部党组领导下，统一管理全国人民武装警察部队的工作；在执行公安任务和公安业务方面，受公安部领导，在部队各项建设工作上，受军委和各总部领导。各省、市、自治区人民武装警察总队必须服从省、市、自治区党委统一领导。武装警察总队以接受武装警察部队领导机关的领导为主，在部队使用和公安业务方面受公安厅（局）的领导。各军区对这支部队的地区性的党政工作和行政管理、军事训练、后勤和卫生工作等，应该加强领导和督促检查，并在战时实行统一指挥。"同时规定："人民武装警察部队各级党的组织接受武装警察部队上级党委的领导。"

武装警察部队改建后，各省、市、自治区亦先后成立了武装警察部队总队，各地区设有武装警察部队支队，各县设有武装警察部队中队。与此同时，还先后成立了边防武装警察、经济警察、森林警察、黄金武装警察部队、防暴特种警察部队等。武装警察部队的总人数由原来的二十万四千余人增至三十万零四千五百余人。

担负繁重任务

武装警察部队担负的任务是十分繁重和艰巨的。在内卫方面负责警卫的目标有党和国家领导人；各民主党派、群众团体和少数民族负责人；国家首脑办公机关；中央各主要部、直辖市、省的领导同志和人民委员会的办公机关；各国驻华使馆和重要外宾；全国性的重要会议和首都北京及各省、市的盛大集会；城市警备、纠察巡逻、维护社会治安等安全警卫任务。

在守护方面，负责守护机密的国防设施、飞机、火炮、坦克、鱼雷、军舰、雷达制造厂；规模巨大的炮弹、化工、火工、引信、装药厂、修配厂及存放军需用品的仓库；规模巨大的钢铁、有色金属联合厂；个别重要的化工、石油厂和仓库；十万千瓦以上及个别重要的五万千瓦以上的火力、水电发电厂和变电所；个别重要的军事科学研究机关和国家级的战略物资储备仓库；带战略性的重要桥梁和隧道；国防大型收发信台；中央直属的大型广播电台和中央军委所属的大型收发报台；民航局单独使用的二等以上的机场。

与此同时，武装警察部队还负责看押设在全国各地省、市以上的监狱和劳改罪犯等任务。

保卫我国边防安宁，也是武装警察部队所担负的一项重要任务。

我们伟大的祖国有着三万四千五百多公里长的边防线。其中陆地国境线约一万六千九百余公里，海岸线一万两千二百余公里，国境江河线五千四百余公里。另有大小岛屿四千二百多个分布在祖国沿海各地。

由于我国的边境线较长，当时美帝国主义不断袭扰我领海、领空，唆使国民党残余匪特对我边境进行骚扰，派遣间谍和特务混入我内地，进行破坏活动。

我国边境不少地区地理条件复杂、偏僻，交通闭塞，人烟稀少，渔民出海捕鱼常与敌人接触，易被敌人诱惑或利用，走私现象相当严重。在这种情况下，武装警察部队的边防任务是：搞好边境地区的治安管理工作，维护边境地区的社会秩序，通过边境巡逻和口岸、通道的检查，配合解放军捕歼潜入潜出的匪特间谍分子。坚决执行党的外交政策和有关规定，正确处理边境事务，做好同友邻国家人民的团结友好工作，增进我国与兄弟国家的团结和友谊，打击共同的敌人。

边境地区是我们祖国的大门，也是敌人和一切坏分子进行破坏活动的主要地区，守好祖国的大门，是武装警察部队每个干部战士的神圣职责。

提高部队战斗力

武装警察部队肩负着保卫祖国安宁的重任，在军事技术、战术等方面必须过硬，只有这样，才能完成党和人民赋予武装警察部队的各项任务。

因此，我们根据武装警察部队的特点，从执勤需要出发，狠抓了部队的军事、业务、技术、战术等项训练。

多年的实践使我认识到，抓好基础训练是提高部队素质的关键。基础训练是每个干部战士必须具备和掌握的基本战斗知识和战斗技能。部队训练只有先从最基本的课目开始，把基础打好，真正懂得了基本战斗知识，基本战斗动作，基本战斗技能，才能在复杂的情况下正确地处置各种情况，圆满完成各项任务。

由于武装警察部队分散，班长、排长是连队训练的骨干，加强对这些人的培养、训练，是提高训练质量的重要环节。对此，我们采取了以下具体方法。

一是加强对骨干的培养。采取短期集训，组织自学，示教作业，集体备课等多种方法，提高骨干的训练水平，保证骨干的训练质量。

二是对教练员加强教育，增强他们的政治责任心，使教练员做到"四会"。即：会讲重点，会正确示范，会纠正动作，会做政治鼓动工作。充分调动教练员的积极性和主观能动性。

三是现场示教，集体研究教法。先由示教者出题目，作示范，然后启发大家提问题，想办法，统一教学方法。

四是组织教练员反复实习。示教后，以班或排为单位，划分场地，分头落实，使教练员进一步复习训练内容，研究教学方法，巩固示教成果，提高教练员的示教水平。

在业务训练方面，为了提高训练质量，我们采取了相应的训练措施。

1．根据所教对象、内容、物质条件进行授课讲解。在授课讲解过程中，利用实物、图表、模型、实例对干部战士进行授课，使讲解的问题中心突出，重点明确。大家普遍反映，这样授课，印象深，记得牢，效果好。

2．组织实地演练。演练时，教练员事先不宣布情况的性质及出现的形式，让干部战士或班、组单独处置，处置后组织大家讨论，教练员小结。实地演练，便于使业务训练与执勤密切结合。先处置后研究，便于提高干部战士独立分析判断和处置问题的能力。

3．一人出题目大家研究。有些情况不便于实地演练，就由教练员提出问题，组织大家谈看法，摆观点，提措施，通过讨论作出正确答案。同时，教练员根据训练内容，启发干部战士出情况，然后由大家共同讨论研究解决。结合本单位实际情况，出题目，作文章，收到了较好的训练效果。

4. 业务训练与执勤方案紧密结合。在制定好执勤方案的基础上，凡能结合战术动作的课目，如搜索、追捕等科目，就与其紧密结合进行训练。同时，利用地形地物，选择射击位置，搜索观察目标，结合一定执勤背景进行实地适应性训练。

5. 在战术训练方面，我多年的体会是：战术是部队训练的重要内容之一，搞好战术训练对于提高部队的战斗力，完成战斗和执勤有着重要的意义。战斗的胜利，不仅需要部队具有高度的政治觉悟，良好的战斗作风和熟练的军事技术，而且需要有正确的战斗思想，战斗指挥，战斗动作和熟练的战术。

战时的本领，主要靠平时训练培养，战术训练同样也不例外。完成战斗任务需要搞好战术训练。完成执勤任务同样需要搞好战术训练。特别是武装警察部队担负着内卫、边防等重要任务，既要和敌人进行隐蔽斗争，又要和敌人进行公开斗争，搞好战术训练对于培养干部战士坚决服从命令，英勇顽强，机智灵活，行动迅速，孤胆作战，有着重要作用。

对此，在战术训练过程中，我们抓住在执行勤务中必须掌握的难度最大的课目和带有关键性的动作，贯彻从难、从严、从实际出发的原则。在敌情设置上，把敌人设想得狡猾，体现出敌人活动规律和战术特点，做到情况真实、具体、复杂、多变，既设置正面情况，又设置后方情况，甚至把干部战士设置于四面受敌的情况下锻炼。在地形、气候选择和场地设置上，选择复杂的地形，恶劣的气候，设置复杂的近似实战的场地，严格训练，严格要求，提高大家的战术水平。

抓好新兵训练，尽快提高新兵执勤能力。每年新兵补入部队后，我们都要召开由各省、市、自治区武装警察总队队长、政委和业务部门领导参加的新兵训练会议，共同研究新兵训练问题，要求各级领导高度重视新兵训练工作。并由各单位领导向新战士详细介绍本单位担负的具体任务，警卫、守护目标的情况和环境，以及过去在执勤中曾发生过哪些问题，今后防止类似问题发生的办法和应采取的措施。对警卫党、政、军各主要领导同志和首脑机关的部队，侧重介绍如何保证领导同志和首脑机关安全的经验。对守卫厂矿的部队，介绍如何搞好验证，有理有节的处理问题。对守护桥梁、隧道的部队，介绍如何搞好防险抢险工作。对看押劳改罪犯的部队，介绍如何熟悉罪犯和控制罪犯的方法。

在新战士熟悉情况的基础上，各部队还对他们进行政策教育。学习党的有关方针、政策，使新战士熟悉哨警职责，通信联络的方法，处置情况的基本原则及注意事项。

在此基础上，再通过三个步骤，让新战士在实际执勤中逐步锻炼提高。

1. 见习执勤。由老战士执勤，新战士见习，学习老同志执勤方法和处理问题的经验。

2. 试行执勤。新战士经过见习阶段，已初步学会了一些执勤方法，就让新战士执勤，老战士随同辅导帮助，使其得到实际锻炼。

3. 独立执勤。新战士经过以上两个阶段的实际锻炼后，具有了一定的执勤能力，就大胆地让他们单独执勤。同时，组织干部深入第一线，跟班指导，加强对领班人员的监督检查。

在一定时期内还组织老战士作适当的辅助活动，如放游动哨，指挥哨等，以弥补新战士执勤不足，保证任务的完成。与此同时，我们还狠抓了边防部队的业务训练。根据有的部队防区地形开阔，便于观察，有的部队的防区大山环绕，林木茂密，观察不便等情况，组织部队根据本防区的环境、条件和地形特点，选择训练内容和训练重点。处于前一种地形的部队，着重进行隐蔽游动和潜伏观察训练。处于后一种地形的部队，着重训练分析判断声音、迂回巡逻和使用军犬等技能，使业务训练与执勤需要紧密结合起来。

在训练中，一般分两个阶段进行。第一步，以培养和提高单兵、小组单独处置各种问题的能力为主，演练单兵、小组单独执行巡逻，隐蔽观察，分析判断敌人的动向，捕歼敌人的方法。第二步，以培养部队协同动作和干部指挥能力为主，重点训练部队在执勤小组发出信号请求支援时，如何主动地或根据指挥员的命令，迅速判明方向，到达指定地点，构成包围圈，协同捕歼敌人，以及干部如何判断情况，进行部署，下达命令和通信联络的方法等等，从而有效地提高了部队保卫边防的能力。

加强重点目标警卫

首都北京是党和国家领导人所在地，是全国政治、文化中心，也是敌人破坏的主要对象和目标。加之在首都举行的各种大型会议、集会等活动较多，安全工作显得尤为重要。对此，我们采取了相应措施。

加强党和国家及军队领导人的警卫。为了使担负党、政、军领导同志警卫的干部战士熟悉、掌握警卫业务和警卫特点，确保领导同志安全，我们组织各级领导采取集中上警卫业务课的办法，让经验丰富的警卫干部和战士联系自己的亲身经历，向大家传授警卫经验。并用以老带新的方法，对在警卫工作中可能遇到的一些情况，采取模拟的方式进行训练，使警卫人员能在特殊情况下掌握、处理问题的应变能力。

在此基础上，经逐级严格把关，挑选出一些精明强十，接受能力强，反应快，处理问题果断，警卫业务熟悉，忠实勇敢，勇于献身党的警卫事业的干部战士担负重点目标的警卫。同时，在中央领导同志住地和办公机关，增设了内、外两层警戒和游动巡逻哨。哨兵上下哨时，负责巡逻，增加哨兵密度，从而加强了对中央领导同志警卫。

加强重要会议和重大节日集会的安全保卫工作。多年的实践使我认识到，提前做好充分、细致、周密的准备工作，对完成警卫任务起着至关重要的作用。为此，我们着重抓了以下四点：

一是充分掌握与大会有关的各种情况，使担负警卫任务的干部战士掌握辖区的地形、敌情、社情、大会进行的程序和有关规定。这些情况的来源，主要靠现场勘察，与公安局、派出所联系，再就是研究上级和有关部门的通知、通报。

二是制定具体的执勤计划和方案。通常情况下，营以上单位制订勤务组织实施计划，连以下制订执勤方案，哨所制订哨警职责。制订计划和方案时，首先根据任务区域内的情况，拟定草案，交给战士讨论，提出意见，然后修改成为正式方案，加以实施。

三是对参加执勤人员逐个进行严格政治审查，适时进行调整。在重要部位上，挑选警卫经验丰富，业务水平较高的战士或干部担负警卫任务。

　　四是严密组织，合理部署兵力。在中央召开重要会议或重大节日、集会之前，我们都要召开党委常委会，认真研究和制定警卫方案。组成由司令员、政委、参谋长、政治部主任、总队长和有关公安部门主要负责同志参加的指挥部。各总队、支队与所在公安局、派出所组成指挥所和分指挥所。在重要位置设立由支（大）队长、政委负责的指挥小组。形成了上下连通的立体指挥网。为了指挥灵便，沟通了有线电话联络，并在要害地区设立了无线电台，以便弥补有线通讯的不足和应付突发事件的需要。

　　与此同时，加强对整个辖区面的控制。派出所干警以查户口兼顾巡逻，专门控制重点户。负责巡逻的武装警察部队按照巡逻区域的划分，实行昼夜不间断的巡逻。在会场周围和游行队伍集结、疏散的主要干线上，由群众指挥部门组织大量工作人员层层设卡，维持秩序。在主要干线各交通要道口，公安部门和武装警察派出一定兵力设立固定哨，协同动作。对会场有威胁的高大建筑物，重要的由武装警察控制，一般的由公安局组织专人控制。对重点目标和重要区域，采取重点控制，内紧外松，分片包干，定点、定位、定人的办法，各负其责，以确保重点目标安全。

看押罪犯

　　看押罪犯，是武装警察部队担负的一项重要任务。实践使我体会到，要看住罪犯，最重要的是做到敌动我知，防患于未然。及时、准确地了解犯情就可以处于主动，把事故消灭在萌芽状态。反之，就会处于被动，使本来可以避免的事故造成严重后果。

在党的劳改政策感召下，大部分罪犯服从改造。但是，执迷不悟的罪犯总想逃跑，有的甚至阴谋组织暴乱和进行各种破坏活动。为了看住罪犯，镇压暴乱，制止逃跑和破坏活动，我们采取的措施是：

1. 针对部队执行看押任务的特点，对干部战士加强思想教育。看押罪犯的部队基本特点是：高度分散，远离领导，地区偏僻，条件较差，执行着同敌人面对面的斗争任务。在这种情况下，部分同志容易产生对犯人的本来面目认识不清，容易放松对罪犯的警惕性；有的认为一天到晚和罪犯打交道，看押犯人没前途，在执勤中遇到突发事件，容易产生急躁情绪；取得成绩时，又容易产生满不在乎的思想。

针对部队容易发生的问题，各级领导对部队进行了形势和犯情教育，以及对人民高度负责的责任感教育。同时，向干部战士讲清罪犯逃跑后将会给人民的生命财产造成的危害，使大家进一步提高了革命警惕性，增强了责任心。

2. 熟悉犯情动态，掌握罪犯活动规律，加强防范工作。为了杜绝罪犯逃跑，我们组织看押犯人的部队熟悉犯人的姓名、面貌、特征、案情、刑期、改造表现。建立了犯人花名册，经常翻阅、呼点，对照熟悉。在业余时间有组织地深入犯人宿舍，通过收集言行，检查监舍，掌握犯情。

3．明确分工，严密警戒。在勤务组织上我们实施了包干责任的办法，使各基层部队做到：连包劳改场，排包片，班包人，定人包哨，老战士包门卫哨与重点哨，机动部队包追捕缉拿罪犯等任务。

在明确任务的基础上，根据地区、气候、任务、犯情变化，灵活设哨，采取固定哨与游动哨，公开哨与潜伏哨相结合的办法，严把"三关"，守住"五时"。"三关"即：监舍、现场、路线。"五时"即：重大节日时；青纱帐季节时；犯人出工收工或犯属探监时；犯人开大会或看电影、节目时；大风大雾大雪天气时。在犯人出工收工时，在监舍大门增派一名干部和一名副哨，加强门岗。青纱帐时，在出工收工路线的两侧派出潜伏哨，协助押解。遇到天气变化时，由巡逻哨兵在各哨之间弥补空隙，使犯人无机可乘，无空可钻。

与此同时，我们根据看押部队的特点，还总结了长途零星押解罪犯和野外看押罪犯的一些切实可行的具体方法。

担任长途零星勤务，人员少，任务重。一般是地形、路线、社情不熟。路程远，食宿不方便，生活比较艰苦。

因此，在执行押解罪犯任务时，除了充分做好干部战士的政治思想工作外，还要求看押人员必须做到：（1）熟记罪犯的数目、面貌、特征、籍贯、职业、技能和身体状况。（2）详细了解押解地点、路线和沿途地理、社会情况。（3）认真检查武器和刑具。

在押解罪犯时，由于罪犯类型、路途远近和交通条件的不同，长途零星押解常常运用徒步、乘船、坐车等多种形式。每种形式都有自己的特点。为防止罪犯逃跑，我们采取了相应的防范措施。

徒步押解时，哨兵在罪犯的前后或左右，夹携前进。

乘船押解时，把罪犯押到下仓。上下船时，把罪犯的行李系在罪犯的背上，以造成逃跑障碍。

坐车押解时，若是汽车，将罪犯安置在车厢前部，面向车头，哨兵在两侧，严防罪犯跳车。若是火车，将罪犯安置在车厢一头，不准靠近车窗，以防罪犯跳窗逃跑。不管坐什么车，都事先和驾驶员或乘务员取得联系，严防罪犯逃跑。

在野外执行看押罪犯勤务时，由于罪犯散布的面较大，情况变化较多，加上劳作区地形、地物复杂，看管罪犯比较困难。针对这些问题，我们采取了相应的防范措施。

（一）哨兵到了劳作区后，首先选择好制高点，熟悉地形和环境，因地设哨，控制重点。

（二）把犯人分成三大类加以安排。第一类是罪大恶极、顽固不化的危险罪犯，安排在哨兵的附近，以便加以监视。第二类是一般罪犯，安排在劳作区的中间。第三类是表现较好的罪犯，安排在离哨位略远一点的地方，但对这类罪犯也保持着高度警惕。

（三）遇到不好的天气，如刮大风，下大雨，下大雪等，加强对犯人的监视和控制，缩小劳作区，或把犯人集中起来，以防罪犯乘机逃跑。

（四）收工时，先集中后撤哨，详细清点人数，防止罪犯溜掉。在看押罪犯的过程中，由于干部战士高度警惕，防范措施得力，认真负责，吃苦耐劳，不怕流血牺牲，防止了犯人暴乱、逃跑、自杀及其它破坏活动，较好地完成了看押罪犯的任务。

全歼登陆之敌

中国人民解放军和全国各族人民经过浴血奋战和艰苦卓绝的斗争，打败了日本帝国主义侵略者和国民党反动派，取得了人民解放战争的伟大胜利，建立了社会主义新中国。但是，帝国主义特别是美帝国主义和盘踞在台湾岛内的国民党并不甘心他们的失败，侵占我国领土的野心并未改变，不断派遣间谍和特务混入我沿海内地进行破坏活动。

由于我国国境线全长约三万四千五百余公里，另有四千二百多个大小岛屿分布在沿海地带。加上一些边境地区偏僻，人烟稀少，交通不便，地理条件复杂，捕歼间谍特务难度较大，对敌斗争非常尖锐。

面对上述情况，担负保卫边防安全任务的广大指战员，冒着酷暑严寒，迎着风沙巨浪，以坚韧不拔的毅力，英勇顽强的拼搏精神，战胜一切艰难险阻，日夜守卫着祖国的边防。他们以自己的血肉之躯，筑起了守边卫国的屏障。

一九六一年十月七日，广东省佛山武警支队六中队战士杨西金站在港口码头上，检查着来往的船只。忽然，惠阳县港口公社渔民杜冯来报告说，在小星山岛附近的海面上，发现一只美制军用橡皮艇，艇里面有五个木桨和一发手枪子弹，还有一把气筒。杨西金当即将这一情况向中队作了报告。

佛山武警支队接到这一情况后，立即组织了一支由边防武警部队和民兵组成的捕歼匪特队伍。在支队和中队领导的指挥带领下，登上两艘机帆船，乘风破浪，直向小星山岛驶去。

小星山岛是个约两平方公里大小的荒岛，四周是断崖峭壁，怪石峥嵘。岛的两侧有两个紧连着的百米以上的高峰，一个高点，一个矮点，山上山下尽是荆棘和齐腰深的茅草，大块小块的岩石乱七八糟地耸立着。船在岛的西侧一靠岸，战士们和民兵拨开茅草，攀着岩石，像猛虎似地冲上小岛。

战士们在搜捕中发现山坡的南面，有两股匪特，一股正从东侧往山上爬，一股站在西侧半山腰的草丛里，探出几个脑袋正惊慌地向上张望。见此情景，支队领导大喊一声，"打！"顿时，一串愤怒的子弹直向东侧的敌人射去，只见一个匪特应声倒下，当场毙命，其余的匪特见势不妙，像乌龟似地缩了回去。

枪声响后，一阵寂静。"同志们，停止射击，我们喊话叫他们投降，多抓活的"。刹时间，喊声四起："优待俘虏，缴枪不杀！"喊声在小岛上空此起彼伏。

不大功夫，一股敌人举着双手投降了。可是，有三个敌人，拿着冲锋枪，弯着腰，往山坡左面跑去。

"往哪里跑。"战士王大刚大喊一声，随后一个点射，打死一名匪特，封住了敌人的逃路。

紧接着，战士们展开了政治攻势，大声喊着："你们被包围了，赶快投降吧！不然，只有死路一条。"

这时，时间已过六点，天色暗淡下来。"缴枪不杀，赶快投降"的喊话声不时在小星山岛上空回荡。

狡猾的敌人抱着一线逃跑的希望，借着夜色隐蔽起来。

午夜过后，天突然下起了大雨，阵阵海风越刮越紧。不大一会儿，战士们浑身上下都是水淋淋的，单薄的军衣贴在身上，冻得直哆嗦。为了消灭敌人，保卫祖国海疆安宁，他们顶风冒雨，忍饥受冻，克服了一切困难，从晚上一直坚持到天亮。

雨停了。围歼匪特的战斗全面展开。树枝、茅草划破了战士们的手脚；有的脸上划起了一道道血痕；有的滑倒了，摔破了皮肤。这些他们都全然不顾，不畏艰险，仔细搜索着每一个可疑的地方。当搜索到山脚东岸的时候，突然发现了这股敌人。战士们迅速缩小了包围圈，将这股敌人团团围住。匪特见大势已去，无路可逃，乖乖举手投降，一举毙捕登陆之敌一百六十九名。

一九六三年七月二十三日深夜，浙江省温州三江公社民兵陈聪生和干部麻恳星等四人，在瓯江口江边巡逻时，发现了一只登陆用的机器小木船，又从岸边拣到一百多发卡宾枪子弹，随即向部队作了报告。温州武警支队接到报告后，副支队长寻永成和直属一中队中队长曹福平、参谋蔡德利当即带领二十多名干部战士，乘汽艇出发。

二十四日拂晓，部队赶到了现场，由九名民兵带路，向深山进发，搜索前进。

半个小时后，老战士李日银搜索到一条岩坎边时，发现岩石上边的一片草丛里动了几下。他便悄悄地攀上岩石，只见一个敌人正举枪向我另一名战士瞄准射击。李日银见此情景，立即举枪射击，只听"砰"的一声，将敌击毙。

这时，藏在大岩石下左面松树林里的四个敌人直起腰来，疯狂地向李日银射击。机警的李日银见地形不利，转身一跳趴伏在草丛里。他随手摘下军帽，用刺刀轻轻挑到草丛的一颗小树上。四个敌特误认为是李日银露出了头，一串子弹朝帽子打来。这时，李日银已趁机绕到了敌人的侧翼，端起冲锋枪朝敌人猛烈射击，当场将四个匪特击毙。

在搜索中，战士魏纪东发现在一小片空地上散落着不少钞票，见此情景，他立刻警觉起来，小心翼翼地细心察看钞票四周的杂物。突然，他发现在钞票中间埋着两颗地雷。为了战友和人民群众的生命安全，他毫不犹豫地引爆了地雷，使敌人的阴谋诡计彻底破产。

类似上述捕歼登陆之敌的事例，在武装警察部队中举不胜举。据不完全统计，武装警察部队在沿海和陆地边境线上，同侵犯、袭扰我边境的敌人进行了大小战斗一千二百余次，捕歼敌人一万六千三百多名，捕获各种外逃犯罪分子三万八千六百余名，侦破和查获敌电台一百二十多部，击伤、击沉和缴获敌各种登陆艇、船三百多艘，缴获各种枪三万八千三百多支，为维护边境地区安全，捍卫祖国领土主权，做出了重大贡献。

第 十 二 章

第二炮兵的组建与发展

第二炮兵的诞生

我们国家的核武器是在帝国主义、霸权主义的核讹诈、核威胁下发展起来的。五十年代到六十年代中期，美国曾准备对我国搞核攻击。在朝鲜战争中，美国也曾打算对我国使用核武器。进入六十年代后，赫鲁晓夫实行霸权主义政策，在中、苏边境陈兵百万，在远东部署了中远程导弹，瞄向我国境内的要地，扬言要对我国实施"外科手术"的核打击。对美、苏日益增长的核威胁，为了防御，保卫我国人民免遭核打击，从六十年代初，我们开始独立自主地研制核武器。

一九六四年六月，我国自行设计制造的中近程导弹试验成功。同年十月十六日，又成功地爆炸了第一颗原子弹。到一九六五年，导弹的研制已由单一型号发展到多种型号；中程、远程和洲际导弹的研制工作相继开展；单项技术攻关已取得了新的突破；七机部和中国科学院等部门合作，开始着手研制中国的第一颗人造卫星和"长征一号"运载火箭，为建立一支导弹部队创造了重要的条件。

与此同时，军委炮兵经过八、九年的艰苦努力和探索，到一九六六年已组建了若干个地地导弹团、作战基地和院校及相应的机构，摸索出了组建和训练导弹部队的一些经验，为建立导弹部队打下了良好的基础。

一九六六年，在复杂的国际、国内形势面前，中共中央、中央军委高瞻远瞩，审时度势，决心坚持发展自己的核武装力量，于六月六日作出决定：以原中国人民公安部队领导机关为基础，与现炮兵管理导弹部队的机构和人员合并，整编为中国人民解放军第二炮兵领导机关。自七月一日起，撤销中国人民公安部队领导机关的名称，同时启用"中国人民解放军第二炮兵"的番号，其领导机关各部名称称为"中国人民解放军第二炮兵司令部、政治部、后勤部。"

第二炮兵领导机关在北京成立后，中央军委在一九六七年先后任命向守志为第二炮兵司令员（未到职），李天焕和我为第二炮兵政委，由李天焕和我主持第二炮兵的工作。一九六八年至一九六九年，中央军委又先后任命杨俊生为第二炮兵司令员，我为政委，符先辉、严家安为副司令员，欧阳平为政治部主任、赵正才为副主任，丛蓉滋为司令部副参谋长，刘大礼为后勤部部长，张星灿为后勤部政委。

第二炮兵的建立，是战略导弹部队建设的新起点，标志着中国人民解放军又有了一个现代化的新兵种，我国国防增添了一支战略核威慑和核反击力量。这是我们中华民族的骄傲。

二炮建设历经艰难

第二炮兵虽然诞生了，但是，谁能想到，就在这时，一场史无前例的"文化大革命"也开始了，司令部、政治部、后勤部的大门被查封，领导干部被揪斗，造反的浪潮冲击这个刚刚被命名、还未来得及迈开建设步伐的兵种领导机关，各项工作开展得十分艰难。

二炮领导机关成立后，当务之急应该是尽快配备好一个精干的领导班子，以加强对机关建设和部队战备工作的领导。但是，由于"文化大革命"造成了动乱，在此情况下，领导班子迟迟不能组成。当时原军委公安部队领导李天焕和我，还有查国桢、熊伯涛、盛治华、严家安、欧阳平、阎指征等同志，都积极大胆地挑起了二炮组建时的重任，做了许多工作。直到一九六七年七月四日，经毛主席批准，中央军委才任命炮兵副司令员向守志为第二炮兵司令员，原公安部队第二政委李天焕为第二炮兵政委。但是，由于林彪、江青反党集团的破坏，向守志司令员未到职就遭迫害，李天焕政委也因所谓"杨成武、余立金、傅崇碧事件"受到牵连。一个新兵种的领导班子还未凑齐，司令员、政委就遭此厄运。

一九六六年十月十八日，中央军委又任命我为第二炮兵政委。实际上差不多有一年多的时间，基本上是由我主持二炮的工作。

到了一九六八年九月份，中央军委任命北京卫戍区政委杨俊生为第二炮兵司令员。这时原公安部队的领导都受到了不同程度的冲击，根本无法工作，实际组建二炮部队工作的重担就落在了我和杨俊生、严家安等几个人的身上。一九六九年四月，二炮在北京召开了第一次党代会，选举产生了二炮首届党的委员会，我任副书记，以后任书记。这是二炮组建近三年成立的第一个较为健全的领导班子。

由于在那种政治冲击一切，运动压倒一切的"文化大革命"年代，二炮虽已成立，但未能及时接受任务。直到一九六七年八月，军委炮兵、第二炮兵才得以向中央军委呈报了《关于导弹部队交接的实施办法》的报告。同年九月十六日，中央军委批准了这一报告，并发布命令：

"第二炮兵领导机关自一九六七年十月二日起开始接

受任务。按逐步接受的原则，做好交接工作。原属炮兵领导的各导弹基地、导弹部队、工程部队、研究所、军械仓库即拨归第二炮兵建制和领导；属于地区性的工作，仍接受所在军区的领导。炮兵领导机关负责导弹部队工作的人员，根据'文化大革命'进展情况和工作需要，分批地调到第二炮兵领导机关。"

　　命令中还确定，西安炮兵技术学院和武威炮兵学校待"文化大革命"告一段落后，再行交接。

　　遵照中央军委的命令，原属炮兵领导的导弹基地和导弹团及担负阵地工程修建任务的工程建筑团、炮兵第一研究所、直属军械仓库，均于一九六七年十一月归建到了第二炮兵建制领导。炮兵机关分管导弹部队的工程技术人员，从这时起到一九六八年，分三批调入二炮机关。西安炮兵技术学院和武威炮兵学校，推迟到一九六九年十月才归建到二炮建制领导。这样，经过了三年多时间，才按要求完成了导弹部队的接收任务。由此可见，第二炮兵的组建是多么的艰难。

　　特别使我不能忘记的是，毛主席、周总理、军委叶副主席等老一辈革命家对组建第二炮兵倾注了大量心血。

　　周总理在日理万机的情况下，根据当时我军的编制体制情况和中国导弹部队肩负的任务，将这支新型高技术部队亲自命名为"第二炮兵"。周总理说："称第二炮兵好，既区别于美国的战略空军，又不同于苏联的战略火箭军，既和火箭部队差不多，又保密。"

我还记得那是在一九六六年六月六日党中央、中央军委作出了成立第二炮兵的决定后不久，周总理率领中国党政代表团结束了对罗马尼亚和阿尔巴尼亚的访问，在返回北京的途中，他不顾疲劳，到导弹发射基地，兴致勃勃地参观了导弹部队的实弹发射，鼓励部队勤学苦练，提高发射本领。一九六六年七月六日，是第二炮兵成立后的第六天，周总理在人民大会堂休息厅向杨成武代总参谋长询问了第二炮兵成立的情况。当他得知二炮成立后，部队还未进行交接时，便关切地说："在这交接阶段，要注意保持部队建设的连续性，由总参谋部召集炮兵、二炮领导开个会，把交接期间部队的管理责任明确一下，交接前仍由炮兵负责，以炮兵为主，二炮协助。"

根据周总理的指示，杨成武代总长很快在他的办公室召集了一个会，传达了周总理的指示。炮兵参加会的有吴克华、陈仁麒、向守志，二炮参加会的有李天焕和我、还有严家安。在这次会议上，把移交期间部队管理的责任明确了，以炮兵为主，我们二炮协助。这对当时部队建设是至关重要的。

一九六七年三月三十日，在"文化大革命"动乱的关键时刻，中央军委副主席叶剑英、总政治部主任肖华、代总长杨成武等出席了二炮党委扩大会议。叶副主席为解决出现的混乱局面，保护老干部，稳定机关和部队作了重要讲话。叶副主席在讲了军队要保持稳定后，着重指出："第二炮兵，在我们建军的历史上来说，是第一次出现的新兵种，是用尖端武器同敌人作战的。"他强调"要把二炮领导机关建设好，尤其是把党委建设得坚强而有力，把部队建设成为保卫祖国东西南北边疆的最有力的拳头，做到中央军委一声令下，就能打得响，打得准。"叶副主席的讲话，不仅对稳定机关，而且对大家提高对二炮性质的认识，建设好二炮的信心起了重要作用。

　　现在回想起来，正是由于周恩来总理、叶剑英副主席等老一辈革命家时刻关心着二炮建设，二炮才得以在动乱的"文化大革命"年代里组建成立。

二炮的任务

　　第二炮兵组建成立后，如何把这支新的导弹部队建设好，这既是中央军委时刻关注的一个重要问题，也是当时我们领导班子遇到的一个新课题。就在我们积极探索这个问题的时候，中央军委于一九六七年七月十二日颁发了《关于第二炮兵基本任务和领导关系的暂行规定》，对这个新兵种建设的一系列重大问题，都作出了明确规定。

　　《规定》中提出：大力突出无产阶级政治，将第二炮兵建设成为一支用毛泽东思想彻底武装起来的，具有革命性、科学性和组织性，永远忠于党，忠于人民，忠于毛泽东思想的非常无产阶级化、非常战斗化的革命部队。

《规定》中还指出：第二炮兵是我国实现积极防御战略任务的重要核打击力量。他的基本任务，是协同其他军（兵）种或独立地打击敌人的重要目标。他的建设、部署、调动、特别是作战，都必须在中央军委集中领导下，极端严格，极端准确地遵照中央军委的命令执行。

第二炮兵所辖部队包括：近程、中程、远程地地导弹部队，战斗保障、技术勤务部（分）队和院校。并直接领导担负作战基地建设任务的工程建筑部队。

为了便于领导和组织指挥，第二炮兵的指挥体制暂定为三级制，即：军委第二炮兵——导弹作战基地（军级单位）——导弹团，必要时第二炮兵可越级指挥到团。

第二炮兵领导机关，负责地地导弹部队建设、党政工作、战备训练和作战指挥。其主要任务是：（一）加强政治思想工作。（二）领导部队的战备和训练，使部队经常处于良好的战备状态，做到中央军委一声令下，立即行动。（三）根据中央军委的意图和敌人重要目标的情况，拟制导弹部队作战计划及保障措施，组织导弹部队之间的协同作战。（四）拟制导弹基地修建计划，并组织领导工程建设。（五）负责地地导弹部队的组织建设和干部的管理及培训工作。（六）负责导弹部队的武器装备、弹头、推进剂、器材及特需用品的订购、验收、储存、供应，并组织维护修理工作。（七）组织导弹部队战斗使用的研究工作。提出武器系统的改进和发展的要求。

　　一九六八年新年伊始，从一月五日到十三日，我们在北京召开了各基地司令员、政委、副司令员、副政委和各工程指挥部主要领导参加的首次干部会议，传达学习中央军委的《暂行规定》，研究第二炮兵的建设问题。杨成武代总长等总部领导出席了会议并讲了话，指出：第二炮兵是我军新建立的一个兵种，担负着核反击作战任务。第二炮兵的建立是毛主席和中共中央、中央军委建立独立的中国战略核力量的又一重大决策。要按照中央军委规定中提出的任务和要求，集中力量抓好作战基地的建设，把二炮建设成为一支用毛泽东思想武装起来的、非常无产阶级化、非常战斗化的革命部队，真正担负起中央军委赋予的战略任务。

　　这次会议在提高认识的基础上，安排了一九六八年的工作，提出了努力完成繁重的施工、训练、组建部队等战备任务的要求和措施。为全面建设好部队奠定了坚实的基础。

扩建基地和部队

　　我们根据中央军委赋予的"建设一支实现积极防御的核反击力量"的任务，于一九六七年十二月十一日，专门召开了常委会，研究制定了《关于地地导弹作战基地工程建设和部队建设的三年规划》（一九六八年——一九七○年），从此，部队的扩建工作有计划、有步骤地开展起来。

（一）扩建基地。战略导弹部队的阵地是用于贮存武器装备和实施反击作战的重要依托。这种阵地特殊而又坚固，工程大，样式多，配套全，要求高，必须保证导弹核武器贮备所具有的条件；坑道内人员生活、机械启动所必须的条件；核防护与核反击作战所必须的条件。自从导弹核武器问世以来，各有核国家都把阵地作为提高战斗力的基础条件，每年投入大量的人力、物力和财力，研究和加强阵地工程建设，使之适合武器的发展和战斗力提高。

早在一九六○年六月，中央军委就对修建导弹阵地作了部署，确定了一整套方针原则。后来，主持国防科工委工作的聂荣臻元帅对修建阵地又提出了更明确的要求。

修建导弹阵地，是关系国家战略防御的重大问题，涉及面广，技术复杂，必须依靠全军各有关部门和全国有关部门、地区的协同和支援。

关于作战基地机构的建立，采取先组建基地工程指挥部，而后转变为基地领导机构的办法。按此办法，经中央军委批准，第一个作战基地于一九六四年十一月一日正式成立。此后，其它基地的组建也大都如此。

一九六六年一月四日，周总理在中南海召开会议，专门研究导弹作战阵地的建设问题。会上，周总理依据国际形势和导弹武器的研制生产计划，作了重要指示，确定了一九七〇年以前阵地工程建设的总目标。

遵照周总理的指示和要求，一九六六年六月，组建了两个基地筹备处。同年八月，经总参谋部、总政治部、总后勤部批准，将原公安部队学院和干部学校分别改为"中国人民解放军第二炮兵第三〇五、三〇六工程指挥部。"经过一年多的筹备和建设，一九六八年五月二十五日，中央军委批准将三〇五、三〇六工程指挥部分别改称为"第二炮兵第五十四、五十五基地。"

五十四基地组建后，张世盖任司令员，白寿康任政委，王尚后接任政委。

五十五基地组建后，莫异明任司令员，邓波任政委。

根据导弹武器发展规划和研制的情况，为了加强作战准备，一九六九年六月二十八日，第二炮兵向总参谋部并中央军委上报了《关于东风导弹基地的勘察问题》的报告，中央军委很快于七月二十八日批复同意。同年八月八日至九月二十三日，由二炮的领导同志牵头，带领有总参作战部、工程兵部、兰州军区作战部、国防科工委十八院、七机部等单位的领导同志组成的勘察队，对西北青海地区进行了普查。

一九六九年十一月三日，二炮党委向总参并中央军委呈报的《关于组建西北地区东风导弹基地问题的请示》中，建议在祁连山以南地区，组建东风导弹作战基地，其领导机构拟以原武威炮校机构和部分人员为基础，再由二炮各基地抽调部分干部组成，番号为"中国人民解放军第二炮兵第五十六基地"。同年十一月十九日，中央军委批准了这个报告。

十二月十日，根据中央军委的命令，五十六基地组建，吕士英任司令员，张芳任政委。

五十四、五十五、五十六三个基地都是以院校为基础，在阵地工程尚未全部勘察定点的情况下，先搭起基地领导机构的架子，把司令部、政治部、后勤部机关必要的部门和急需的保障分队组建起来，然后逐步形成正式编制。加上原属军委炮兵领导的基地，第二炮兵已拥有了数个导弹作战基地。按中央军委的作战部署完成了基地组建任务。

（二）扩建导弹部队。部队的扩建是根据中央军委的战略方针和武器的发展而决定的。

根据一九七〇年前生产的武器装备可以装备"东风2号"、"东风3号"、"东风4号"部队的计划，二炮党委在一九六七年十二月制定的发展部队的规划中作出了加速发展部队的安排。经中央军委批准，从一九六八年到一九七〇年，又新组建了数个导弹团。组建方式大体为由老团分建、抽调骨干组建和独立营扩建三种。

一九六八年五月，由八〇三团分出一部分作基础，又从福州军区、工程建筑一二〇团、一二一团选调部分干部战士，组建了八〇六团，归五十一基地建制领导。由八〇二团分出一部分作基础，又从广州军区、工程建筑一七九团选调部分干部战士，组建了八〇八团，归五十三基地建制领导。

同年八月，由八〇一团分出一部分作基础，又从南京军区选调了部分干部战士，组建了八〇七团，归五十二基地建制领导。

一九六九年十二月五日，以九〇二营为基础扩建，从武威炮校、九〇一营选调部分干部战士，组建了八〇九团，归五十六基地建制领导。

一九七〇年七月至十二月，各基地根据二炮党委"由所属战斗团、工程团抽调干部和骨干组建"的决定，加快部队发展，又组建了五十一基地的八一〇团；五十二基地的八一一团；五十五基地的八一二团；五十四基地的八一三团；五十三基地的八一四团。至此，第二炮兵初具规模。

（三）组建保障部（分）队。二炮的性质和任务决定了从二炮机关到各基地、导弹部队都必须有与之配备的保障部（分）队。

一九六八年四月，以二炮通信站为基础，组建了二炮通信总站，何献成任主任，桂良才任政委。担负二炮首长、机关对所属部队实施指挥的通信保障任务。

一九七六年十二月，将各基地的测地排集中组建为二炮测绘大队，李明德任大队长，冯芳廷任政委。以加快各基地的大地测量任务。

一九六九年七月二十八日，中央军委从总参通信兵部、国防科工委、北京军区、海军、空军，为二炮选调了九十八名气象、通信、电子计算专业技术干部，加强了保障部（分）队的专业技术力量。

各基地在组建导弹部队中，也陆续组建了通信、气象、计算、防化、工兵、仓库、汽车营等保障分队，部队的编制日趋完善。

（四）扩建工程团。二炮的阵地工程建设是一项长期的战备任务。二炮组建初期，在五十一、五十二、五十三基地施工的工程团，是一九六五年五月、一九六六年六月、一九六七年四月先后开工的。三年来虽然克服了许多困难，取得了一定成绩，但由于各级领导缺乏经验，组织计划不周，以及施工兵力、机械、车辆不足，部分器材、物资不能如期交货等原因，阵地工程建设的速度缓慢。为了实现中央军委确定的到一九七〇年建成若干个基地的任务，加快工程建设速度，二炮采取了一系列措施，而首要的就是扩建工程团。

一九六七年以前，工程团在军委炮兵执行任务，由军委工程兵管理，使用与隶属单位不统一，许多问题不好解决。鉴于扩建基地的工程规模大，施工期长，技术复杂，严格保密，经中央军委批准，凡担负二炮工程建设任务的工程部队，统一归二炮建制，从而把使用与管理结合了起来。

二炮总结了自一九六五年以来两年多施工的情况，摸索出一个导弹团的阵地工程，大约需要三个工程团施工一年多才能完成。按工程任务计算，除已有的工程团、运输营和运输连外，还需增加若干个工程团和运输营。

为了尽快对未开工的阵地施工作业，一九六八年上半年需要增加数个工程团。这个计划，我们以二炮党委的名义，于一九六七年十二月给中央军委写了报告。

中央军委对这个报告非常重视，从一九六八年到一九六九年，先后从成都、沈阳、广州军区等单位抽调若干个工程团，归二炮领导。

在二炮阵地工程建设中，通信工程的安装任务也很重，须由专业队伍去完成。经中央军委批准，一九七〇年一月，将通信兵第四十三团改建为第二炮兵通信工程团，归二炮司令部直接领导。

除了通信工程团外，还有一支工程技术安装部队，称工程技术总队。他们原建制在军委工程兵，担负二炮阵地工程的安装任务。由于体制关系不顺，在执行任务中遇到不少协同配合方面的问题。经中央军委批准，军委工程兵工程技术总队及所属一、二、三、四、五大队，拨归二炮建制领导，从而理顺了关系，解决了部队使用和管理不统一的问题，有力地保障了二炮阵地通信工程安装任务的完成。

自力更生发奋图强

二炮部队组建初期，是极其艰难的。一是国家连续三年遭受严重的自然灾害，供应受到影响；二是部队训练缺装备，缺教材，就连绘图纸也十分紧缺。

在这种情况下，广大指战员不顾工作条件和生活艰苦，决心为中国人民争气，以奋发图强，艰苦奋斗的精神，冒着严寒学习，顶着酷暑训练。自制训练代用器材，以土代洋。没有教材自己编，没有图表自己绘，度过了难关。

在此基础上，我们还狠抓了部队的技术训练。二炮领导机关先后制定了一系列规定，编写了《基本功操作规程》，规定了基本功训练内容，强调加强技术训练，搞好人和武器的配合。与此同时，把培养部队稳、准、严、细的作风当作一件大事来抓。各部队把周总理对科研人员进行导弹核武器试验作的"严肃认真，周到细致，稳妥可靠，万无一失"的指示，作为自己在训练和发射中的座右铭。做到发射前精心准备，发射中极端严格，发射后认真总结经验教训。

此外，我们大力加强干部和技术骨干队伍的建设。对干部和技术骨干的训练，除送院校学习外，还采取了一些相应措施。如：干部在职训练，举办集训队，让干部任教，跟班作业，提高业务技术和组织指挥能力。选派干部、技术人员到导弹研制单位和试验基地培训。一九七二年至一九七五年，我们认真贯彻落实中央军委关于办好教导队的指示，办起了教导队和轮训队，集训干部九千六百六十六名，培养了一批能力较强的指挥员和技术骨干队伍。依靠自己的力量，成功地发射了数枚导弹。

改革部队训练

在部队训练中，我们要求各级领导立足现有装备，着眼未来核反击作战的特点，在改革中探索搞好训练的新途径。围绕提高"三种能力"（生存能力、快速反应能力和机动作战能力），在训练指导上，逐步实现了从重点抓操作手的训练到重点抓干部的训练；从重点抓导弹专业训练到重点抓各专业整体配套训练；从重点抓技术训练到重点抓战术战役训练，培养了一支具有较高指挥水平的军事指挥队伍和技术过硬的技术骨干队伍。

在我的记忆中，当时主要从以下五个方面对部队的训练进行了改革。

（一）开展正规化训练。导弹部队的一个发射单位，由几十种专业、几百名操作人员、几十台（件）装备配套组成。发射一枚导弹，需要进行一系列的检查、测试和准备，需要各专业分队的保障。如果训练不正规，制度不健全，纪律松弛，任何一个环节失误，都会牵一动百，贻误战机。因此，实行正规化训练，至关重要。

导弹部队的正规化训练，是从实施实装操作战术队列作业开始逐步发展起来的。六十年代，各部队把步兵制式教练的传统方法，运用到训练中，具有了队列整齐划一的一些特点。随着实践的加深，实装操作战术队列作业总结为"六化"（即指挥口令军语化、操作程序化、动作制式化、行动队列化、工具摆放整齐化、作风战斗化）操作法，从而进一步提高了部队的训练质量。

（二）突出干部训练。突出干部训练是我们训练改革的一个重要方面。在每年的年度训练规划中，都把干部训练列入重点。

在训练内容上，从提高干部的作战运用能力出发，探讨对核战争初期作战问题；研究导弹核武器系统的核效应及其防护措施；研究各种气象条件下的作战行动规律；研究各种保障分队如何实施有效、不间断保障问题等，积累现代战争需要的知识，提高干部的指挥能力。

（三）改革训练内容和方法。长期以来，部队的军事训练按照基础理论、专业理论、实装操作的方法进行。为了探索训练新途径，我们专门开会进行了研究，提出了改革方案，成功地推行了新老兵分编分训的方法。有效地实施了"一专多能"和减员操作训练。进行了适应性训练和各种试验发射，提高了部队快速反应能力和核反击作战能力。

（四）加强配套合成训练。战略导弹部队既是一个现代化的兵种，也是一个合成兵种。合成训练对这支部队有着特别重要的意义。

为把合成训练搞得扎扎实实，各部队遵循由低到高，先基础后应用，先分训后综合，逐级合成的原则，加强了干部的指挥、各专业的配套和机关、发射部队、保障分队的同步训练和综合演习，提高了部队的作战能力。

（五）实施战役演习。战术战役训练，是合成训练的高级阶段，也是提高部队整体作战能力的重要途径。我们围绕提高核反击作战能力这一目标，组织部队实施了不同层次和规模的战役集训和演习。既提高了各级领导和机关的组织指挥能力，也增强了部队整体作战能力。

我在二炮工作近九年的时间里，经过了创建最艰难的时期，尽管有"文化大革命"十年动乱的干扰，但是，由于毛主席、周总理、叶剑英副主席等老一辈革命家对二炮建设极为关心，从导弹武器的研制、试验到定型，许多事情都亲自过问。加之中央军委直接抓，二炮的武器发展还是比较快的。导弹研制由单一型号发展到多种型号；中程、远程导弹的研制取得了新的突破；战术导弹的研制取得了重要成果；固体燃料火箭技术取得了新的进展。

实践使我深深认识到，我们国家建立一支具有一定规模和作战能力的战略导弹部队，是非常必要的。不仅提高了人民解放军的战斗力和威慑力，也提高了我国的国际地位。在遏制战争、维护世界和平和保卫社会主义祖国的建设中，发挥着重要作用。

第 十 三 章

离开二炮调任武汉军区政委

我在"文革"中受到迫害

　　一九六六年中国大地发生了巨大变化。一场惊心动魄的"文化大革命"运动，如急风暴雨，席卷全国。被林彪"四人帮"反革命集团利用的"文化大革命"，在打倒一切的群众运动冲击下，在踢开党委闹革命的浪潮中，各级领导干部受到了不同程度的冲击。

　　"文化大革命"期间，我在第二炮兵任政治委员、党委书记。由于我对林彪"四人帮"一伙把黑手伸向二炮，安插亲信，排除异己的行径，深恶痛绝，采取了不同的方式和方法，利用不同的场合，同他们进行了坚决的斗争。他们把我看作眼中钉，变换手法，给我扣上了许多莫须有的罪名，对我进行了无情的迫害。先是停止了我的工作，勒令让我"靠边站"，继而指使他们在二炮的代理人操纵一些不明真相的造反派，四处张贴大字报，闯入我的住所，揪斗我。为了解决二炮"文化大革命"中的问题，二炮党委在京西宾馆召开了党委扩大会，"四人帮"一伙的人参加了会议，这个会矛头主要是指向我。他们企图对我实施更加无情的迫害。

在我的处境十分困难的时候，敬爱的周恩来总理伸出了温暖的手。当他得知我的身体有病时，指示有关部门安排我住进了解放军总医院治病休养。我心里明白，这实际是周总理把我保护了起来。周总理对我的关心和爱护，使我终生难忘。

调任武汉军区政委

我病愈出院后，当时主持中央军委日常工作的叶剑英副主席对我很关心，并安排我到中央党校第四期理论读书班学习，尚未毕业，叶副主席找我谈话。他和蔼地对我说："现在二炮的情况非常复杂，一些别有用心的人可能还会变换手法地迫害你。为了安全起见，军委决定，调你到武汉军区当政委。"

我说："谢谢叶副主席的关心，服从军委的决定。"

叶副主席接着说："你抓紧时间把家中的事情安排一

下，坐火车去武汉军区报到，以后有什么事情电话里联系。"

我心里非常明白，叶副主席的这些安排，都是为了保护我。

按照叶副主席的指示，我怀着感激的心情，于一九七五年四月十七日乘火车离开北京去武汉军区。

我到武汉军区后，当时担任武汉军区司令员的杨得志同志，第一政治委员王平同志，非常热情地接待了我，对我到武汉军区当政委表示欢迎。

过了几天，武汉军区还专门为我召开了欢迎会，特意安排我和军区的领导同志见了面。

会上，我作了简短发言。主要讲了我刚来武汉军区工作，对武汉军区的情况不太了解，在今后的工作中希望大家多指点，多帮助，多提宝贵意见。

欢迎会的气氛非常好，大家都表示欢迎我到武汉军区工作。

因为武汉军区的领导同志都知道我在军委第二炮兵当了九年政委，对干部工作熟悉，对我的为人也有所了解，军区常委会研究决定，并一致同意，由我主管整个军区的干部工作。

我深知这是军区主要领导同志和各位常委对我的信任。

为了搞好全区的干部工作，我从掌握基本情况入手，

对全区的编制和干部状况一一进行调查了解。在我的记忆
中，当时武汉军区下辖司令部、政治部、后勤部、军区炮
兵、工程兵、国防工办、陆军第一军、四十三军、五十四
军、河南省军区、湖北省军区、步兵学校，九个军级单
位，还代管空军第一军，五十二个师级单位，四百零三个
团级单位。全区共有干部六万四千一百九十九名。其中，
军职以上干部一百八十九名，师职干部七百八十四名，团
职干部五千三百一十八名，营职干部一万零七百三十一
名，连排职干部四万七千一百七十七名。

　　在此基础上，为了贯彻落实军委扩大会议确定的压缩
军队定额、调整编制体制和安排超编干部的战略决策，我
带领军区干部部和有关部门负责同志，深入各部队、机
关、学校，逐个详细了解各级领导班子的配备、部队编制
体制和干部在编及超编情况。

　　据一九七五年我当时的工作日记记载，我先后深入到
驻开封的一军及下辖驻许昌的一师、商丘的二师、明港的
三师；驻洛阳的四十三军及下辖的驻新安县的一二七师、
固县的一二八师、南阳的一二九师；驻新乡的五十四军及
下辖的驻白泉的一六〇师、焦作的一六一师、安阳的一
六二师；军区炮兵下辖的驻荥县的高炮六十三师、随县的
高炮七十一师、确山县的地炮二师；军区工程兵下辖的驻
信阳的一一九团、宝丰的三〇九团、黄石市的舟桥八
十八团；军区司令部下辖的设防在驻马店和移峰的坦克十

一师、平顶山市的坦克十三师、孝感境内花园镇的步兵四十九师、南阳的通信团、京山县的防化团、平顶山市的第三测绘大队、武河的十二测绘大队等十个团级单位；军区后勤部下辖的驻临汝县的汽车八团、大悟县的汽车十二团、武昌金口的船泊大队、信阳、郑州、襄阳的三个兵站，二十一个医院和下辖的分部；河南省军区下辖的独立一、二师、郑州警备区、安阳、新乡、洛阳、开封、商丘、周口、许昌、驻马店、信阳、南阳十个军分区；湖北省军区下辖的独立师、武汉警备区、黄冈、咸宁、孝感、荆州、宜昌、襄阳、郧阳七个军分区；军区军政干部学校、军医学校和沉湖农场等单位调查了解情况，掌握第一手材料。

此后，我又分别逐个听取了司令部、政治部、后勤部主要领导同志和各二级部长对本部编制、人员组成等情况的汇报。

我在全面调查了解全区干部队伍和各级领导班子现状的基础上，根据军委扩大会议精神，又专门召开了有关领导同志参加的干部工作会议，进一步分析了干部队伍和干部工作形势，认真研究了加强干部队伍思想建设和组织路线要跟上的落实措施。对怕字当头的"软"班子，干劲不足的"懒"班子，闹不团结的"散"班子，向军区常委会提交了需要整顿和调整领导班子的议案。军区常委经反复酝酿、讨论研究，认为此方案抓住了问题的关键，符合实际，切实可行，被采纳。

对部队如何精简整编？哪些部队需要整编？哪些机构需要合并精简？超编干部如何安排等一系列问题，我和军区政治部的领导同志作了全面细致的调查了解，进行了认真分析和研究，以书面报告形式，写出议案，提交军区常委会讨论研究。军区常委会一致认为此方案符合军委扩大会议精神。审定后，呈报中央军委审批。军委很快批准了这个精简整编方案。

从一九七五年至一九七七年，根据军委的要求，按照接班人的五项条件和老中青三结合、五湖四海的原则，全区师团干部调整交流充实二千零六十名，选拔到军师团三级领导岗位上的优秀干部三百四十三名。从考察的情况看，绝大多数是选得准的。经过调整交流，多数领导班子得到了进一步的加强，也比较精干了。多数领导班子还进行了整顿，软、懒、散的现象有所克服。实践证明，对领导班子进行调整和整顿是完全正确的。与此同时，加强了干部的培养训练。健全、加强了军政干校和军医学校，筹办了军区五七干校。自我主管全区的干部工作以来，军区的三所学校共训练了二千四百零二名干部，有效地提高了干部的军政素质。为全军和地方院校选送了一千五百九十四名学员。在加强培养干部的同时，各单位的教导队、轮训队按照分工和部队需要，轮训了大批战士骨干，并从这些优秀战士中选拔了四千一百四十五名干部，绝大多数质量比较好。

根据一九七五年军委扩大会议精神，批准了四百零四名干部离休，六百八十一名干部退休。据不完全统计，截止到一九七七年七月，全区已有离退休干部一千六百多名。对这些离退休干部的安置，军区专门开会进行了研究，坚持大分散、小集中，大城市少安置，中小城市多安置的原则，一个干休所安置三十户左右，编为团级单位，配好配齐服务人员和车辆。

对新建离休干部的住房，军区也非常重视，在不违背上级有关规定的前提下，尽可能地扩大一点建筑面积。经军区常委会研究决定，军职干部住房面积为一百四十平方米，师职干部为一百平方米，团职干部为八十平方米。

为了尽快解决离退休干部的住房，我们想了很多办法。在资金不足的情况下，精打细算，就地取材，安排人员和车辆，自己拉运沙石土料，节省了经费。在建筑设计上，我们要求布局要合理。经大家共同努力奋斗，仅用了一年多的时间，就基本上解决了离退休干部的住房问题。

同时，我们以军区党委的名义下发文件，要求各级党委和有关部门按照分工把离退休干部的安置工作抓紧抓好。并采取不同的方式和方法，通过不同的渠道，对离退休干部的安置工作进行了深入细致的调查了解，逐一抓好落实。离退休干部普遍反映：他们想办的事情军区领导给办了，他们没有想到的事情军区领导给想到了，给解决了。他们表示要保持革命晚节，发挥余热，为部队建设做些力所能及的工作。

我在抓好全区干部工作的同时，还积极抓好军区的其它工作。如在了解军区军事工作时，发现在军事训练方面需要解决的一些问题，能解决的及时解决，需军区办公会议解决的及时向军区其他领导同志通报情况，提出建议，开会研究解决。在深入一军、四十三军、五十四军、河南省军区、湖北省军区、军区炮兵、军区工程兵、军区所辖的三十七个师级单位考核领导班子和干部时，始终把部队的军事工作状况作为考核领导班子和干部的一个重要方面。我到过军区大部分团队了解部队工作，为基层解决了许多难题。

我还特别注意利用不同的形式和方法抓好政治工作。根据各部门反映出来的部队在政治思想工作方面存在的一些问题，我在深入九个军级单位、五十二个师级单位考核领导班子时，把了解部队的政治思想工作作为一项重要内容，先后召开了三十多次座谈会，进行专题研究，分析原因，找出解决问题的方法，把部队存在的一些不良现象及时加以解决。从而保持了部队思想稳定，全区没有发生恶性事件，较好地完成了各项任务。

我在考核后勤干部时，把每个干部的政绩作为衡量一个干部是否称职的标准。先后深入到后勤所辖的六个师级单位、部分团级单位和军区沉湖农场进行调查研究，解决了一些多年没有解决的"老大难"问题。

　　民兵队伍建设是军区的一项重要工作。我在听取军务动员部的工作汇报时，专门详细了解全区民兵的"三落实"情况，即组织落实、政治落实、军事落实。并先后到河南省军区下辖的十个军分区和湖北省军区下辖的七个军分区及部分武装部，结合考核军分区和武装部的领导班子，了解民兵工作，抓好民兵"三落实"。当时河南省和湖北省共计有普通民兵一千六百万人，武装民兵九十一万人。通过民兵整组，做到了每个县组建了一个民兵团，公社有民兵营，大队有民兵连，生产队有民兵排。同时组建了二百个武装民兵团，三十五个高炮连，一百零七个高射机枪连，二千三百个打坦克爆破班。民兵工作搞得有声有色。

第 十 四 章

第二次到北京卫戌区工作

中央军委调我回北京

在我的记忆里，那是一九七七年九月十一日，当时任中央军委秘书长的罗瑞卿同志亲自给武汉军区司令员杨得志同志打电话，要我在三日内离开武汉军区到北京卫戌区工作。

当天下午，杨得志同志找我谈了话，传达了罗瑞卿秘书长代表中央军委调我到北京卫戌区工作的指示，并说要我在三日内离开武汉军区到北京找他报到。

听完杨得志同志的这番话，我当时感到这件事情来得太突然，毫无思想准备：一是调我到北京卫戌区工作事先没有和我打招呼，没有征求我的意见。二是限三日内离开武汉回到北京，连交接班的时间都不够。

　　说心里话，虽说我到武汉军区工作了不到三年时间，但处处事事得心应手，顺心如意，对武汉军区还是有感情的。从主观上讲，当时我是不太愿意到卫戍区工作的。因为我当过卫戍区第一任司令员，深知卫戍区司令员、政治委员的担子有多重，责任有多大，所以我不想离开武汉。从客观上讲，我感到三日内到北京卫戍区工作，时间安排得太紧了，想推迟几天再说。

　　我把自己的这些想法和杨得志同志谈了以后，他说："我先把你的想法向罗秘书长汇报一下，听听他是什么意见。"

　　说完，他拿起电话同罗秘书长通了话，讲了我不愿到北京卫戍区工作，愿留在武汉军区的想法。

　　罗瑞卿秘书长听后，对杨得志同志说："让吴烈同志接电话，我和他谈。"

　　在电话里，罗秘书长对我说："中央军委考虑到你做警卫工作时间比较长，在这方面积累了许多经验，军委研究决定，调你到北京卫戍区担任政治委员，这是党中央和中央军委对你的信任。"

　　说到这里，他加重了语气："你愿来也得来，不愿来也得来，这是军委的决定，尽快到职。"

　　因我和罗瑞卿秘书长非常熟，一九五〇年九月成立军委公安部队时，他任司令员兼政委，我任参谋长。我们相处得非常好，说话比较随便。我笑着说："罗秘书长，军委的决定我坚决服从，你的指示我执行，能不能多给几天时间，交接一下工作?"

"现在不要交，先来，国庆节以后再回去交。"

"只有两天时间了，坐火车已回不了北京了。"

"我派空军的值班飞机去接你。"

我觉得罗秘书长的态度很坚决，就再也没有往下说。表示服从组织决定，听从组织安排。

第二天，也就是一九七七年九月十二日，罗瑞卿秘书长派的接我回北京的飞机来到了武汉。

第三天，十三日上午，我乘飞机回到了北京。当天下午四点钟左右，我驱车来到了罗瑞卿秘书长的办公室。他非常热情地接待了我。握住我的手，亲切地说："你安全地回来了，我就放心了。"说完，让我坐下，和我交谈起来。

罗秘书长对我说："党中央和中央军委对北京卫戍区的领导班子进行了调整，以加强对北京卫戍区的领导，由北京军区副司令员傅崇碧同志兼任北京卫戍区司令员，你任北京军区副政委兼北京卫戍区政委，总参谋部二部的副部长李钟玄同志调任北京卫戍区副司令员，原北京卫戍区司令员吴忠同志调广州军区任副司令员。"说到这里，他转了一下话题，接着说："你做了多年的警卫工作，有着丰富的经验，又当过卫戍区司令员，对卫戍区的情况熟悉，所以调你到北京卫戍区工作，我相信你是不会辜负党中央和中央军委对你的信任的。"

罗瑞卿秘书长语重心长的话语，使我深受鼓舞。我当即表示：请罗秘书长放心，我一定加倍努力工作，把卫戍区的各项工作搞好，不辜负党中央和中央军委对我的信任。罗秘书长听后，脸上露出了满意的笑容。

第四天，十四日，傅崇碧司令员来到了我的住所看望我，我们俩谈了卫戍区的建设和一些需要解决的问题，我们谈得很好。

九月十六日上午，我正式到北京卫戍区机关上班。为了欢迎欢送调进调出北京卫戍区的领导同志，卫戍区专门召开了一个会议。当时任北京军区政委的秦基伟同志和北京市委第一书记吴德同志参加了会议。在这个欢迎欢送会上，秦基伟、吴德、吴忠、傅崇碧和我等同志分别讲了话。大家心情舒畅，谈笑风生，会开得很好。可以说，这个会对搞好卫戍区的各项工作起了很好的作用。

那时的北京卫戍区是正兵团级单位，机关设有司令部、政治部、后勤部。编制有四个警卫师：即警卫一师、二师、三师、四师。警卫一师编五个团：一团、二团、三团、十三团、十四团。警卫二师编五个团：四团、五团、六团、十五团、十六团。警卫三师编六个团：七团、八团、九团、炮兵团、高炮团、坦克团。警卫四师编六个团：十团、十一团、十二团、炮兵团、高炮团、坦克团。

还编有一个卫戍区直属十七团、卫戍区医院、十八个区县武装部。共有二十三个建制团、八十四个建制营、四百九十七个连。全区共有兵力六万三千八百六十六人。归北京军区建制，受北京军区和北京市双重领导。卫戍警卫业务由总参谋部直接领导。主要担负着四大任务。一是警卫任务。警卫的目标有党、国家和军委的领导人；国家首脑办公机关；各民主党派、群众团体和少数民族的负责人；各国驻华使节；应邀来我国参观、访问的国家元首和高级代表团等。有固定性的首长住地警卫；有临时性的护送党和国家领导人的出国访问的警卫；有群众集会、招待国内外高级官员的宴会和晚会的警卫；有党的重要和重大会议的警卫；有尖端科学研究机构和军事系统工厂等警卫任务。二是卫戍勤务。负责"五一"、"十一"和首都盛大集会的安全警卫任务；维护首都的社会治安；城市要道的巡逻警戒任务；检查军人的军容风纪和军车任务；负责战时防空和重要交通要道、通信枢纽的守护。三是司礼、阅兵任务。司礼任务主要包括仪仗勤务的派遣，军乐的演奏，标兵的派遣，施放礼炮和礼花。阅兵任务主要是负责对受阅部队的训练、装备等具体组织和实施。四是抓好首都民兵队伍建设。对区县的民兵进行组织整顿、作风纪律整顿；抓好民兵的政治思想工作和军事训练；组织民兵积极参加首都北京的建设，维护首都的社会治安和各项有益活动。由此可见，北京卫戍区所担负的任务是十分繁重和艰巨的。

狠抓部队的政治建设

北京卫戍区所处的重要位置和所担负的重要任务，决定了这支警卫部队必须在政治上同党中央保持高度一致。只有这样，才能完成好保卫党中央等项重要任务。

为此，卫戍区党委把这项工作当作头等大事，抓紧抓好。按照党中央和中央军委的部署及上级的安排，针对干部战士的思想反映，先后十五次召开团以上干部会和党的会议，及时传达贯彻中央和中央军委的重要会议精神、中央领导同志的重要讲话和中央一系列重要文件，让党的方针政策先在领导层里扎根，然后一级抓一级，逐级往下抓，把全区部队带起来。

在此基础上，加强干部的理论学习，卫戍区共计举办了五十九期师团干部理论读书班，轮训干部三千二百六十一人次，从理论上加深对党的路线方针政策的理解，为贯彻执行党的方针政策奠定了坚实的思想基础。同时，全区共有一千七百八十多名领导干部和机关干部深入部队宣讲，并采取"走出去，请进来"等多种形式，把路线教育搞活。既注意给干部战士讲清道理，又注意让干部战士从大量生动具体的事实中看到党的方针政策的威力，从理论与实践的结合上说明问题，统一思想认识。

针对部队分散执勤，接触社会较多的特点，各级领导及时掌握部队思想情况，加强教育的主动性和针对性，切实解决干部战士普遍关心的重要问题。

各级党委紧紧围绕在政治上同党中央保持一致这个主题，通过狠抓党的路线方针政策的教育，部队的政治思想水平和政治纪律有了进一步提高；增强了贯彻执行党的路线方针政策的自觉性；对解放思想的重大作用有了明确的认识；逐步树立了实事求是的思想路线；对政治、经济领域中实行的一系列改革措施和政策逐步消除了疑虑，有了正确的认识。全区有一万八千九百多名干部战士给亲人写信，宣传党的政策，教育亲属正确对待国家在经济调整中厂矿企业关、停、并、转中生活受到影响的问题。广大干部战士更加自觉地坚持四项基本原则，坚信党的路线方针政策的正确性，坚信党中央的正确领导。从而保持了部队思想稳定，在政治上、思想上、行动上同党中央保持了高度的一致。

加强部队的领导班子建设

实践告诉我们，部队风气正，问题出得少，抓好各级领导班子的建设非常重要。在这方面，着重抓了四点。

一是狠抓各级领导班子的思想建设。采取从卫戍区常委自身抓起，自上而下，一级抓一级，逐级召开谈心通气会的形式，对全区四个师党委、二十三个团党委和机关普遍进行了整顿。在团以上党委整顿的基础上，各级组织了共有六百二十三人组成的二百四十八个工作组，深入部队抓八十四个营党委、四百九十七个连队党支部的思想作风整顿。对一百五十九个党支部进行了重点帮助。参加整顿的同志，结合思想实际，开展批评和自我批评，自觉清理思想。与此同时，卫戍区党委书记、副书记、常委带领十九个工作组分别到各师和卫戍区司政后机关，结合检查下一级整顿的情况，考核了解干部。通过整顿，全区六十多个团以上党委的团结状况有了改善，各级领导班子的思想建设有了加强。

二是领导干部要旗帜鲜明，敢于对错误的东西进行批评教育。许多单位的情况说明，要使各级领导坚强起来，关键是要把思想搞对头，发扬我党正常进行批评与自我批评的优良作风，克服当老好人的不良风气，树立敢抓敢管，是非分明的革命精神。由于各级领导的认识提高了，敢于同不良倾向作斗争，扶植表扬正气，从而刹住了歪风邪气，较好地解决了三百九十二个"老大难"问题。

三是狠抓《准则》的贯彻落实。首先是各级党委、支部坚持党课制度，组织党员认真学习党章和党的基本知识，对全区一万一千三百零九名党员普遍进行了轮训。有二百一十九名团以上领导和机关干部深入连队讲党课，对于提高党课质量，起了很好的作用。其次是严格党规党法。各级党委和纪委坚持原则，按《准则》办事，好的表扬，差的批评，违纪问题不回避迁就，对全区二十一起经济犯罪案件中涉及到的有关人员，进行了严肃处理，使各级党组织的原则性和战斗性有了进一步加强。再次是强调领导带头落实。从参加党的生活到遵守党的纪律，从汇报思想到纠正不正之风，各级领导都比较自觉地以普通党员的身份，严格要求，接受监督。全区团以上领导干部每年坚持参加党小组生活在十二次以上。由于各级领导做出了好样子，一些不正之风有了明显的纠正。

四是按照"四化"的要求，选拔、使用干部，配好领导班子。各级党委在选拔使用干部时，注意了三个结合：把使用和培养结合起来，推荐选调部分干部入校深造，加强在职干部的学习，提高干部的思想水平和工作能力。把领导和干部部门考核了解与群众评议相结合，注意走群众路线。把实现干部队伍的年轻化和保留必要的骨干相结合，配领导班子既要大胆选拔年轻有为的干部，又要保留骨干，积极使用年龄虽然大几岁，但参过战，打过仗，工作有经验、身体也比较好的干部。据不完全统计，全区调整配备了四个师、二十三个团、十八个区县武装部的领导班子；组建配备了二个预备役师、十个预备役团的领导班子；还调整配备了卫戍区机关二十七个部（处）和各师七十二个科的领导干部。

由于在选拔、使用干部，配备领导班子上注意了三个结合，因而较好地完成了干部的级别调整、评定职称、干部转业、老干部安置等项工作，稳定了干部的思想，调动了干部的积极性。

提高部队的军事素质

卫戍警卫是北京卫戍区的首要任务。为此，卫戍区党委先后召开了三十九次会议，专门研究警卫勤务工作。各级领导把卫戍警卫作为经常性中心任务。安排工作突出警卫中心，领导力量集中到警卫中心，各项工作服务于警卫中心。紧紧围绕"要有高度的政治觉悟、要有威严的军人仪表、要有过硬的警卫本领、要有很强的处事能力"的基本要求，建设卫戍区部队。

在警卫业务训练上，全区共举办了三百二十八期集训班，培训各级警卫干部三千五百二十五人次，培训各类示范分队一百八十九个。在此基础上，实施了四步教学法，按照备课示教、理论讲解、队列动作和对抗演练、总结讲评的程序，严密组织训练。坚持训练内容与所担负的任务相结合，理论讲解与队列动作相结合，开展预想方案与组织对抗演练相结合的方法，组织干部战士系统学习警卫业务知识。对各类勤务的组织实施进行专题研究，并通过大量的社情调查和执勤事例剖析，帮助各级干部熟悉和掌握本级任务对象的重点和兵力部署，了解任务区域内的地形地物，学会站在敌我双方的角度分析判断不法分子的场所，正确决定我警卫位置，合理配备兵力，提高干部的组织指挥水平和部队的应变处事能力。

在勤务制度上，按照警卫业务教材的要求和规定，建立健全了勤务制度，制定了相应的执勤方案。各级根据执勤中的经验教训，广泛发动群众，集思广益，研究制定必要的勤务制度和执勤方案。使执勤逐步走上规范化的轨道。一是实行勤务分工负责制。一级包一级，逐级包到执勤点。路线勤务划区分段，责任到班。二是统一各类勤务规定。对首长、机关警卫，重要目标的守护，警务巡逻和临时任务的哨兵职责、兵力配备等，都提出了具体要求。三是修订和制定执勤方案。全区团以上领导和机关先后组织了三百五十九个工作组共二千九百八十九人次，深入连队调查研究，在对原有的连执勤方案进行修订的基础上，普遍制定了各个目标的执勤方案，充实了处置各种问题的具体措施，使干部战士在执勤中有章可循，防患未然。

与此同时，为了提高部队的作战能力，卫戍区党委狠抓了干部、骨干训练，累计一万五千三百多人次。立足现有装备，着眼未来战争的特点，根据实战需要，组织了以打坦克为主的"三打三防"训练。进行了以坚固阵地防御为课题的师团干部集训。加强了诸兵种的协同训练。干部训练由图上作业转到以实兵指挥和诸兵种协同作战为主上来。卫戍区对警卫三师、四师的领导、机关、各兵种计一百一十四个单位，二十三个项目进行了考核验收，成绩均在良好以上。同时，全区组织了七百一十五个连次进行了四〇火箭筒、轻武器实弹射击和加强步兵打敌集群坦克、反空降、反空袭演习，以研究现代战争的特点和各兵种协同作战的方法，进一步提高了干部的组织指挥能力，部队的军事素质有了明显提高，为完成好卫戍警卫等项任务奠定了良好的基础。

确保警卫目标安全

保卫党和国家领导人、爱国民主人士、重要外宾的安全，是卫戍区部队的首要任务，也是警卫战士对党和人民绝对负责的政治任务。我作为北京卫戍区的主要负责人，始终把完成这项任务作为整个内卫工作的重点，采取了一系列相应措施。

严把政治质量关。卫戍区党委先后召开了二十八次由各师团领导和司令部、政治部机关干部参加的会议，要求对所属部队的每一个成员，都要进行严格的政治审查，特别是对担负首长住地的警卫人员，须经团政治处政审合格，并报师政治部备案，层层把关，严格挑选。一旦发现不良现象，及时调换，把事故苗头消灭在萌芽状态。

灵活机动设岗布哨。对党和国家领导人的住地，卫戍区党委极为重视，集中力量，先后进行了一千八百五十二次突击检查，发现问题，及时解决，坚持不留隐患。在警卫形式上，采取武装警戒设在门内的武装哨。首长在住地时，不定时地派出便衣哨观察掌握外围情况；首长出入住地时，提前派出一至二个组对大门外、胡同口拐弯处进行控制。同时，治安巡逻同住地警卫密切配合，及时了解和掌握首长住地周围的敌情、社情，明确支援分队以应付紧急情况的处置。据不完全统计，全区累计进行了一万三千八百九十五次演练，一千八百多个哨位较好地完成了警卫任务。

党和国家领导人外出，路线警卫是卫戍区部队一项既艰巨又复杂的任务。特别是在首都北京这样大的城市中，不论是市区或郊区，来往车辆和行人较多，情况不易掌握。针对这些情况，在执行任务前，预先将党和国家领导人所要经过沿途路线的地形和社会治安情况，进行详细的调查了解，以此作为制定路线警卫方案、确定警卫形式、布置警戒的依据。视情况，通常将哨兵设于桥梁、涵洞、胡同口、十字路口、公共汽车站和社会情况复杂的地方。固定哨之间还设了便衣巡逻哨，使游动哨与固定哨紧密配合。建立了严格的路线值勤部队的值班制度，配备了对讲机等快速通讯工具，加强各值勤点的通讯联络，以应付各种突发事件。

党和国家领导人经常参加各种会议。在执行会场警卫任务之前，事先与会议的主办单位和公安保卫部门取得联系，根据会议的时间、地点和参加人员，制定出相应的警卫方案。通常采取便衣和半公开的武装警卫形式，以工作人员、招待员和陪同人员的身份出现，进行警卫工作。

我党我军的高级干部会议，都是党内、军内的主要领导同志，容易识别，会议内容极为保密。对这样的会议，采取半公开武装警卫，对外严密控制，不是内部人员一律不得接近会场，严防泄密。全区共担负由党和国家领导人参加的重要会议、活动、集会和外事等项临时性警卫任务一万八千一百二十七次，使用兵力累计八万三千五百四十六人次，无一差错，圆满完成了警卫任务。

每逢重大节日，特别是国庆节，为了确保参加国庆纪念活动的党和国家、军队、各民主党派、少数民族等领导人的安全，卫戍区党委始终把这项警卫任务作为重点来抓。据不完全统计，累计召开了二十一次常委会，专门研究警卫工作，区分任务，计划兵力，制定警卫方案。先后召开了由师团两级主官和有关部门领导参加的党委扩大会三十六次，累计达一千三百多人次。每次会议都明确各单位和各部门担负的任务，提出具体要求。本着全面布置，重点控制，划区分片，包干负责的原则，定人、定位、定任务。各大路口采取三线配置，派团职干部负责指挥。中小路口采取二线配置，派营连干部负责，并主动与公安保卫部门密切配合，组成联合指挥部，统一指挥，统一行动。特别是对要害部位，累计派出六百三十九名团以上领导干部具体负责。做到严密控制，严格检查手续，配备了足够的机动兵力，使坏人无机可乘，保证了党和国家领导人、外宾及与会人员的安全。

确保外国驻华使馆和高级外宾的安全，是卫戍区部队担负的又一重大任务。在执行警卫任务过程中，警卫战士和高级外宾接触的机会较多。因此，在执勤中处理问题的方式方法，每个同志的一言一行，一举一动，都直接关系到国家和军队的政治声誉，涉及到国家的外交政策。针对这一特点，卫戍区共组织了一百九十三个工作组深入部队广泛地进行严格贯彻执行国家的法律法令和各项方针政策，特别是外交和统战等项政策的教育，不断提高执勤人员的法制观念和政策水平。

与此同时，根据在警卫使馆工作中经常遇到的一些问题如何进行处理，制定了十六条具体的规定，使执勤人员有章可循。比如：外国人进入使馆，不询问、不阻拦；外国人陪同中国人或外国人进入使馆，发现可疑，迅速报告上级；遇有企图利用暴力或越墙等手段，强行进入的反坏分子，坚决捕获，送交公安机关处理；警卫人员不得与外国人直接发生联系，外国人主动与警卫人员握手、询问交谈时，警卫人员应本着热情友好、不失礼、不泄密的原则相待。遇有难以回答的问题，可谢绝回答；警卫人员遇有外国人赠送礼物时，应婉言谢绝，不予接受。如遇友好国家非送不可时，警卫人员可以接收，并表示谢意，尔后立即报告上级处理；警卫人员严禁随外国人进入使馆。遇有特殊情况或遇火灾时，须经外交部和卫戍区批准后进入。外国人急切请求警卫人员进入时，要取得外国人开的书面手续方可进入，并立即逐级上报卫戍区。

由于制定了一些必要的规章制度，警卫使馆的干部战士严格履行自己的职责，共抓获反坏分子三百九十三人，制止精神病人出丑闹事二千三百六十二起，查获不符证件五千二百四十起。涌现出八十九个先进集体，三百八十九人光荣立功，圆满完成了警卫使馆的任务，受到了各国驻华使节和我党政军领导同志的好评。

后勤保障能力至关重要

为了提高后勤的保障能力，卫戍区党委"一班人"做到了分工不分家，齐心协力抓。一是抓了加强基层后勤建设。通过现场办公，组织各类服务队，做到送医、领物、报帐、修理等多项上门服务，连队长期存在的一些问题得到了解决。全区有四百九十五个连队达到了"八项标准"，二十一个团后勤处达到了"八项要求"，百分之九十八的连队生活设施配套。二是认真贯彻"保证需要、力求节约、方便部队"的要求，充分发挥各级领导和广大后勤人员的积极性和创造性，狠抓伙食管理和各项后勤保障。通过对团以上单位所属仓库、农场、服务社进行清仓查库、清产核资，清理出多余积压物资八万多件，价值三百六十多万元。三是积极贯彻改革精神，在生产施工、各项经费、油料水电等使用和管理上，建立健全各项规章制度和各种岗位责任制，实行定额承包，进一步提高了科学管理水平。据统计，全区包干经费共节余五百三十五万多元，节油一千五百八十多吨，节电二十六万七千多度，节煤一万八千九百多吨。同时，从未来战争的需要出发，以干部训练为重点，加强培养各种专业技术骨干。全区共计举办各类集训班三百七十一期，轮训干部一千一百六十三人，培训专业骨干五千三百一十二人，提高了后勤人员的组织指挥能力和业务水平。四是狠抓生产和多种经营。各单位加强科学管理，战胜自然灾害等困难，累计产粮四千四百多万斤。农副业生产盈利九百六十多万元，取得了可喜成绩。全区团以上单位本着投资少、见效快、收益大的原则，广开门路，因地制宜，发挥优势，发展多种经营，共计搞了六十四个经营项目，盈利总计一千八百万元，取得了明显的经济效益，改善了连队伙食，保障了部队各项任务的完成。

充分发挥民兵的职能作用

我国几十年革命斗争的实践证明，民兵不仅是抵抗侵略，保卫国家安全的一支重要力量，而且是维护社会治安，巩固人民民主专政的一支重要力量。特别是地处首都北京的民兵，更显责任重大。因此，卫戍区党委把加强首都民兵队伍建设作为一项重要工作来抓，把维护首都稳定作为压倒一切的头等大事，充分发挥民兵的职能作用。

遵照党中央和中央军委的指示精神，我们采取召开由区、县委书记兼武装部第一政委参加的民兵工作座谈会的形式，研究和解决在新形势下如何加强党对民兵工作的领导问题。结合首都民兵的实际情况，和北京市委密切配合，对全市一千三百九十八个厂矿、企业单位，四千一百零八个农村大队，一千一百八十六个民兵营，二万零四百九十七个民兵连，一百二十一万一千一百六十八名民兵普遍进行了整顿。经过整顿，武装基干民兵增加了八万五千多人，调整落实了二十六万战时兵员动员对象。建立健全了民兵组织，使民兵队伍更加纯洁、可靠，更有战斗力。

在此基础上，我们从首都民兵所处的特殊地位出发，以保卫好首都安全为重点，在北京市委的统一领导下，对全市一百多万名民兵分期分批进行了队列、刺杀、投弹、射击训练。组织了六十多万名民兵参加了步枪实弹射击和手榴弹投掷，五千六百六十一名民兵进行了高炮高射机枪实弹射击。以就近野营为主，区、县设营地，部队带训三种形式，野营活动中，进行了通讯联络、战场救护、后勤保障、轻武器射击等战术动作演练。

针对首都北京的城市特点，我们组织了有一千二百二十一名专武干部、五万八千九百三十二名民兵干部、二十二万一千一百四十一名民兵参加的防化学、防原子、防生物的"三防"训练。专门举办了三百六十九期防空袭教练员训练班，培训了六万多名防空教员，并建立了防空袭监视观察网。

与此同时，组织城区的民兵组成执勤小组，不管是平时，还是重大节日，配合部队进行巡逻，防止坏分子进行破坏活动。郊区县的民兵，一边劳动，一边保护着人民生命财产的安全。并积极配合公安部门破获各类案件二万多起。涌现出先进单位一百一十二个，英雄模范人物一千二百多人。在改造社会风气，维护首都的社会治安等方面发挥了很好的作用。

军民共建结硕果

卫戍区党委把热爱人民、服务于人民、为人民排忧解难作为部队的行动准则，以保卫首都、建设首都为己任，与群众建立了鱼水之情，同人民携手完成了首都的安全警卫等项任务。

党中央发出关于"建设社会主义的高度精神文明"的指示后，总政治部发出了在全军开展以"四有三讲两不怕"为中心内容的建设社会主义精神文明活动的通知。卫戍区党委按照上级的指示精神，组织全区部队掀起了一个学先进、树新风、争当建设社会主义精神文明标兵的热潮。大力开展军民共建精神文明活动，使群众工作增加了新的内容。各级党委把群众工作列入议事日程，在思想认识上，由过去认为精神文明建设是"临时措施、权宜之计"，转变到是建设社会主义的一个战略方针上来。在组织领导上，由过去少数部门领导去搞，转变到党委亲自抓，机关部门齐抓共管上来。在活动内容上，由过去偏重做好事，搞有形东西多，转变到以树立共产主义思想这个核心上来。在开展方法上，由过去单打一，与各项工作结合不紧，转变到紧密结合部队的各项工作任务上来。

由于各级党委对军民共建的重大意义认识提高，目的明确，因此，军民共建地区发展。全区共建点已发展到三百四十一个，实现了每个有条件的连队都有共建点的规划。其中有七十五个共建点被区、县以上命名为文明单位。一是由治理脏、乱、差向加强思想文化建设发展。积极扶植一些共建点兴办思想文化教育阵地。开展智力投资，共育四化人才，逐步由治表向治本方向发展。二是由"部队出力、地方受益"向"互相支援，军民两利"发展。各级大胆解放思想，坚持军民互助互利原则，从实际出发，发挥各自优势，发展培养军地两用人才、联合经营、技术投资等项目，促进了部队和地方经济发展。三是全区部队积极支援地方植树造林，种花栽草，打扫卫生，清除垃圾，治理脏乱，净化环境，绿化、美化首都市容。同时，积极参加助民劳动，帮助群众抢收抢种，防病治病，兴修水利，大搞农田基本建设。在严重自然灾害面前，部队冲锋在前，哪里有危险就出现在哪里，哪里有灾情就战斗在哪里，最大限度地减轻了自然灾害给人民群众造成的损失。据不完全统计，全区部队支援地方建设累计出动兵力五十三万零三百四十一人次，植树一百五十二万九千多棵，植草坪三十九万平方米，清除垃圾七千多万吨，收割小麦三万六千四百多亩，脱粒一百四十四万多斤，插稻秧三千五百多亩，锄草一千三百多亩，为群众防病治病一百九十八万人次，帮助群众做好事二十九万多件，先后参加了一百三十多项较大建设工程，出动车辆三万三千多台次。通过这些活动，进一步密切了军政军民关系。

第 十 五 章

担任北京军区顾问

　　岁月匆匆催人老，世上新人撵旧人。随着时光的流逝，转眼到了一九八三年。由于年龄的因素和革命工作需要，中央军委于一九八三年八月三十一日任命我为北京军区顾问。从这时起，我逐步由一线退居到二线。

　　虽然中央军委给我下了新的任职命令，但由于当时工作需要，根据军区党委的要求，我又在卫戍区工作了两个多月，实际是一九八三年十月十六日离开卫戍区到军区任顾问的。

　　在我离开卫戍区之前，为了把我军警卫工作的优良传统和作风传下去，使警卫战士肩负起自己的神圣职责，在我的提议下，又在全区部队中广泛深入地进行了一次热爱党，热爱人民，热爱领袖，热爱首都北京，忠实勇敢，献身于党的警卫事业的教育。通过教育，使干部战士清醒地认识到，保卫好党和国家及军队领导人的安全，维护好首都北京的社会治安，直接关系到我党、我军的命运，关系到中华人民共和国在国际上的形象和地位，增强了广大指战员的政治责任感。

与此同时，狠抓了一次警卫业务训练。在训练中，着重进行了重要目标警卫、国家重要会议、重大集会、大型文体活动的警戒以及如何掌握社情、如何维护好首都北京的社会治安、灵活处置各种突发事件的训练，进一步提高了干部战士的警卫业务水平。

一九八三年十月十六日，是我任卫戍区政委的最后一天。这一天，卫戍区专门为我举行了欢送会。在会上，我向新到任的卫戍区的领导同志全面介绍了卫戍区的基本情况，谈了自己任卫戍区第一任司令员和任政委期间的一些体会，以及需要特别注意的问题等。参加欢送会的同志紧紧围绕卫戍区的建设问题，从卫戍区的组建成立谈到卫戍区今后的建设，从卫戍区所处的重要位置谈到所担负的重大神圣使命。大家畅所欲言，谈笑风生，欢送会的气氛非常好。卫戍区的领导同志还特意为我准备了丰盛的午饭，以示欢送我。此情此景，我心里感到无比欣慰。

卫戍区的工作交接完毕后，我这才有空在家中整理了几天文件。可以这样说，我在一线紧紧张张、忙忙碌碌工作了几十年，直到这时才稍微松了一口气。可是，时间不长，我便又走上了军区顾问的岗位。

担任顾问后，根据军区常委的分工，由我负责抓卫戍区的安全警卫等项工作。

自我担任顾问那天起，我总这样想：自己虽然离开了一线，退居到二线，但身体尚好，应有一份热，发一份光，为部队建设多做些力所能及的工作。

由于北京卫戍区警卫一师的前身是延安时期的中央警备团，当时，我是中央警备团的第一任团长兼政委，张思德同志是中央警备团直属警卫队的警卫战士，既是我的战友，又是我的部下。他的追悼大会是我主持的。就是在这个追悼大会上，毛泽东主席为悼念张思德同志作了《为人民服务》著名演讲。从此，毛主席这次感人肺腑的讲话影响和教育了一代又一代后来人。

我认为要把我们的警卫部队建设好，最根本的就是让警卫战士树立全心全意为人民服务的思想。于是，我用自己亲眼目睹的大量活生生的事例，采用不同的形式和方法，特别是利用"八一"建军节、张思德同志牺牲和毛主席《为人民服务》发表纪念日，结合部队举行纪念活动，到警卫部队中对干部战士进行传统教育，向大家详细讲解张思德同志是在毛主席身边工作的一名警卫战士，他一九三三年参加中国工农红军，一九三七年加入中国共产党，是一个忠实为人民利益工作的共产党员。在保卫红色根据地的战斗和红军长征中，他英勇杀敌，不怕流血牺牲。他把革命利益放在第一位，从不计较个人得失，党叫干啥就干啥。他当过通信班长，后因工作需要，调到中央警备团愉快地当了战士。在工作中，他一向吃苦在前，享受在后，专拣重担挑。一九四四年，中央决定于次年在延安召开党的第七次代表大会，为解决与会代表的取暖问题，要从部队抽调一部分战士去烧木炭。张思德带头报名到陕北安塞县石峡峪庙河沟山中去烧木炭，因炭窑崩塌，不幸光荣牺牲，年仅二十九岁。

我想通过宣传张思德感人至深的事迹和无私的崇高思想境界，使广大警卫战士明白这样一个道理：为人民服务，不能半心半意，更不能三心二意，一定要全心全意。做任何一个工作，办任何一件事情，如果夹杂着杂念，就不可能全心全意为人民服务，就不是一个合格的警卫战士。使每个干部战士懂得只要我们坚持一切为人民群众，一切向人民群众负责，与人民群众同甘共苦，就会得到人民群众的拥护和支持。有了人民群众的拥护和支持，就没有克服不了的困难。告诫我们的干部一定要关心每一个战士。牢记毛主席关于"一切革命队伍的人都要互相关心、互相爱护、互相帮助"的教导。使大家认识到，只有搞好革命团结，才能齐心协力，步调一致，共同完成好党中央和中央军委交给的各项任务。激发了广大干部战士爱岗敬业、勇于献身于党的警卫事业的大无畏革命精神。

实践证明，部队进行革命传统教育，很有必要。对提高干部战士的思想觉悟起到了很好的作用，收到了明显效果。

在对卫戍区部队进行革命传统教育的同时，还积极协助卫戍区的领导抓好国庆三十五周年阅兵任务。可以这样说，组织部队参加国庆受阅我比较熟悉，这是因为我一九四九年任中国人民公安中央纵队司令员时，就开始组织指挥公安中央纵队组成的四个方队，计一千六百人，代表公安部队参加举行开国大典时的国庆阅兵任务。一九五九年我任北京卫戍区司令员时，恰逢国庆十周年，中央军委任命我为国庆十周年庆祝活动指挥部副总指挥，负责组织领导指挥国庆阅兵和国庆庆祝活动的安全警卫工作。

为了把卫戍区担负的国庆三十五周年受阅任务完成好，我除给卫戍区的领导出主意想办法、当好"参谋"外，还深入到驻扎在沙河机场、南苑机场训练的部队中，进行调查研究，仔细观看部队演练，详细询问部队的伙食等情况，发现不规范动作和要领及时给予指导、纠正。同时，还对担负群众游行仪仗队、体育大队、彩车驾驶和调整勤务哨等任务的部队，逐一进行了认真检查，使存在的一些问题得到了及时解决。由于各级高度重视，组织严密，指挥得力，参加受阅的干部战士和民兵以高度的政治责任感，高标准，严要求，不怕炎热酷暑，日夜奋战，刻苦训练，圆满完成了受阅任务，受到了上级领导的好评。

抓好卫戍区的"窗口"建设，扬我国威军威，展示军人风采，这是我自任卫戍区司令员以来一直特别注意抓的一项工作。所谓卫戍区的"窗口"我指的是警卫一师的仪仗大队和警卫三师十一团担负迎外实弹表演任务的四连。为了把卫戍区的"窗口"搞得更好，我曾先后三次到仪仗大队、二次到四连，了解干部战士的思想情况和需要解决的一些实际问题。通过分别观看仪仗大队的仪仗表演和四连的实弹演习，来检查部队的仪容仪表和军事素质。针对部队存在的薄弱环节和暴露出来的问题，研究制定了相应措施，为确保高质量完成仪仗、礼宾、迎外表演等任务起了一定作用。

此外，围绕卫戍区的建设，我还注意采用不同的方式和方法，尽量多做些工作。在和卫戍区各级领导干部接触中，总是忘不了提醒他们卫戍警卫工作要做到万无一失，确保党和国家及军队领导人绝对安全。在参加各师团组织的各种活动时，注意了解部队现状和存在的问题。尔后，带着问题到部队中搞调查研究，找出解决问题的办法后，再用于指导部队，收到了较好效果，加强了部队建设。

回忆自己从一九八三年十月十六日至一九八五年七月三十一日担任军区顾问期间，之所以能自觉地为卫戍区的建设做些力所能及的工作，主要是有这样一种思想在推动着我：自己参加革命工作七十余年来，无论是在极其残酷的战争年代，还是在和平环境时期，在每个工作岗位上都圆满完成了上级交给的各项任务，我要在这最后的一个工作岗位上，以卓有成效的工作，给自己的戎马一生划上一个圆满的句号。

图书在版编目（CIP）数据

峥嵘岁月／吴烈著.－北京：中央文献出版社,1999.9

ISBN 7－5073－0635－6

Ⅰ.峥… Ⅱ.吴… Ⅲ.吴烈－回忆录 Ⅳ.K825.2

中国版本图书馆 CIP 数据核字（1999）第 39728 号

峥嵘岁月

著　　者／吴　烈
责任编辑／张　宁
封面设计／张　戈
版式设计／郑　刚

出版发行／中央文献出版社
地　　址／北京西四北大街前毛家湾1号
邮　　编／100017
销售热线／63097018
经　　销／新华书店
排　　版／北京民文排版中心
印　　刷／北京安泰印刷厂
装　　订／尚艺印装有限公司

850×1168mm　32开 13.25印张　260千字
1999年9月第1版　1999年9月第1次印刷
印数1－1700册

ISBN7－5073－0635－6/K·272　定价：24.00元（平）
30.00元（精）